"一带一路"国家当代文学精品译库

主　编　郑体武

西南欧与北欧系列

犬滩歌谣

Balada da Praia dos Cães

[葡萄牙] 若泽·卡多佐·皮勒斯 / 著

徐亦行　麦　然 / 译

上海外语教育出版社

外教社 SHANGHAI FOREIGN LANGUAGE EDUCATION PRESS

www.sflep.com

图书在版编目（CIP）数据

犬滩歌谣 /（葡）若泽·卡多佐·皮勒斯著；徐亦行，麦然译.
—上海：上海外语教育出版社，2022
（"一带一路"国家当代文学精品译库 / 郑体武主编）
ISBN 978-7-5446-7226-9

Ⅰ.① 犬… Ⅱ.① 若… ②徐… ③麦… Ⅲ.① 长篇小说—葡萄牙—
现代 Ⅳ.① I552.45

中国版本图书馆CIP数据核字（2022）第097655号

图字：09-2020-424

出版发行：上海外语教育出版社
　　　　　（上海外国语大学内） 邮编：200083
电　　话：021-65425300（总机）
电子邮箱：bookinfo@sflep.com.cn
网　　址：http://www.sflep.com
责任编辑：石东利

印　　刷：上海中华商务联合印刷有限公司
开　　本：890×1240　1/32　印张 8.875　字数 220千字
版　　次：2022 年 6月第 1版　　2022 年 6月第 1次印刷

书　　号：ISBN 978-7-5446-7226-9
定　　价：49.00 元
　　　本版图书如有印装质量问题，可向本社调换
　　　质量服务热线：4008-213-263　电子邮箱：editorial@sflep.com

葡萄牙作家协会中长篇小说大奖

总序

  自习近平主席 2013 年访问哈萨克斯坦和印度尼西亚时提出共同建设"丝绸之路经济带"与"21 世纪海上丝绸之路"(简称"一带一路")以来,这一倡议日益得到国际社会的广泛理解和支持,也得到了越来越多国家的积极响应。到目前为止,中国已经与 100 多个国家和国际组织签署了共建合作文件,各个领域都取得了重大进展和积极成果,极大地促进了我国和相关国家之间的政治、经济、文化的交流与合作。

  "一带一路"的建设,势必会促进国家之间的人文交流与合作,同时,国家之间的政治经济交流与合作也需要人文交流作基础和后盾。也就是说,在"一带一路"的建设中,人文交流举足轻重,不可或缺。常言道,国之交在于民相亲,民相亲在于心相通。文学是心灵的窗口,是民族性格、文化传统乃至国家精神的生动写照,一个民族和一个国家的历史经验和现实关切,总是会在相当程度上,以艺术的方式，通过重大事件的书写和日常生活的描绘，具体而微地在文学作品中得到反映。因此，要了解一个人、一个民族、一个国家的精神世界，走进其心灵，最好的途径莫过于文学。必须承认，同经贸合作的突飞猛进相比，我们与"一带一路"沿线国家的人文交往还明显落后，而对其中许多国家的文学，我们更是要么所知甚少，要么一无所知。这个空白亟待弥补。

正是本着"民相亲，心相通"的宗旨，同时也是为我国外国文学知识体系中的盲点和薄弱环节提供新知，我们策划、组织翻译出版了这套《"一带一路"国家当代文学精品译库》。

本《译库》根据语言文化和地缘因素，将"一带一路"沿线国家分成若干区域，并以此区域为基础，形成相应的若干系列，如"中亚与高加索系列""斯拉夫东欧系列""中东阿拉伯系列""西南欧与北欧系列""东南亚与南亚系列"等。关于入选作品，原则上每个国家限选一部，要求是近二十年出版的新作，题材上反映当代生活，体裁上以小说尤其是长篇小说为主，艺术上有较高水准，在该国有一定的代表性。

由于"一带一路"沿线涉及的国家和区域众多，语言和文化具有多样性和复杂性，而我们对其中大多数国家的文学缺乏了解，再加上作品甄选、版权谈判乃至译者物色颇费周折，使得本《译库》在组织翻译出版过程中，遇到的困难远超预想，缺点和遗憾也在所难免，诚望业内专家和广大读者提出批评和建议，以便我们在后续工作中不断改进。

本《译库》得到上海外国语大学重大课题立项和上海外语教育出版社重点图书出版支持，在此一并致以诚挚谢意。

郑体武

2019 年 7 月 22 日

《犬滩歌谣》：存疑之作

里斯本，那个被河对岸的冷光包裹着的轮廓，是一个盘踞到整个国家的定居动物。它灰蒙蒙的，假装太平无事。

若泽·卡多佐·皮勒斯于 1949 年携《行者与其他短篇小说集》在葡萄牙文坛首度亮相。在其漫长的文学生涯中，作家共创作了二十余部作品，最后一部为《龙虾：荒凉之约》，于辞世十年后的 2008 年出版。他以独有的逻辑推进，摆脱了传统的叙事方式，运用讽喻手法，创造出独特的人物形象和浓厚的故事氛围。这是一份发给读者的诚挚邀请，能让读者融入其别具一格叙述之中，而正是这一特点，使之从标准模式中脱颖而出，在文学世界中开辟出自己的道路。

卡多佐·皮勒斯熟知其祖国的历史，对葡萄牙人生命进程中遵循和舍弃的道路有着本质性的批判视角，他将错综复杂的情境交织起来，鼓励我们到其中一探究竟，寻觅文字之中已被改头换面的各种情节，质疑历史的说辞，以及小说创作领域所设置的内容。

在作家繁复的文字创作网中，1982 年出版的《犬滩歌谣》对我们而言，是与众不同的挑战。这部小说呈现出一种连续性的动态，不同的声音在叙事建构过程中交织在一起，使历史材料发生了形变，这些声音来自报纸、警方档案、笔录、报告和故事人物，还有一个充满讽刺口吻的旁白，他是一个同小说一样神秘的人物，引起了研究本书学者的一些意见分歧。

　　小说首页模拟了一份尸检报告，1960 年 4 月 3 日在马斯特罗海滩发现的一具尸体，随后，转述了 3 月 31 日和 4 月 10 日《人民日报》所刊登的一些内容。正式的叙事过程就此展开，一共分为两个部分：5 月 7 日开始的凶杀调查和 8 月 8 日的案件还原，犯罪诉讼的各个阶段通过小说的结构被衔接在了一起。

　　《犬滩歌谣》模仿刑侦小说的叙述，还原了前陆军上尉若泽·若阿金·阿尔梅达·桑托斯谋杀案。1960 年 3 月 31 日，死者的尸体在青蜀海滩被人发现。在长达三个月的时间里，当时的部分报刊，如《城市早报》《人民日报》《新闻日报》《图影世纪》等，几乎每日都在报道此事，内容可以被视作案件报道的官方版本。民兵团见习军官让·雅克·马尔克斯·瓦伦特医生与下士安东尼奥·马尔克斯·吉尔是本起谋杀案的主犯，均被判处近 20 年监禁；而前上尉的情人玛丽娅·若泽·马尔多纳多·塞奎拉，则因隐瞒案情被判处 16 个月的有期徒刑。

　　在狱中，瓦伦特医生写下日记，通过朋友转交给卡多佐·皮勒斯。以这些日记、当时报刊的内容以及之后司法警察和国家安全警备局的卷宗为基础，作者撰写了他的小说，可一经阅读，便能立即察觉，尸体发现地点、人物姓名、藏匿之处、谋杀方式和罪犯被捕时的情形都做了改动。小说中的时间也被延迟，没有一个日期与报纸上的完全一致，某些焦点人物也发生了变化，例如负责调查的刑警队长，在故事叙述中的地位不同，而在新闻报道中，他只是此案的负责人之一。

　　在将真实事件转换到虚构小说的过程中，前上尉若泽·若阿金·阿尔梅达·桑托斯变成了丹塔斯·卡斯特罗少校，玛丽娅·若泽·马尔多纳多·塞奎拉变成了菲洛美娜·若安娜·瓦尼洛·阿特德（美娜），见习军官让·雅克·马尔克斯·瓦伦特医生变成了建筑师雷纳托·曼努埃尔·丰特诺瓦·萨尔门托，医生的母亲瑞娜·玛丽娅·洛克斯·马尔克斯·瓦伦特变成了玛尔塔·艾丽斯·丰特诺瓦·萨尔门托，下士安东尼奥·马尔克斯·吉尔变成了下士贝纳迪诺·巴罗卡，库尼亚·里奥尔律师变成了伽马·伊·萨律师，司法警察局队长若泽·萨拉伊娃·特希拉变成了刑警队长埃利亚斯·卡布拉尔·桑塔纳，督察弗朗西斯科·古雷亚·达斯·内瓦斯变成了督察曼努埃尔·弗·奥特罗，而乌尔巴诺警探则变成了西尔维诺·罗克探员。

　　将艺术创作过程所需要的适度差异忽略不计，可以发现，小说中的某些段落，因为情境的相似，能以更为直接的方式与报刊新闻的来源联系起来。而另一些片段则有所不同，小说文本与报刊上的内容相差甚远，虽然其中包含了主旨大意，但衍生出的是一种全新的叙述顺序，这从猜测是谁杀害了阿尔梅达·桑托斯的段落中便能一窥端倪。《犬滩歌谣》侧重政治犯罪的可能性，而报刊则将死亡与共产党联系起来，因为这符合萨拉查时期的政治导向，政府一方面有意鼓动民众排斥共产党人，另一方面又有意将政治警察实施暗杀的可能性排除在外，他们对所有反对当局的人都毫不留情。

　　新闻内容形变过程中采用的另一种方式是将报纸上的照片转换成书面语言，同时拿小标题大做文章。除了与犯罪案件有关的新闻以外，同一时期的其他事件，甚至是宣传标语也被移用到了小说之中。

　　上述形变体现在小说与文献资料的对比之中，这些变化本身就确立了讽喻结构的筑成。除此之外，还能窥见一种碎片式的组织形式，一条叙述线从刑警队长埃利亚斯·桑塔纳发现尸体后的调查发展开来，并与之前所发生的事件，即少校从埃尔瓦斯堡逃逸到死亡之间发生的种种交织在一起。小说中还穿插了由埃利亚斯整理的丹塔斯·卡斯特罗一案的线索、审讯中美娜和伽马·伊·萨律师的口供、报告、笔记、笔录、报刊新闻,一切都穿插在杂乱无章的蒙太奇手法之中,不遵循事件发生的顺序,将不同的时间和空间融汇到一起。

小说的第一部分的调查由六个章节组成,其中一些章节又按照不同的叙述顺序再细分,基本上通过解释性的标题来介绍将要铺陈的事件。不同的印刷字体被用来配合叙述中出现的种种多样性。第二部分(案件还原)具有整体性;没有编号划分的章节,只出现了几个标题,也没有第一部分中的交错结构,这与该部分叙述的内容相符,以更有序的方式还原往事,因为埃利亚斯已勾勒出了案件的大体轮廓。小说还包括一份附录及一段作者签名的后记,解释了小说的内部构建,设立了与文献来源的关联,但与此同时,由于文学作品独有的特殊性,这种关联便显得细致微妙。

纷 纭 之 声

《犬滩歌谣》的多层面结构还与人物所发之声的相异性保持一致,这些声音在叙述语境中交织且区分出不同立场,勾勒出一幅视角多样的马赛克拼图。

第一种表现类型可以通过证人的声音来识别,如看到美娜赤身裸体地站在韦雷达大屋窗边的石匠(韦雷达大屋是少校从埃尔瓦斯堡越狱后的藏身之地),还有一个做家禽买卖、把公寓租给丹塔斯·卡斯特罗的女商人,她因少校欠付房租并看到自家墙壁上写满了污言秽语而感觉受到了伤害。在另一个层面,有与建筑师丰特诺瓦共同生活过数月的阿尔迪娜·马里亚诺、菲洛美娜之友玛丽娅·诺拉·巴斯托斯·德·阿尔梅达及其父弗朗西斯科·阿特艾德的口供。还有一层则是伽马·伊·萨律师与美娜的口供,埃利亚斯痴迷于少校的情人美娜

《犬滩歌谣》：存疑之作

的美貌与性感，因个人欲望而拖延了对她的审讯时间。

西尔维诺·罗克探员的声音也出现在小说之中，无论是与埃利亚斯的谈话，还是承认美娜在第二次审讯中已对罪行供认不讳。其他具有代表性的声音还有司法警察局的奥特罗督察，他与埃利亚斯和宪兵上校都有过对话，还评论过埃利亚斯应已掌握却没写入卷宗的诸多信息。

也因"老坟头"这个外号而闻名的埃利亚斯·桑塔纳出现在第一章的开头，叙事者用非常消极的方式描述了他的特点，嘲讽其体貌特征和工作方式，在侧重描写其负责的调查时添加了一丝质疑："老坟头"安排了对美娜的审讯，根据她的陈述展开推测，按自认为合理的思路抽丝剥茧，将案件诉讼需要的信息整理清楚。他甚至还让自己沉浸在漫无边际的幻想中，想象着跟美娜在一起的情色场面，美娜变成刑警队长欲望的对象、痴迷之人，而这种痴迷，因为她面对他时似乎表现出的距离和蔑视而愈演愈烈。让"老坟头"感觉不适的是，美娜表面上不拘小节，具有知识分子气质，用那种态度面对他及事实，恬不知耻地描述与少校发生性关系。这种独立自由的女性形象，在扰乱警探保守价值观的同时，也点燃了他的欲望。

在审问者与被审问者之间建立起了一种权力较量的游戏：一方面，警探试图通过突然造访对美娜施加压力，迫使其将同一经过重复说上数次，阻止其入睡等；另一方面，美娜可能意识到自己对埃利亚斯的吸引力，便用身体来使其心烦意乱。如果说，他一开始表现出了对局势的掌控，那么他在女性角色面前会逐渐开始感到拘束。

小说中，美娜的形象塑造来源于她和警探在审讯中的接触，来源于她对少校死亡事件的陈述，以及与她相关的各个证人。这些证人之间有着本质上的区别，有一些对她极尽诋毁，另一些则对她表示同情，这种区别让我们看到一些人较为保守的态度，而另一些人，则更为开明。

　　少校的形象主要是通过美娜的口供被逐步勾勒出来的，其中还加入了独立武装部队一份传单里的描述以及埃利亚斯对他的看法。对于埃利亚斯来说，少校是一个秘密、一个谜团、一条线索，因为他们掌握的只是别人嘴上说的，而且说法也大相径庭。一方面是新闻界为其塑造的负面形象，而另一方面，独立武装部队的传单却把他描述成一位勇敢、可敬、无畏的军人，他对政治毫无兴趣，但萨拉查政权强行逼迫人民与军队卑躬屈膝，这使他义愤填膺，所以参加了一次军事起义。这份散发给民众的传单，除了为少校辩护之外，还对调查的方向提出了质疑。

　　从美娜的说辞中可以推断出少校的形象，他是一个行动派，活力四射的情人，具有大男子主义。第一点可以从关于他非洲历险的描述中看出，也表现在他援引逻辑、对那些推迟采取行动的人的轻蔑态度之中。他作为情人的特征主要推断自他与美娜之间维持的炽热的情爱关系，起先是在丹塔斯租住的公寓里，后来是在韦雷达大屋内，还有少校剪下寄给美娜的情色故事，并在致辞中提到他们也有过类似的行为，以及国家安全警备局那份提到少校车里有精液痕迹的报告。

　　丹塔斯的大男子主义则体现在因美娜而产生的嫉妒之中，这导致他有时把她当作私有财产，甚至会使用暴力。根据美娜的说法，这种暴力可能与他开始表现出来的性无能问题有关。

　　少校对情人专制霸道的行为还发展到了下士与建筑师身上，他一心只想向他们强加自己的意志，却不接受别人的意见，结果加剧了韦雷达大屋内的紧张情势，最终导致他被谋杀。

　　少校试图确立权威，这能让我们看到，他正逐步建立起一个类似于自己所反对的独裁制度，韦雷达大屋可以被视作葡萄牙的缩影，一个被恐惧、迫害和监控主宰之地。就这一角度而言，谋杀他甚至可以等同于他所参与的政变。不同之处在于，推翻少校的"政变"是成功的，因为那些生活在他恐怖统治下的人获得了自由。

在《犬滩歌谣》塑造的诸多人物中，值得一提的还有埃利亚斯警长和奥特罗督察，两人都是司法警察局的代表，该单位与其他机构同属独裁政府的专制体系。这两个人物在小说中通过叙事者的视角展现出来，这种视角有时会与埃利亚斯的视角融为一体。奥特罗的讽刺意味主要在于其做作的知识分子腔调，以及对政治警察干预丹塔斯案调查时卑躬屈膝的态度，这表现出他与萨拉查主义体制中其他压迫机构的"友好"与自利关系。

在某些情境中，叙事者的声音与埃利亚斯的声音交织在一起，特别是埃利亚斯在阅读《新闻日报》时的片段。其阅读背后展现的是叙事者，他质疑报纸上的新闻内容，并借此机会嘲笑阿迈利克·托马斯总统是萨拉查的又一个傀儡，其作用是粉饰太平。

除了故事人物和叙事者的声音，还有报纸的声音：它是具有导向性的声音，只能传播独裁政府允许并对其有利的内容，成为不再具有公信力的载体。在小说中，有人悄悄地指示新闻界，要把少校的案子渲染成普通犯罪，而"被操控了的报纸"这一表述则表明有多少被物化或非人性化的情况存在，其中的一切都丧失了本质或合法性，因为甚至连报刊都变成了可操纵之物，这些都用讽刺的手法揭露了审查人员的干涉：不能留下任何痕迹，不让人们有可能把罪案与国家安全警备局联系起来。

另一个视角直截了当，来自一位不愿向制度妥协的人物——美娜的朋友。她为记者们定性的形容词十分明确："阴险""令人恶心"，特别还要提到的是，她慷慨激昂地指出了审查制度确实存在，以至于报纸都印上了"经审查委员会签核"的字样。

至于埃利亚斯得到的传单，那是一篇反唇相讥之文，"打击高官，打击萨拉查，……军队中的腐败"，上面警告说，少校是"一个伪行动派……是一个为政府卖命的挑衅者"。在报纸封锁、歪曲某些事件、企图掩盖不愿为人所知的真相时，出现了"老坟头"讽刺的反思，与叙事人的声音相得益彰。

电台也和报刊一样，是另一种受到审查制度控制的传播媒体（小说中的描述为"声音像被领带勒住"），只播放无关痛痒或旨在鼓吹现行体制、进而打击那些不遵从萨拉查主义者的新闻。所以，除"新闻正在报道的是托马斯总统的猎狐活动，还有他……要参加的印度教徒皈依仪式"之外，埃利亚斯听到耶稣的声音说："让小孩子到我这里来，不要禁止他们，因为天国是属于这样的人的……可什么人也没有，只有那个臭名昭著的马尔代斯上尉，在一次追捕学生的行动中全副武装，防暴面罩、盾牌和棍子，但这个新闻并不会被报道出来。"在最后的这段话中，永远不会被宣传报道的东西通过写作的过程被揭示出来，运用夸张模仿的方式引入《圣经》的语言，并展现了马尔代斯上尉恐怖骇人的特征。这一技巧正是萨拉查政府本身策略的映射，其官方讲话借助依附宗教原则来俘获民心，而人民则永远因为政治警察的持续监视而提心吊胆，这种邪恶的网络在《犬滩歌谣》中昭然若揭。

随着小说的推进，萨拉查政府压迫机制的专横跋扈逐渐被揭露出来：侵犯通信隐私、监听手段、线人网络、严刑拷打、让特工混入政治犯内部。在最后这一点上，运用了其他叙事手法，如脚注和附录，伽马·伊·萨律师将少校在印度服役期间认识的卡西米罗·蒙泰罗称为"国家安全警备局的大猩猩"便是例证。作者通过文内描写的一种情形得出定论，从而提供了蒙泰罗的其他信息，揭示出其行径的丑恶。

这一段还让读者了解到了有关少校的另一个信息：他与国家安

全警备局之间可能存在的联系，这从之前分析过的传单中也能有所推测。然而，附录清楚地指出这一想法毫无根据，是政治警察在监视少校。1974 年"四·二五革命"后该局公开的档案为此提供了佐证。

尽管有这些外部信息支撑，小说还是围绕着疑问展开叙述。就这一方面，可以想到埃利亚斯对两点的质疑：一是国家安全警备局早已对案件知情，却并未声张，因为把尸体留给司法警察局更为有利；二是国家安全警备局参与了美娜藏身之地的举报。同样令人感到奇怪的是，丹塔斯·卡斯特罗一案的八卷卷宗里几乎都没有提到政治警察。

国家安全警备局和审查制度是萨拉查政府控制人民的关键机制，结合所叙述事件发生的环境，为《犬滩歌谣》侧重点的合理性提供了依据。可与此同时，作者用来揭示被压迫国家面貌的文学建构手法则具有更为重要的意义。

小说中叙述的不同事件看上去杂乱无章，形成了一个巨大的谜团，让读者自行将散落在对话、人物声音、审讯内容、传单、文档、报刊电台新闻、作者笔记、附录和叙事者声音中的不同片段收集起来。

面对这些错综复杂的信息，读者会展开一项类似埃利亚斯警长的调查工作，将游戏内容组建起来，试图让本案真相大白。与少校被杀的故事同时呈现的，还有一幅 20 世纪 60 年代葡萄牙的全景图。

除了已经分析过的审查制度和政治警察之外，小说还涉及了其他一些问题：配合萨拉查政府的半军事组织葡萄牙民兵团和葡萄牙青年团，还有以残酷手段为特征的军人和葡萄牙殖民帝国。

最后一点值得关注，因为叙述的衔接是围绕葡萄牙失去印度达曼–第乌和果阿殖民地而展开的。这一消息通过连续几个段落来传达，埃利亚斯曾将它与之前的某一时期联系起来，与当时相隔三个月之久，那时，少校和朋友们还在韦雷达大屋之内，连续几个段落的描述显示了时空的间断性。这种交错的联系表现出被记起的问题非常严重：葡萄牙丧失了其印度殖民地，这一惨败令萨拉查心神不宁，他无法接受被他以高度的政治敏锐度精明地称为"葡萄牙海外属地"的印度获得了独立。

这一事件后来在小说里以一种更具讽刺意味的形式再次出现，而讽刺正是作者在整部小说中最常用的一种语言手法，表达出其对葡萄牙历史过去某一特定时期、某个混沌时刻的批评立场。可语言却能拨云见日，有时以讥讽的方式打开局面，有时则使用更加微妙的手法。从中取乐的色彩，那是绝对没有的。

《犬滩歌谣》的结构具有多样性和交错性的特点，与少校一案发展方向的不明确性相辅相成。一方面，卡多佐·皮勒斯的叙述通过涉案人员的口供为案件的侦破提供了线索；另一方面，由于语言为事件发展设下了局，疑点仍然存在。犯罪本身成为作者的一种技巧，他试图勾勒出一幅更广义、更复杂的情境，即小说的最终画面，国家深陷桎梏的景象。

刑侦小说的颠覆

《犬滩歌谣》不拘一格，打破了可能与之相似的刑侦类小说的固定模式。如果说，从卡多佐·皮勒斯的小说中，我们立刻便能察觉到托多洛夫（1970 年）在描述该文学体裁特点时所指出的二元结构，即调查故事与犯罪故事，注意到这两部分之间相互渗透的特殊性，那么本书与刑侦小说的相似便会立即受到质疑，从埃利亚斯警长这个人物本身就开始了。

布瓦洛与纳斯雅克（1991 年）认为侦探是古怪孤僻的人物，单身，有着特殊的习惯与癖好。因此我们可以说，埃利亚斯综合了在传统刑侦小说中通常能观察到的这些层次。他的怪诞行为已经反常到了精心护理小指指甲的地步，把它留长并涂了指甲油，还在审讯期间欣赏把玩。这个细节，加上他还有个引经据典来表达自己的癖好，使其形象显得滑稽可笑。

此外，他选来做伴的宠物（蜥蜴）以及他与它之间的对话，他与死去家人的关系，父母和妹妹的房间都保持原样，家具用床单遮盖起来，让人联想起一间鬼屋，还有他自创的充满黑色幽默的语句，这些都让人感到奇怪。

从这个角度来看，"老坟头"套用了经典侦探的形象。如果说，古怪的特征能把经典侦探与其他人物区分开来，使之高一个层次，那么就埃利亚斯的例子而言，这种优越性并未显现，相反，被突出的是他的劣势，在某种程度上，甚至让人嗤之以鼻。

至于侦探形单影只这一事实，"老坟头"身上还多了一份孤独，再结合情感和性生活方面的不如意，造成了一种行为举止上的堕落，却只能以言语和幻想的形式实施。即便是在这样的情形之下，他最终还是身居从属地位。

经典刑侦小说中的侦探似乎因其理性的头脑而无法去爱，埃利亚斯与之不同，他与情爱关系保持着距离，首先是将女性物化，随后，再将其转变成一种迷惑力。

关于刑侦小说，布瓦洛与纳斯雅克还强调了另一个方面，这一方面也让卡多佐·皮勒斯的小说有别于其他同类小说，那就是案件调查方式的严谨性问题。埃利亚斯并不严谨，他允许自己被想象和调研牵着鼻子走，使其调查真相的工作不按常规出牌，非常"奇特"。《犬滩歌谣》中的叙事者一直密切关注着这一点，深入到其用语的调查研究工作之中，通过"猜测""推测""想象"等动词，揭示了"老坟头"的随心所欲。

除记录埃利亚斯介入案件的调查之外，叙事者在提到这一人物采取"再次审阅"的方式、秉持"阅读道德"时，表现出一种讽刺的态度，在审阅卷宗过程中，假设和操控凌驾于凭证和依据之上，显示出其判断的片面性。

而且，在审讯过程中，他为少校的情人神魂颠倒，这使他多次将那些对查清案件始末并不关键的事情放在了首位。

所有这些情况都说明了"老坟头"在破案过程中具有局限性。小说中他患有的高度近视从字面和隐喻角度都有所披露，近视的意义被扩展，是因为他身为"一个公安机关"的公务员，"行为受到所属独裁政府制度的制约"。这是另一个区别于传统刑侦小说的方面，马尔丁·泽莱佐（2005 年）认为，传统侦探不能隶属任何国家机关或组织机构，因为这会妨碍他们的行动自由。

如果我们仍然认为破案一般来说会构成刑侦小说的高潮部分，本书在这一点上也有所偏离。事实上，案件的侦破悬而未决，因为不肯定、不相信、不确定、不信任，这些都被编织到了小说的情节之中。

可以发现，"知晓"和"事实真相"的说法都会让人质疑，这与叙述特性所涉及的人物缺乏可信度直接相关。在某种程度上，故事人物，尤其是埃利亚斯，对发生的事件也多有疑问；另一方面，信息来源让人疑窦丛生，不管是美娜的证词还是媒体，都是如此。在另一个层面上，突出的是叙事人的观点，把叙述本身置于危险之境。第一层面中出场的是一个令人疑惑的警探，他一直沉浸在思索猜测之中；第二层面是对所掌握信息的操控；而第三层面则能窥见叙事人的敏锐洞察力。

埃利亚斯警探在好几个时刻都表现得犹豫不决，被困在无法解读的细节之中。他试图填补空白，但常常发现自己迷失了方向，沉浸在一大堆无法联系起来的线索之中。此外，他不仅怀疑菲洛美娜这一奸诈狡猾的人物所供信息的可靠性，还怀疑不同受审者的供词；这里不但要关注所述内容的真实性，而且要关注内容的叙述方式。换言之，问题在于叙述，是叙述这一行为本身，这意味着，不只是叙事人，还有埃利亚斯，都把口供内容看作故事，因此会导致各种偏差。

这种现象也延伸到了新闻媒体机构，特别是受审查制度束缚的报纸刊物，它们的新闻导向是让受众信服，比如将少校胡乱编造成同性恋，从而把他的死亡与性犯罪联系起来，目的是消除政治犯罪的可能性。

至于小说自身范畴里的调查内容，我们相信其推进基础是叙事人在某种程度上优先考虑将个人视角作为叙事的载体，尽管他也提醒读者要注意"老坟头"的疏漏、粗心、猜测、想象和理解错误。这一方法塑造出一种对峙的局面，使小说疑团重重，成为一部自我怀疑、审视自身轨迹的作品。

这种写作方式挑战了刑侦类小说的另一个特点，即权威主义，因为此类题材会通过某个人物的话语来表达，并为其强加上绝对真理的价值。这在卡多佐·皮勒斯小说的叙事上没有得到体现，本书注重的是内部的聚焦、观点的变化和不同声音的交织。

另一个与众不同之处在于叙事方式，传统刑侦小说叙事人一般会整合不同的观点来组织叙述，所有的板块在结尾处合理地拼接到一起。而《犬滩歌谣》却并未做出如此设置，因为各种说法之间不一致，无法协调，也无法达成共识。

两种情况中，读者所处的位置亦有所差异。在传统刑侦小说中，读者的错觉是与侦探掌握了相同的信息，便急于在其之前破案，可事实却大相径庭，因为读者跟进的是叙事人而非侦探的叙述，这也不能算是完全巧合；而卡多佐·皮勒斯的读者却没有走上这条道路，事实上，这条路在小说开头便已被封死，因为警长已经认定："这便是三个犯罪嫌疑人，杀人灭口，心怀鬼胎，守口如瓶。"美娜、丰特诺瓦和巴罗卡从嫌疑人变成了罪犯，但这一发现并未让读者灰心，相反，更能促使其翻阅此书，寻找导致这一官方说法的调查线索。重要的不是破案，不是找出杀死丹塔斯·卡斯特罗少校的罪魁祸首和原因，而是小说的建构过程，它甚至可以被视为突破刑侦体裁格局限制和其他限制的一种策略。

开展此番关于刑侦小说的讨论还衍生出一个问题，那就是，在了解并颠覆陈旧的创作模式和小说结构的同时，《犬滩歌谣》是否也在与萨拉查政府的腐朽、极权体制的管束以及对可能出现的不同观点的禁锢进行斗争呢？

质 疑 的 视 角

与叙述和谋杀相关的事件相比较，卡多佐·皮勒斯的小说特别强调了"老坟头"自己创建的叙述方式，基础便在于其对所发生之事有限的观点，而与他编织剧情并从中找到真相不同的是，小说倾向于否认这个结果，或任何其他严格来说都可以是真相的结果。小说重申这一趋势，反复提到"余料存储箱"，即埃利亚斯没有利用起来的那些线索和迹象，通过各种解读的可能性，把重点放在了少校之死的元凶没有定论这一看法上。如果调查者是另一个人，可能会是另一种结果，因为"老坟头"选择了自认为最合理的内容进行剪辑，最终得出了自己的结论版本。

埃利亚斯这个人物在叙述的表达上至关重要，因为本起罪案的故事正是通过他并不单纯且不客观的片面视角而展开的。他手中所掌握的也是故事，由证词构成的故事，当叙事人将少校被谋杀的事情称为一个"故事"或一个"美娜讲述的故事"时，就明确地表明了这一点，也就是说，他使用了具有文学形式特征的术语来给这一过程定性。

在把关注点从事实转移到故事的过程中，埃利亚斯作为组织者和叙事人的形象格外引人注目，他甚至可以是一个写故事的人。如果我们顺着这个思路，《犬滩歌谣》里叙事人和警长的关系则会更具启示性，其中建立的是一场若即若离的游戏，因为在某些时刻，他们的声音交织在一起，叙事人影响了人物角色的主观性，揭示出其思想，但几乎同时也带来了距离感，因为叙事人通常不赞成埃利亚斯的意见，并坚持把这种分歧指出来。

在多个场合，叙事人都影响到了埃利亚斯的主观性，叙事按照这个人物的观点进行，也就是说，正是从他的角度，读者才能进入某个场景之中。这种方式对于叙事人来说不可谓不是一种冒险，因为他提出了一个假设，即他和警长正以同样的方式看待、思考和分析所发生的事件。然而，从警长意识出发的叙述意在揭示他如何推理、如何行动、如何建构其对事情的看法，总而言之，意在揭示他如何通过掌握的信息来组织自己的故事。从这个意义上说，读者所拥有的是叙事人和警长之间一种带有讽刺意味的相似，一种保持批评距离感的相似，一种令人质疑的相似，一种揭示差异的相似。

《犬滩歌谣》里叙事人的存在也通过一些字体排版变化的帮助得以彰显：有时是插入一个斜体词，提醒读者注意其中所包含的讽刺意义；有时是用大写字母重复语词，意在引发思考；动态行文版面的最终目的是引起读者的猜忌，并作为一系列猜忌的补充，通过作者传达给叙事人、叙事人传达给某些人物、这些人物再传达给其他人物，如此延续开去。

叙事结构的策略加深了这种猜忌的程度，鉴于小说中的特定时刻，也就是犯罪和调查的时间从 1960 年挪到了小说出版的 1982 年，作者的介入在此得以体现，他在与所发生事件保持一定距离的情况下评估了事实的真相，特别是把埃利亚斯从过去带到写作的当下，如此一来，便使得之前的一个怀疑变得永久：表面上案件已被侦破，可揭示出来的是真相吗？又是哪种真相？

空白依然存在，虚空并未被填补。相反，读者对于书中呈现出来的事实真相产生了更多的疑问，因为整个叙述中弥漫着的猜忌一浪接一浪，引发了其他可能的问题，即叙事人对当权者说法的质疑。这些说法通过官方文件、警方记录、报纸刊物而传播，总而言之，通过埃利亚斯剪辑的过程而传播，从各类说法的字里行间，能窥到一种强制制度的存在。

随着对所发表的内容提出质疑，不同的说法失去了可信度，叙事人也在建议改变强加于人的话语体系，因为权力渗透到了话语之中，正是通过它，规则才被强加，正是通过它，统治才得以实现。

巴特（1978 年）认为，权力是嵌入语言本身的，只有文学才能依靠语言瞒天过海，在语言的内部实施移位和转向工作，有能力与强权相抗衡，而不是简单地把语言作为一种媒介、一种交流手段。

在构建自由、具有影响力的叙事结构中，《犬滩歌谣》摆出的立场恰恰是反对独裁专制、不容反驳、制度化和限制性的言论。它是一段带有批判性、转型性、革命性的对话，创造于权力之外、语言的空隙之间。

配合这一立场的，甚至还有小说对各种记录（报纸、报告、法律鉴定等）的使用，这些记录通常不会以这样的叙述形式出现，因此，就小说本身的结构而言，也是破旧立新的开放之作。

作品的这一开放性也延伸到了读者身上，因为卡多佐·皮勒斯的小说要求大家积极参与其中，共同创作。这是文本与读者之间的互动，文本鼓励读者在诠释上配合协作；这是作者使用的策略，让作品的潜在意义得到了新生。叙述主体之间建立了某种默契关系，因为在感受到一位能够引领读者得出部分结论的叙述主体存在的同时，读者扮演了接收主体的角色，允许自己被或不被其引导，在此，二种主体之间形成的是一种互动关系。

　　《犬滩歌谣》吸引着读者，向其吟诵"犬之谣"，此处的"犬"为"授勋之警犬"、追逐之犬、时时警惕观察之犬、发现少校之犬、卡多佐·皮勒斯的小说里所有寓意深刻之犬。

索尼娅·伊莱娜·德·奥·拉伊蒙多·皮特利

圣保罗州立大学

布雷托河圣若泽校区

1960 年 4 月 3 日马斯特罗海滩发现一具无名尸体

1. 男性，身高 1.72 米，营养良好，年龄 50 岁左右。

2. 未出现尸僵；无尸斑。

3. 脑颅枕骨与顶骨接缝处右侧有一处直径为 4 毫米的圆形弹孔。

4. 颅骨内板，左太阳穴处穿孔。

5. 骨头穿孔处硬脑膜破裂。

6. 左眼眶粉碎性骨折，一直径为 4 毫米的圆孔处骨质缺如，子弹轨迹从此处延伸至硬腭右侧。

7. 脑组织高度腐烂，呈灰绿色糊状，气味恶臭。

8. 第三肋间隙穿孔，周围肌肉渗血。

9. 心包穿孔。

10. 食管穿孔。

11. 心脏：穿孔 4 处，接连伤及左心耳、左心房、肺动脉与心室底部，重 300 克，重度腐烂。

12. 胸椎第七节穿孔，圆形洞孔直径 4 毫米，为子弹入口处，轨迹一直延伸至椎管内，枪械子弹停留在内。

13. 左肘肌区域发现另一子弹轨迹。

14. 胃部发现枪械子弹，伴有大量血液沉积。

15. 无主动或被动同性恋迹象。

现场勘查：高低不平的沙地上有小沙堆，其中一个沙堆位于距公路约 100 米处, 可见一只人类手肘和一个膝盖暴露在外, 部分肌肉组织已遭破坏, 上面布满苍蝇。仔细谨慎地清除沙粒后, 可以发现是一具男性尸体, 向左侧卧, 已深度腐烂。鞋子反穿, 即左脚的鞋子穿在右脚上, 右脚的鞋子穿在左脚上, 羊毛袜子成色很新。佩戴有天梭牌MM 腕表, 时间停于 5 点 27 分 41 秒。没有找到证件、财物或任何个人参考物件。被狗撕破的衣服碎片散落在外……其中一条是无法确认身份的流浪狗, 正是它引起当地一个渔民的注意, 并将他带至尸体处。此狗似乎长有黄色的眉毛, 这是葡萄牙牧犬的专属特征。或许它在岸边一无所获, 所以应该是在泳客区域过的夜。每年这个季节, 海边都只剩下几个铁架子和小亭子在此熬过漫漫寒冬。地上是假期留下的一片狼藉, 沙子里埋有报纸碎片、一只因大浪翻卷而漂在水面上的鞋子、被人丢弃的包装; 那个用来抢救溺水者的救生圈, 日日夜夜都能瞧见; 潮水退去时留下来的渣滓浊沫; 那张著名的广告单, 上面写着"葡萄牙, 欧洲最鲜为人知的神秘之地, 请搭乘葡萄牙航空", 仿佛十字架上的耶稣, 被钉在一根孤零零的柱子上。正是在这样一片夏日幻景中, 这条流浪的野狗找到了栖身之处。

破晓时分, 它继续往北行进, 恰恰朝着那个更为人迹罕至的方向, 这让人费解, 因为狗是翻垃圾觅食的动物, 除非是远处的一丝气味吸引它刻不容缓地前往搜寻; 应该就是这样, 因为它经过渔民身边的时候, 正鼻子贴地, 低声吠叫着一路小跑。它知道自己的目的地在何处, 这从它的表现中可见一斑。跑到前面以后, 野狗立刻加快了脚步, 飞奔起来, 然后消失在了沙堆之中。

可没过一会儿, 它又出现了。这次, 精瘦的它像条猎兔犬, 站在沙堆最上方, 对着海上飘来的烟雾狂吠。这自然让渔民疑惑不解, 不管怎样, 他还是朝上边走去, 野狗一刻不停地继续它的呼叫, 甚至看都没看他一眼。渔民一路向上, 爬到了沙堆顶上, 向狗那边靠近, 等最终离它很近时才停下来，看到了那番情景：

在一个沙坑的底部，一群狗围在一具男性尸体的旁边，充满恶意。渔民一出现，有几条狗就跳到边上，但立刻又回去继续抢夺猎物；还有几条连动都没动，心无旁骛地完成自己的任务，在死人的尸体上互相撕咬。

"这多少有些讽刺。"司法部刑警督察奥特罗说道。根据后来掌握的情况来看，死者生前爱狗爱到几近疯狂。

目 录

案件调查

案件还原

案件调查

1960 年 5 月 7 日

第 一 章

　　案件笔录中出现的刑警队长埃利亚斯·桑塔纳，也是本书中的人物，他体格瘦弱，面色异常苍白，身高 1.73 米；凸起的双眼（眼球凸出症）表明其患有高度近视，肤色与其他症候均显示，他的消化系统存在问题，可能患有慢性胃炎。外貌方面，他无任何异于常人之处，不过就是到世间游走一遭的普通人而已，或许只有小指指甲除外，这片留长了的指甲上涂了指甲油，好似吉他手或算命法师的指甲，这也使得小指上面戴着的刻有族徽的戒指显得格外引人注目。他习惯穿格子夹克、纯色长裤，戴黑色领带（非常应景），配哑光珍珠领带夹，夹克胸前的口袋里是一块浪琴牌夜光指针怀表，用金链固定在翻领上；一圈又一圈、度数极深的厚镜片后面，是死气沉沉的眼睛；头皮上的头发稀疏，仅存的少量余发在脑袋上划出平行线路，分布在两只耳朵之间。

　　[*埃利亚斯·卡布拉尔·桑塔纳*，翻一下他的档案记录：1909 年出生于里斯本主教堂区，地区法院法官之子。他曾就读于圣地亚哥使徒高中，因父母去世而辍学，由姐姐监护至成年。喜欢在夜间参加牌局，也是地区社团抒情歌手。在洛雷斯的佛兰芒格疗养院待过一段时间之后，经时任司法警察局局长布拉沃法官签发文件录用，进入局里实习（1934 年 7 月 10 日）。业界戏称他为"老坟头"或"老坟

头"警长，因为他在凶杀科工作二十余年，一辈子都在查明死亡真相，让死者入土为安，把凶手送到全国各大监狱之中，那些监狱就像是装有铁栅栏的墓地。他的工作档案里还能找到的是，对他的赞誉之词以及他的奉献精神。怀着属于其专业范畴的持重谨慎，不会感情用事，甚至从来都不用诸如"死者""死人""已故者"之类的词来指称交付给他负责的尸体，而更愿意选择"被害人"这种尊敬的大法官才会使用的称呼。当人们偶然在意外的时间和地点遇到"老坟头"埃利亚斯·桑塔纳办案时，他通常会回答说是在"寻找已无法开口之人"，就此便能衡量出他面对死者和凶手时的谨慎性和自然度，陈述完毕。]

　　就这样，随着 1960 年 4 月 3 日事件的发生，即在距离里斯本五十公里的马斯特罗海滩上发现一具无名尸体七十多个小时后，上述这位人称"老坟头"的埃利亚斯警长坐在床上，陷入了沉思，在他面前摊开着前一天的报纸，翻开在犯罪版那一页。

　　他身穿绸缎睡衣。那是早上七点，他正在位于主教堂马路上的家中，可以从四楼俯瞰特茹河。卧室是里面的隔间，有一扇椭圆形的小窗，对着楼梯。大肚五斗橱，像个大女人一样不可一世。木叶桃花心木小床头柜的台面是大理石质地的，还有个彩瓷痰盂。床单上用花押字绣着首字母 MT。

　　埃利亚斯似乎在报纸与睡意之间摇摆不定。其实不然：他实际上是在沉思，而且还朝着五斗橱上摆得如同祭坛一般的照片方向。其中一张照片里，可以看到身穿黑袍的法官和他身旁的妻子；另一张照片中，是他们和一个穿着花边裙的女孩，母亲抱着女孩；第三张照片中，是这对夫妇和女儿，还有一个骑在玩具马上的男孩（能清晰地看到，照片背景是一块画有喷泉花园的幕布，女孩不再穿花边裙，而是站在那里把着一辆自行车的龙头）；最后一张，是银相框中一个年轻女子的脸，她眼神温柔、纯洁、忧郁（嘴角的痣与自行车边上的少女一样，但更为明显、更具个性，此时，她的额前垂着一簇鬈发）。

埃利亚斯没戴眼镜，黑眼圈很重，眼皮皱巴巴，好似火鸡。他干嚼着什么，始终盯着（透过眼皮？穿过模糊的微光？）先人们那些泛黄的黯淡相片。然后，他站起来，穿过走廊，这里一闻就有股不会弄错的气味：老鼠？

他穿着拖鞋，手里拿着报纸，向厨房走去，但在抵达厨房前，先到途经的两个房间里看了一下，里面的家具都像穿了寿衣似的（屋主巡房，就像已故的父亲在埃尔瓦斯城去法院之前到农场里转上一圈时所说的那样）。他走进其中一间房，又走进另一间，看看桌上堆着的许多银器、锦缎长沙发和扶手椅，一切都用被单盖着；无比庄严的镜子、胡桃木餐具柜，还有一尊渔夫小雕像，钓鱼线垂到了鱼缸里，里面既没有水也没有鱼，只放了一个门把手；珠宝盒、酒柜；更多的裹尸布，更多延展开去的白色；这就是一个放置精致物件的家庭太平间。每个房间都有捕鼠器——可都没被触动过，都被无视了，"因为家里的老鼠不会奇迹般消失。"埃利亚斯说，而这个家里的老鼠太在行了，如果有必要的话，甚至可以逃过雷达的搜捕。

他走进厨房。厨房里有石头水槽和朝着后门开的窗户，后门那里的阳台上搭着鸽棚，还有晾晒的衣服；那边的窗台上放着养在盆里和盒里的花，屋顶上野草丛生，成群结队的老鼠窜来窜去，还有电视天线。埃利亚斯开了小火，带着恰到好处的失落，给早餐牛奶加热。

不一会儿，他就端着一个冒热气的粗碗穿过走廊，坐到了客厅里，客厅的窗户朝着特茹河。货船，来回穿梭的摆渡船。远处的河对岸能看到冶金厂的巨型火苗，而那手边可及之处，则是斑鸠在鸽棚檐下用嗉囊发出咕咕的叫声，自恋的猫儿在阳光下舔舐自己的身体。

埃利亚斯把饼干浸到加了蜂蜜的牛奶里："这就已经八点钟了，今天会是波澜不惊的一天。"他对着放在窗下的一个玻璃盒子说道。沙子，这是里面所能看到的。接着，他打开报纸："等等，今天是被死者踹上一脚的日子，兄弟。被死者踹上一脚，你可曾听说过？"

沙子里有只生物纹丝不动，在玻璃笼子的底部听他说话，现在能辨识清楚了。它是在聆听还是在假寐一般无动于衷，无从知晓。那是一条变色龙。学名叫蜥蜴，被当作宠物时就叫变色龙，身体表皮粗糙。看起来永远都是一副蓄势待发的姿势，头一动不动，脖子前伸，后足上的长脚趾都张开着，牢牢地扒住地面。

"你才不在乎呢，"埃利亚斯继续说道，他一只眼睛盯着牛奶，另一只眼睛看着报纸（但他是在对变色龙说话，变色龙是他的倾诉对象），"像你这样的大爬虫还有更多要考虑的事情呢。"

被害人身份确认

被害人为前陆军少校路易斯·丹塔斯·卡斯特罗，因参与军事政变失败而在埃尔瓦斯的格拉萨堡监狱候审，去年12月越狱

这正是歹毒的死者踢来的一腿。所谓的"被死者踹上一脚"，是因为他穿着魂灵的拖鞋而来，没人预料得到，没人看得见，一脚正好踢中了毫无准备的大活人，而此人就是好人埃利亚斯。

在变色龙利札德和汤碗之间，刑警队长的思路全部集中到了新闻的详尽报道之上，这样的描述就这么摊开在他眼前，第一页就大张旗鼓地宣布了死者的信息。对死者的描述是：被害人，上述之被害人，身着军官制服。细节描述，关于腐烂的猜测，一股尸臭甚至会让人瑟

瑟发抖。接着是关于死者的过往，陈年旧事，守灵时的老生常谈，死者的所作所为，在其身上发生过的种种，哎，多可怜的人啊。"行板[1]速度，行板，"穿着睡衣的刑警队长咕哝道，"接着是葬礼。"现在又有三个人加入了送葬队伍。

犯罪嫌疑人

他们中的任何一个，都可以是被拉到大庭广众之下进行案件重现游戏的主人公；他们任何一个，不论是一个女子、一位建筑师还是一名小队长，都只不过是在报纸上的一张焦黑的脸。那一名女子是菲洛美娜：她的眼神根本无法看清，但是能看得出她很年轻，非常年轻。另一位是小队长：他戴着军帽，整个人都不知所措，任由对着他拍照的相机摆布，就像一个孩子。还有一位是建筑师：胡子几乎都刮光了，没有皱纹，神情中透露出笃信，仿佛是在履行某一庄严时刻。这三个是犯罪嫌疑人，杀人灭口，心怀鬼胎。看到他们被灰色颗粒这样刊印出来，让人想起他们也曾经是普通人。

埃利亚斯："行板，行板，死人踹过来的那一脚在最后还要来一次。"

可以说，一行一行的内容他全都知道。他看了那报纸，又看了一遍，所以加快了速度（如演奏音乐般），行板，行板，直至某一页，用手一拍："就是这里了。"此处，新闻进入了智慧的演说板块，把死者送入了地狱最底层、最混沌之处。与政治有关，这便是罪恶。

既然最初假设为性犯罪的可能性已被排除，所有收集到的证

1　音乐术语，指稍缓的速度而含有优雅的情绪，属中慢板。——译者注

据就表明，摆在眼前的是一场政治谋杀。尸体脚上两只鞋子反穿这一事实本身就很能说明问题，因为这正是秘密社团内部处决叛徒的做法。

埃利亚斯确实能从字里行间读出，国家安全警备局会插手这个案件，而且是刻不容缓，这样就有好瞧的了。"两个单位的警察互相猜忌，就像我这双眼睛看着你那么真切。我都已经能感觉到不幸之神在我耳边了，"他大声警告变色龙利札德，"明白了吧，兄弟？"

他瞪大眼睛，扫了一眼影院讯息和海外新闻那页，多种族和平共处，"索诺多纳助听器让您告别无声世界，价格亲民""月汐公司"。"最糟糕的是，"他想，"有些人只会拿报纸对着太阳光，好找出被警察拿笔删掉的词，没有发现任何东西时，就自己创造。"这就相当于一种二次审查，混乱加倍。这样，有一天我们都得在文字中寻找"文渍"（如果字典里真有这个词的话），因为我们是葡萄牙人，没人能把我们当成傻瓜，把刑警埃利亚斯当成傻瓜更是没可能。他不费吹灰之力就弄明白，国家安全警备局早就知道这起案件，只是花了些时间才把尸体交给司法警察局，臭气熏天，引发众怒，让"功臣"警察局的探长们变成了受尽失责诬蔑的公仆。

利札德在他的玻璃星球上始终无动于衷。这是一条家养的龙：个头小小的，但好歹是龙，史前生物，凌驾于时间之上。主人靠近它，检查固定在笼子上的恒温器，因为正值换季，必须调节好温度。夏天，要经常把沙子弄湿，不让这个家伙兴奋起来，也不让他因为想起了雌蜥蜴或是太阳顶头而晒的悬崖而拍打尾巴。

埃利亚斯抬眼向窗户望去：国家安全警备局会如何行动呢？又会在何时行动呢？他常听人说：监视警察的警察是双重罪犯。这样行得通吗？

空中，一架喷气式飞机正朝着无尽的苍穹飞去，它的航迹划开了四月的蓝天。

埃利亚斯：在这次行动中，督察会扮演什么角色呢？

督察奥特罗先生："刑警们应该在职权范围内予以合作。嗯，在职权范围之内。"埃利亚斯正看着他，戴着墨镜，传着局长的话。同样的用词，同样的弹烟节奏，好给说话留出充裕的时间。"你说什么了吗，'老坟头'？"

没人叫他"老坟头"

当着埃利亚斯的面，除了奥特罗督察之外，没人会叫他"老坟头"。因为他们曾在同一个警队，直到奥特罗靠科洛尼亚斯区一个招摇寡妇的钱读完了法律本科，不管这件事是真是假。现在那间司法警察局的办公室、地毯和厚重的靠背沙发将两人隔开，探员和督察，还有墙上挂着的萨拉查肖像。"你说什么了吗，'老坟头'？"

埃利亚斯警长说："国家安全警备局。我已经感觉到不幸之神的气息在让耳朵发烫。"

奥特罗用手小心翼翼地整理着文件，翻了一页记事本，把每件东西都摆到办公桌上该放的位置，好借此整理思路，以免莽撞行事。

最后，奥特罗发表意见："刑警们应该在职权范围内予以合作。"

奥特罗又说："一起政治谋杀案，该由国家安全警备局说了算，这一点得考虑在内。"

可以听到街上传来救护车发狂的声响，阳光在地毯上拖长了影子。埃利亚斯若是从沙发上转过身去，便能看到窗外蓝色的四月被飞机的喷气斜斜地划开了一道口子。

但埃利亚斯正聆听并思索着，大大的指甲顺着沙发扶手上的纹路划来划去。真没想到，国家安全警备局会把这个死者要过去。他们挑起事端，又置身事外，啊，这才对头，他们就是这么个性子，但现在要他们忍受尸首，应该是门儿都没有。"秘密警察都是一丘之貉，"他说，"血迹还没出现，他们就已经在用猴牌肥皂把手洗干净了。"

"也不全是这样。如果存在性犯罪的可能，那我同意，死者应由我们负责。可现在，"奥特罗督察说，"情况发生了变化。"

埃利亚斯边用指甲划沙发边说："当鲜血散发出政治气息时，连苍蝇都会张开翅膀飞走。"

奥特罗督察开始用指尖撺起了外套的翻领。"'老坟头'，"他说，"不管那帮家伙愿不愿意，死者都牵涉到了政治，是同党阴谋性质的问题。你很清楚，这得由国家安全警备局说了算，不然还要他们在这儿干什么呢？"

他在椅子上坐直了身体，埃利亚斯只看到他那副宝丽来牌青铜色太阳眼镜上反射出了窗户，还有一支香烟在金色胡子下一上一下；况且，同党阴谋也好，同志阴谋也好，用这个字，用那个字，听起来都是空谈徒劳，只能被训练有素的报纸当作笑料。埃利亚斯他自己只知道：这里面有阴谋，没有其他。有人悄悄地向媒体透露，要把这起案件转性成普通犯罪，把那个被杀的少校描述成一个屁股朝上的同性恋，被一群臭味相投的人攻击得体无完肤。

"要命，"奥特罗督察吼了起来，"又来一辆救护车。有几天我从这里出去，满脑子都是救护车警笛的声音。"

"等一下，电话响了。"奥特罗边接电话边挥手，语气平淡无奇。他挂了电话。

"你准备好，"他接着宣布，"刚刚发现了那帮家伙的房子。"

埃利亚斯瞠目结舌："房子？"

奥特罗督察说："国家安全警备局监听到了一个电话。但很显然，房子里已经没人了。"

房子，巢穴

房子。那座房子，正如这张《图影世纪》杂志上的照片所示，坐落于一个山坡上，被松树与刺槐环绕。它朝着大海吗？好像是的。远处那条线应该就是大海，肯定是海，这边是辛特拉山脉，能从地图上查到。就在这里：大西洋，罗雷尔山谷，用虚线标出来的路。打了一个叉的这个点，就是房子所在地——刚好就在这条从马夫拉过来的公路边上，海拔高度 200 米，可能多点可能少点。这条公路的路线编号是 EN-016B，17 路、223 路和 224 路公交车都从这里经过。

"这个村子，叫富尔诺思，应该是他们购买生活用品的地方。"埃利亚斯说道。

"有可能，很有可能。"

从这上面，公路这边，看不到房子。过路人最多只能从树林中往外张望，通过烟囱短时间里投下的阴影猜到它的位置。而所有的这些，天然屏障、出入方便、独处一隅，都清晰地表明——用奥特罗督察在记者招待会上的话来说——罪犯们从一开始就行事谨慎。督察还说了，他们凡事都研究详尽并提前做好了准备，比如早填日期[1]。埃利亚斯警长心中暗想："什么日期？这家伙要么是在白日做梦，要么就是睡眠不足，脑子糊涂了。"

可我们得去房子里查一下，这才是要紧事。

---

1 为某种目的而填写的早于实际日期的假日期。——译者注

发现罪犯巢穴

应为疯狂女子被绑架囚禁之处

各大报刊让那房子上了头条，还从各个方向取景拍照，正面、侧面，或是朝着松林的那一面。

房子位于半山腰的位置[1]，我们能从某些角度窥到它的全貌。车库，两层楼，阁楼的窗户朝着西面的山谷。院子，当然还有院子。院子是奥特罗督察提醒大家注意的一个地方，因为那里有石板被撬开过的痕迹。至于其他方面，这座房子从外观看，就是本地工匠设计出来的住房，里斯本市郊众多别墅中的一套，在乡村的黑暗与霉味之中一关就是数月，灯若是被打开，就会看见精工细作的蜘蛛网和蚂蚁军团列队穿过的足迹交织而现。门厅里会有一块瓷砖，上面写着"欢迎光临"，碎布编织而成的毯子被用作了客厅的地毯。那里还会有一个壁炉（确实有：因为配插图时，壁炉搭配款待客人的松果篮这个细节至关重要）。整个家里，餐盘和集市上买回来的手工艺品是不会少的，其中包括二楼五斗橱上的陶制猫（空心，33厘米高）。壁炉钳子应该是在附近的铁匠或是流动小贩那里讨价还价买来的。那些流动小贩会把帐篷搭在周末自驾者经过的公路边上。

不难理解，这些或者其他的细枝末节肯定也能为案件提供线索，

1　国家安全警备局是追寻了什么线索、如何给韦雷达大屋定位的，至今仍是丹塔斯·卡斯特罗案件的谜团之一。如果确凿无疑是有人举报，那么在事件发生时所流传出的解释中，也明显只有两种能勉强说得通。其中一种解释是，屋主可能在报纸刊登的照片中认出了少校的女伴；另一种则认为，举报人是邻村富尔诺思的，菲洛美娜·若安娜每周都去那里买东西。同样合理的假设还有："四·二五革命"之后，国家安全警备局的档案显示当地有两名专职线人，还有一个与政治警察合作密切的葡萄牙民兵团成员。

但为时尚早。现在，埃利亚斯警长和陪他一起来的探员在那里走动，就像是进了陌生房子的猫，也就是说：转来转去，但不触碰任何东西，了解大致情况。

这是第一次踩点，如果可以这么说的话。没有什么能向他们保证，某个抽屉的底部不会有秘密钥匙；也没什么能保证，那些实验室全才们不会用他们的放大镜和试剂，在碎布编织的地毯下面重现无可抵赖的普鲁士蓝斑迹，这些斑迹就像是在检举时说的话：血，就在这里了。而那些实验室全才们在屋里走动，还有摄影师。所有人都在穿来梭往。但埃利亚斯和他的助手并未受到影响，继续着先前行动如猫的策略。在测量指甲长短和刮去尘粒之前，有必要对情况进行综合考虑，把出入口联系起来，去底下一层转转，那里原先是车库，现在放着一张表面拱起的乒乓球桌和一堆贴着三星白兰地标签的空瓶子；还要上楼去房间，爬到阁楼里，那边会有一堆报纸，他们得字字拼读，希望能找到一个日期、一个电话号码、残缺的一页。不过，现在还不是时候。现在，那堆报纸可以等着，飞蛾已经把能吃的都吃掉了，也许还遭散文荼毒致死。埃利亚斯警长把窗户两扇两扇地打开，这样他就能从屋顶高处一直望到大洋，成为风景的主宰。

一只只鸟儿点缀着画面，海平面在树冠之上，水天一线间一道冰冷的微光，渐入黄昏。那是一艘油轮吗？埃利亚斯看了好一会儿。要慢慢来。第二天才会开始收集蛛丝马迹，像平常那样，放心地交给追捕界的混混。要慢慢来。抓凶手比抓死者更快，因为，正如有人所说，死者的灵魂策马飞驰，凶手则会被恐惧绊倒。

埃利亚斯说："那个上身赤裸的女人就是在这扇窗户里出现的。"

如果要追随油轮渐行渐远，那么过不了多久，就会在被落日笼罩的房子里醒来；夜幕即刻便会降临，每年的此时皆是如此。随即，居住在废弃房屋顶楼里的真实生活便会展开，他做梦都无法想象：蚌虫咬噬，老鼠肆虐，夜行飞虫还会偶尔撞到窗玻璃上——就是《图影世纪》杂志上的照片里用一个箭头标出来的那扇窗子，因为就是在那里，某个目击证人看到一个光着上半身的女人在看海。真的看到或只是声称看到，尚待核实。

埃利亚斯下楼来到院子里，做了记录。

这栋房子距 016B 国道 150 米，与走到一条（根据本案卷宗所述）名为罗雷尔岔道的路程相同，和其他房子之间没有明显的间隔，附近的房子很少，四散分布。经核实，这座房子以及里面所有的床上用品和家具，包括电话在内，都是用假名向合法业主租用的。卷宗还提到，除了之前提到的罗雷尔岔道外，犯罪分子能从一条天然小路到达公路，在那条小路上发现了有人经过的痕迹，主要是一块女士手帕、一支圆珠笔和三个 SG 牌空烟盒；前往里斯本或其他地方时，租用房子的人会坐长途公交车，最近的停靠点离房子约 300 米；查获的物品清单里还包括一台葡萄牙军用佳能 7×50 精密双筒望远镜、装望远镜的盒子和一整套配件。

"那个赤裸上半身的女人是用这台双筒望远镜侦察大海的吗？"《每日晨报》的记者一边从下面的院子里往上瞧，一边问道。他是在问罗克探员，这名探员负责派人去把现场目击证人叫过来。

目击证人是一个石匠，惊恐不安，草帽下的双眼眨个不停，战战兢兢地缩起身子，只吐出几个字："双筒望远镜？"他不知道。几个人把阁楼的窗户指给他看，好像那边正好有个岗亭。"间谍，走私，你觉得呢？"那男人整个人缩成了一团："我不知道，现场目击证人可没有义务去猜测一个带有屋顶的笼子里，那两个乳房在烛光下做些什么。"

"石匠，你这没用的家伙，可别往警察眼睛里揉沙子。"罗克探员只用眼神威胁道。

《每日晨报》记者一副福尔摩斯的样子："来，朋友，好好想想。"

都是白费工夫。在警察和记录员之间，石匠不停地眨着眼睛，身体重心从一只脚换到另一只脚，就像是深陷泥潭。他说来说去还是那套内容，因为他所知晓的，均已用神圣信仰和家中孩子的健康发誓，如数做了交代。

石匠的叙述

石匠透露，大约一个半月前，他在清理离韦雷达大屋 100 米远的一口水井，爬上空气动力机准备给它上漆。差不多那个时候，他远远望见了阁楼窗口里的一个身影，能认得出是个女人。她稍稍后退了些，似乎是为了不被人从外面看到，而且好像没穿衣服，或者至少上身是赤裸的，就这一点，作为一个自愿主动出来作证的证人，他可以保证。

被问及当时天气是否寒冷时，证人回答说不。他也没有发现那个身影有任何不安或是绝望的迹象，她一动不动，面朝大海，就这样保持着姿势，直到有条狗在松林里叫了起来，（那个人影）才退回了屋里。

出于天生的好奇心，作证的石匠又回到了同一个地点去看那个女人。事实上她又出现过两次，要么就是三次，而且每次都很短暂。那几次，她都没有再赤裸身体，证人也没注意到她用了望远镜或者类似的仪器，她只是直视前方，在松林的绿光下显得非常苍白。就是这些。她是个年轻的黑发女子。

"头发是黑色的还是铂金色的？"罗克探员问道。

"黑色的，"石匠回答道，现在，是的，他平静了下来，"另一个女人，房子的女主人，她的头发看上去才像是灰色的。"

"你确定吗？"有人在他身后嘟哝着。

石匠转过身来：是刑警队长埃利亚斯。他正在那边巡视，经过时把问题扔给了他。问完后，他继续巡视，慢慢被松林的气味包裹住，头顶上有午后的鸟儿飞来飞去。

石匠又开始换脚的重心了。想起要去向警察告密的那个时刻，觉得真是该死，他一定为自己这个可怜虫的无知而后悔不迭（要承认石匠真是这样一个可怜虫，《每日晨报》的记者表示怀疑：自己所面对的是一个农村偷窥狂，是萨德侯爵[1]笔下沉迷于窥探林中苟且之事的乡巴佬，这个念头在他的脑海中挥之不去）。

记者和目击证人石匠在屋子入口的院子里面对着面，从那里几乎看不到阁楼的窗户，因为从屋子的正门看，窗户有点缩在里面。但那扇窗户是存在的，真真切切，它就在那里。第二天，《每日晨报》的所有读者都会被它吊住胃口，它会被一个穿过松林上空的箭头公之于众。就是这里，照片的这个地方，有一个白色的空心箭头；再往下，一楼（见图示说明）的另一扇窗户也有自己的故事，那是罪犯们聚集的客厅里的窗子。督察奥特罗到达那里，看到司法人员蹲在角落里试图解开谜团时，他当场就用手抱住了脑袋："这里的线索可是堆积如山呀。我们完蛋了，这些东西能写上二十多份材料。"

埃利亚斯听到了这声惊叹，还是继续大致的勘查。最能引起他注意的是整体环境和方向定位，此刻他正和一名实习探员测量那条从房子通往公路的小路的长度，误差除外，150米。埃利亚斯在卷尺的一头思索："老兄，在夜里这样往前走，不管是谁，都会找不着方向的。"

1　多拿尚·阿勒冯瑟·冯索瓦·德·萨德，1740年出生于法国，是法国文学史上伟大的作家之一，历史上最受争议的色情文学作家之一。——译者注

"更何况，当时还在下雨，"实习探员说，"神父一定吃了些苦头，头儿。"

埃利亚斯说："神父？谁告诉你有个神父和这件事有关？"

实习探员说："神父的罗马领呀，头儿。要不然，衣柜里的那块罗马领怎么解释？"

刑警队长在小路的尽头想象着，整个山坡上雨水如注，树木摇晃，狂风暗夜。从所知的格拉萨堡越狱事件来看，他毫不怀疑，神父和女伴是在晚上到达那栋房子的；假如夜晚降临时，大地已显露出它最虚伪的嘴脸，一个冬夜还伴着瓢泼大雨，那就是乱成一团，真正的乱成一团了，神父身处那样的狂风骤雨之中，定会大声吼叫。要像任何军人或随军神父那样在类似情况下一步步数着走，是不可能的，因为要从那条公路到下面去，既不知道有多远，也不知道方向在哪里，全都靠运气，一片混乱。

大概做了计算之后，埃利亚斯警长断定，他们是在凌晨到达的。他们是乘出租车来的，别无他法。当然只能乘出租车。他们在公路上下了车（也许是在长途公交车停靠点），再往前走，就是小路，但他们找到小路了吗？神父得靠陪着他的向导，就是那个年轻的女子。

"美娜。"他在暴风雨中呼喊。

他们从山坡上往下爬，没过一会儿就走散了。在黑暗中，这边被划一下，那边被拉一下，"美娜，美娜"，所有一切，呼喊的声音，慌乱的脚步，都被雨水带走了。最终，不知如何亦不知何处，年轻女子的手冲破了雨线，（终于）找到了另一只手——神父的手，两人向前冲去，踏过水塘，越过灌木丛，翻过高高低低的石坡，到达了一堵墙、一扇门边，到达了那么期待的门，门没锁真是奇迹。突然间，灯光：韦雷达大屋，这是卷宗里使用的名称。就在这里，这个地方。姑娘和神父到了一个小门厅，从恐惧和风暴中恢复过来。

埃利亚斯说:"就像《林间少年》[1]的故事一样。只是这次少了领路犬。"

他是通过司法警察局掌握的照片认识这些人物的。在苍白冰冷的一线光里,姑娘和神父出现在他眼前。在屋子的小门厅里,两人面对面。神父好像一只刚逃过了洪水的猫科动物:浑身漆黑,从头到脚在淌水。她靠在门上,气喘吁吁,上气不接下气。她拧着头发,用手指挤压,但渐渐地,她不动了,在包裹着她全身的雨之中,她依然无法被看得真切,依然无精打采,但眼神中却充斥着一种朦胧的光芒。神父弯下腰来,甩着脑袋,头发里有几许银丝,被雨水加深了色泽,神父的眼睛也盯着她,一动不动。两人互相打量,仿佛是在彼此交锋。突然之间,他们向对方扑了过去,是的,扑过去,靠在墙上滚来滚去,相互吮吸着皮肤,吮吸着气味、唾液、一切,在他们带来的雨水中结合到了一起。只听到一个抽泣的声音,一声由内而发的叫喊,盲目固执。("男人……是的,噢,男人……"她的声音,在八个月的分别之后,再一次如此真切起来,"八个月,真是的。")

没错,八个月。从三月到一月,是警方记录的日期。现在,两人在地上纠缠到了一起,彼此抹去了那段分离的时光。他们在开阔的阵地上相互吞噬,就在地板上,抵着桌腿,在一块拼织地毯的上面,那地毯走线粗糙,用粗布织成,磨蹭着他们的肌肤,让内在的热与光都涌现了出来。当久别重逢、激情过后,他们发现自己身处一个陌生的空间之中,那是一间被门厅透进来的光线隐约照亮的客厅。

他们就这样躺着,就这样待着不动。就在彼此的身边。赤裸着身体,周围湿漉漉的,一片温暖的宁静漫步于肌肤之上。他们身上有水汽冒出吗?

---

1 葡萄牙童话故事,讲述了一位林间少年与一条领路犬的故事。——译者注

"我有时会梦见这一刻。"年轻女子淡淡地笑了笑，朝着远方。

"我也会，"男人说，他也微笑了，"我都开始觉得自己已经无能了。"

"哦。"她说道。她把胳膊朝着天花板抬起来，可胳膊好沉，她随它们掉了下来。然后，她的微笑变成了另一种方式。带着狡黠，只对着她自己。

此刻他们重新又感受到了暴风雨。是的，外面狂风呼啸，而他们两人这样一丝不挂，躺在散落一地的衣服中间，仿佛是被雨水和黑暗引入了一块位于恐惧与时间边缘的神秘之地。

那个男人，神父，随军神父，或是其他某种身份——俯身倾向躺在他边上的身体，在客厅散布着的昏暗身影中，那身体散发出一道平静的强光：尽管祖露在模糊的半明半暗之中，却异乎寻常的清晰。哦，还可以看到那个年轻女子的牙齿白得发亮。

从警方搜查美娜公寓时查获的照片上，埃利亚斯能猜出那个身体的样子。一具华丽的胴体，整个身材，错落有致。他特别欣赏其中一张照片，美娜穿着比基尼出现在泳池旁边的草坪上，背景墙上有一条孔雀图案的带状雕饰——是真实的，那具胴体。沉稳有力的大腿，挺拔的私处，那个逃离暴风雨的男人支着手肘凝视的，就是这，就是这份健康祥和的真实。他的目光在她的肌肤上延展，攀爬至脖颈生动的曲线上，然后回到胸部。那一日也许是如蜜糖般的蓓蕾，或是起伏、坚硬、深邃的端点；他来来回回；庄重严肃，不紧不慢；一次又一次地在浓密的私处停留，花边、麝香，那在夏日比基尼留下的白色三角形肌肤中的私处。"她有着耀眼、慷慨、炙热的私处。"埃利亚斯想象着。

男人感觉到地板的压痕已深深印在了膝盖和手肘上，可他仍为年轻女子的风光所倾倒。外面风雨交加，他们的周围，是客厅内四散衣物的阴影，一只鞋子、团成一堆的连衣裙——被潮水抛弃的战利品。远景中，神父的罗马领洁白无瑕，在门厅的月光下浮动。

美娜纵声大笑："神父大人！我从来没想到过！"

面具与服装

埃利亚斯在刚从实验室运来的一堆东西中拿出那个罗马领："一个神父。我就差这个了。"

奥特罗督察的胳膊从桌子上探过来，问他要罗马领。他仔细地看了又看，"密涅瓦成衣店"，罗马领的内侧这样写着，字母被汗水浸得褪了色。他观察到，那领子硬得像牛角似的，好好的神父都不会用这种罗马领。

埃利亚斯警长说："它是很硬，但能让人兴奋。"

"你觉得是这样吗？"督察一边继续检查罗马领，一边问道，"我从来没听说过那个东西会让哪个人兴奋起来，不过，无所谓了。"

"我是指对女人而言，"刑警队长说，"大概和神父上床会让她们达到高潮。"

埃利亚斯又翻了翻实验室送来的证物："我估计是这样。神父是父亲，是上帝，是罪孽，一人包揽一切。有些女人就好这一口。"

奥特罗说："你，'老坟头'，只看低级趣味的书。"

埃利亚斯说："是的。"

每次督察拿起物证分析报告时，下巴都会惊得掉下来。一条蛛丝马迹，又一条蛛丝马迹，线索无处不在。他说："这些家伙就差留下名片和身份证了。"

埃利亚斯说："有些案子就是自带表现欲的，你想怎么办呢？"

奥特罗说："表现欲吗？可现在是线索过多。甚至还有指印，你见过更糟的吗？一个罪犯把带血的指印留得满墙都是，不是疯了就是在嘲笑警察。"

埃利亚斯说："或者是文盲在练习签名，这也是有可能的。"

奥特罗说："开玩笑吧，老坟头。你和你那些玩笑话。"

埃利亚斯拿出一粒瑞内牌消化药，一副不得不按时服药那种被逼无奈的样子。他打着哈欠说："哎，哎，明天的这个时候，我这个小伙儿就会在埃尔瓦斯堡问候一帮中士了。"接着又说，"我有次看过一盘鲍里斯·卡尔洛夫的录像带，里面有位收集死者指纹的画家。他给指纹拍下彩色照片，还靠那玩意儿赚了好大一笔钱。"

奥特罗一边签署着当日早晨的公函，一边说："你想说的是，墓地里的毕加索。"

埃利亚斯说："我说的是真的，那家伙管这叫指纹画，就是为了哗众取宠。但有一天他搞砸了，因为拍了一只莫名其妙出现在停尸房里的手，结果发现，那只手属于弗兰肯斯坦要弄的第二具尸体。"

奥特罗说："是吗？"

埃利亚斯说："没错，而且弗兰肯斯坦找上他了。"

奥特罗说："你可别告诉我，弗兰肯斯坦是要维权。"

埃利亚斯说："他要那只手，那才是他想要的。因为弗兰肯斯坦现有的两只手属于两具不同的身体，对不太准，很难把人勒死，所以他开始追那个画画的，逼着他说出他拍摄的那只手在哪里，好有两只一模一样的手。在对称性方面，弗兰肯斯坦向来都是有些执着的。"

奥特罗督察说："没错，老坟头。你和你的玩笑话。"

埃利亚斯说："你别在意，是溃疡的关系。"

奥特罗潦草地签着名："啊，好吧，溃疡。"

埃利亚斯说："我的'大熊座'溃疡，还不是一直发作，只在偶数日期和春分秋分的时候到访。"

奥特罗说:"那还好。可如果我是你,老坟头,如果换了我是你,就会小心谨慎一些。在这样一个案子里,任何碳酸氢盐成分都没法让你的五脏六腑太平下来。"

刑警队长伸了个懒腰。司法警局的大厦内已是傍晚时分,那时,警探们大多都在康德雷东多或周围的啤酒店里小酌。

奥特罗边收拾文件边说:"首先,报纸会史无前例地追在我们后面。然后,还有那帮家伙留下的大堆证据,而你认为那只是出于草率,出逃时过于草率,这是你说的,至于我,不置可否,我先记下来,然后等着瞧。但是线索过多,这是事实。血迹、指纹多到让人觉得浪费,少校的笔记本、衣服上的标签,要命,这些对你来说都无所谓吗?"

埃利亚斯跟他道别时说:"一切与工作有关的事,都不会让我觉得无所谓。"

[曼努埃尔·弗·奥特罗,生平:不久之前他检查神父罗马领时的观察所得,直接来源于其在神学院(九年级辍学)就读期间所了解的宗教生活。他是农民之子,来自东北部的维拉雷亚尔区,进入公务员系统后,担任该市民事法院书记员一职,后转为司法警察局的见习探员。因表现突出而升为二级警探:因同样原因而升为一级警探,评分为"良好"。1)主动性和想象力令人满意,工作关系良好。2)性格坚韧并具有进取意识:奥特罗作为司法警察,曾就读于法律系。但是,因其在乡下地方担任过低级司法人员,加之与离异妇女们的风流韵事,这些为上流社会不齿的因素均导致其本科毕业颇为艰难。3)缺乏协调性,具有自我肯定情结:衣着招摇;深红色的头发在童年时让他因此而遭到别人的孤立(那时他的绰号叫作"胡萝卜"或"火烧头"),但这也是他为其大都市形象而培育的特性之一。奥特罗经常表现出某种常规性的被动,究其原因,可能是由于无法成功协调

刑警工作与计划成为专职律师而必须进行的实习之间的关系。骨子里隐隐带有反宗教的本质，却不会公开承认，这是从神学院辍学之人的特性。]

　　奥特罗独自一人坐在办公桌边，开始用圆珠笔尖转那个罗马领。他转动着那个领子，那个"狗项圈"，司法界人士，即普通的司法警察，都是这么叫的，他们的词汇量仅限于刑法术语和社会边缘人士用语的范围，但是，把罗马领称为"狗项圈"是绝对正确的，奥特罗同意这一点。罗马领不过就是狗项圈，白色的项圈，主之犬、上帝之犬的项圈。

　　或者是戒指，他还想到。罗马领是一种套在脖子上、代表贞节的戒指。

　　代表贞节的戒指、带孔的圣饼、绕着督察圆珠笔旋转的罗马领，是这个世界上悬浮着神父身体的轨道。而他们飞到那里：升上天空，受到那些戒指的引力作用，围绕着自己转动，身体极其僵直，双手交叉在胸前，长袍随风而飘，垂直上升，持续上升，朝向永恒。整个星球的上空都飞着悬浮起来的神父，他们戴着象征纯洁的罗马领，而我们，因为自身的罪孽，才会无法看见他们。

　　但是，这个掉到了督察办公桌上的狗项圈也带来了它的出处。司法警察带上妥妥当当装着它的信封，用小手敲开了里斯本梅耶公园区一位制作戏剧服装的裁缝的门，那人戴着假发套，看上去就是同性恋的模样。"这东西你还认得出来吗？"他问道。

对话戴假发套的裁缝

　　那个裁缝说是的，他认得出，那个罗马领曾在密涅瓦成衣店的库存清单上，因为某场慈善演出而被租了出去。

租给了谁，戴假发套的裁缝说不清楚。租出去了，反正就是这样。戏剧服装店可不是什么公证处，随便给客户个什么垃圾，狠狠敲一笔钱，然后就说"亲爱的，再见"。那裁缝年事已高，已近垂暮，可记不得所有上门来过的娘炮小丑和同性男妓。他说道："我要是什么都记得住，大人们，这副到处寻欢的好身子也就不属于我自己了。"说完，他甩了甩手，好像是要把无理取闹的讨厌鬼赶得远远的似的。

很简单，警察就是警察，袖子里总会藏着一张王牌。所以当回话的人想快点走人，回到缝衣针和顶针箍世界里去的时候，司法警察的手从大衣里面掏出一张女人的照片，拍到了桌子上。裁缝上钩了。他把眼镜推到额头上，态度发生了一百八十度的大转变，叫了声"哦"。是她，上帝。原来是她。现在他想起来了，就是这位小姐来他这儿，把一件教士服和配套的罗马领取走的。

这样一来，一切都弄清楚了，名字现在是最无关紧要的。过去和现在，那个名字都被记在埃尔瓦斯城堡内部队监狱发来的文书、摆在奥特罗办公桌上的机密文件里：菲洛美娜。又名：美娜。菲洛美娜·若安娜·瓦尼洛[1]·阿特德（据该监狱档案记录），23岁，单身，经上级批准，于某年某月某日，按照规定的监控条件，探望了丹塔斯·卡斯特罗少校，埃尔瓦斯，格拉萨堡监狱，某年某月某日。

奥特罗说："这种臭狗屎为什么要被当成保密文件？"

他走到窗前。有轨电车一辆接一辆缓缓地爬上康德雷东多，把一群群乘客吐出来。他们就好似成群的苍蝇。街上，凶恶的警察追捕着流动小贩，小吃店，摆放着家用电器的橱窗，烟草店的索亚雷斯先生

1　应为"范·尼埃尔"，而非"瓦尼洛"，美娜已经过世的母亲为南非商人之女（奥特罗督察在此处用铅笔做了更正）。

站在门口看着路人经过。有很多路人，他们也好像是苍蝇，好像忙忙碌碌的苍蝇。他们带着卷起来的印鉴抬头公文，在前往街道办事处的路上，在通往有序生命窗口的途中，他们就这样走着；若不是为了去要用到公文的地方，就是因为永远都不知缘由的传票而进到司法警察局里。救护车，押送犯人的警车。戈麦斯弗雷乐街拐角处的亚速尔糕饼店，另一个苍蝇堆。这就是白天的康德雷东多，全年都是如此：一条陡峭的路，通向监狱和米格尔庞巴尔塔疯人院，通往妓院，通往营房，还有其他更多看不见的地方。全都是一堆臭狗屎。世界是一具硕大的尸体，苍蝇在其间飞来飞去，闪闪发亮。

玻璃窗后面现出奥特罗督察站在那边的轮廓，他对情况的进展进行了总结：

到目前为止，没有一个调查凶杀案的警察可以不被死者踹上一脚，借用"老坟头"埃利亚斯刚才的话来说。就这么说吧：是玩笑，是突发奇想，因为"老坟头"越是处境尴尬，强颜欢笑而吐出来的话就越尖酸刻薄。但在这一点上，他还是有道理的。某个风和日丽的日子，忠于职守的督察以为是在调查一具普通的尸体，然后，啪，被死人踹了一脚。原来这尸体与政治有关。拿着吧！在此类情况下，什么都做不了。调查的探员发现自己陷入了政治的深坑，一直被埋到了脖子处，只看到报纸头版上用肆意嘲笑的口吻宣扬说这一犯罪行为是颠覆行动，并针对那具反穿鞋子的尸体，用了两个专栏大书特书。共产主义那一套，看看《人民之声》，看看《每日晨报》，带来的都是共产主义那一套做法。而且还不止于此，全都进入了狂热状态。如果要求不算过分的话，他们会问那白金发色的密探是怎么回事，那是他们的好奇心在作祟，因为，不论是发了疯还是被绑架，媒体、舆论、国家，都有权知道谁是现在还把印度卖给敌人的叛徒，他们已经在我们自己的家中出入，威胁到了人民和国家财产的安全。

奥特罗认为自己是掉进了坑里。毫无疑问。他不得不承认，自己是个看着电车来来往往的督察。一个在逃离成为神父的命运之后有可能成为律师的人，只获得了大专学位，在打发时间。而且，做神父或是当督察，结果都一样，握不住十字架的人就只好抓住法律，然后一生都在翻阅带有印鉴抬头的祷告文书，里面是关于死者、背弃和司法工作的言论。对于文本和证词，他不是从信仰的角度来诠释，这已经是底线了，可他也没用律师那宝贵的双手来翻阅它们。不，他负责的是最不被重视的字里行间：举报的诱饵、血中的糟粕，那鲜血是该隐的湖泊，奥特罗在那里用铁笼灯捕鱼。

"最糟糕的，"他嘀咕道，"是这次的血腥事件带有政治性。是颠覆组织，这才是臭狗屎。"（臭狗屎：奥特罗督察使用的关键词，含义宽泛且极具个性。"臭狗屎都漫到了嘴边"：他常用的短语，用来形容一种完全无能为力的感觉或处境。）

哦，埃尔瓦斯！哦，埃尔瓦斯！

埃利亚斯警长和探员罗克动身前往格拉萨堡监狱，阿连特茹，平原一望无垠。在火车上，埃利亚斯唱道："哦，埃尔瓦斯，哦，埃尔瓦斯，巴达若斯就在眼前。"

罗克说："这还真是巧了。你在那边有家人吗，头儿？"

埃利亚斯："在埃尔瓦斯？没有。"

他又唱了起来，边哼歌边看风景。其间还说道："埃尔瓦斯对我来说，是学会乘法口诀和成为真正男人的地方。至于其他，你会看到，现在那里只有军士。"

间距固定的电线杆一根根从车窗前闪过，埃利亚斯时不时地查看一下怀表；或是将将秃顶小脑袋上仅剩的一点头发；抑或是闭眼打个瞌睡（埃利亚斯以前总在夜里打牌，很快就能睡着），但他的手放在身边座位上的文件夹上，一直都不拿开。他的对面是罗克探员，在看《体育世界》。

再往南些，埃利亚斯就会打开文件夹，最后再看一眼那些文件。除了匆匆写下的笔记之外，他还带了一些从美娜家里查获的照片。

他把一上午时间都用在了那间公寓里，公寓很小，已呈现出房屋空关许久的那种冷清。对面是光明大道上动物园的停车场；公寓里面看似杂乱，实则整齐有序。挂在门把手上的项链；戴着草帽的非洲面具，面目狰狞；书架和唱片机拿走后空出来的地方（下面的架子上是马勒、阿尔比诺尼的专辑和卢巴弥撒，还有辛纳屈和五黑宝合唱团的黑胶唱片）；一株干枯的植物从瓷瓶里伸了出来。当然还有照片，它们被钉在床上方的软木板上：美娜在巴黎的一条街上（奥特罗督察之前说过，背景中的小便器形状建筑没人会搞错），美娜在滑雪，美娜在一家餐馆的烛光下（和她一起的人已经消失，因为照片的一部分被剪掉了），最后一张是美娜在一个游泳池的草坪上。不论警察怎样搜查，都没有发现少校的照片。

说实在的，那房子里能留下生命活力的，只有美娜在泳池边的照片。只有她，在那里，在那个相框里。她抬头，直视着镜头，从明亮的光线和平滑的照片中走出来。她胸有成竹。她那无与伦比的双腿，让埃利亚斯百看不厌。后面可以看到花朵绽放的山茶树，还有些好像孔雀的东西。

孔雀？

孔雀，孔雀，是皇家孔雀，它们组成了一条金黄和蓝绿色的墙面饰带，熠熠生辉。每个形象都刻画细致。每一只孔雀都摆出姿势，头上露出来的尾屏仿佛顶着皇冠，羽支细长，末端缀着羽眼，哪怕在黑白照片中，那些微小的斑影都能呈现出金绿色。那张照片能让人想象到所有的维度，色泽与丰腴，自然与肉体。

因此，每次刑警队长记起这张照片时，都会想：以鸟为背景的女子。一位宫廷神雀护卫下的女子（直到后来他才知晓，她就像皇家的鸟儿一样，脚踝上戴着一条金链子；可此时他还无从知晓，现在的她光着脚，没有饰物），埃利亚斯就是这么想象她的，正如此刻在旅途中，或是在他司法警局大楼的办公室，又或是在有知己变色龙陪伴的家中。之后，他还会回到照片上，当他把照片拿给格拉萨堡监狱看守确认身份的时候，可以肯定的是，堡内至少会有一个人忍不住发问："孔雀？"

或者，也许不会。

也许他们本人都未意识到，就景观而言，军事要塞里的守卫知道的只有城墙，仅此而已。他们精力过于旺盛，手从裤子破了洞的口袋里伸出去握住坚硬的私处，眼睛只会盯住那年轻女性的身体，盯住那高傲不逊中带有的平静。有些人可能还记得她的声音，里面带着一丝暗夜里令人不快的粗鲁，或者，他们甚至可能记得那直勾勾的眼神，凝睸不转。他们会说："是她，那个人就是她。"

与此同时，埃利亚斯低声哼着歌，留着长指甲的手梳着精心打理的发型。火车往前开着，往前开着，载着他向童年驶去。他放松下来。一望无垠的田野，一望无垠的田野，他心里念着风物景致，金色的土地，一望无垠的田野，"我走在去埃尔瓦斯、去边境的路上"。

（埃利亚斯在火车上的回忆：

——去瓜迪亚纳河散步，抓青蛙；

——发了疯的理发师爬到了阿莫雷拉（高架渠）最高的拱门顶上，人们都围在底下看（他会不会掉下来？）；

——父亲身着法官服，站在法院的窗边；

——周日弥撒过后，女士们在卡德亚街的拱廊喝茶；

——大教堂，石板路下面的死人；

——他和管家的女儿把《格里亚斯漫画册》里的画剪下来；

——以上两人试着给没有角的山羊挤奶；

——瓦里尼奥先生，老师；

——一群群肮脏的马拉诺人[1]（边境另一边的农村妓女）在圣若昂之夜涌入城市；

——哦，埃尔瓦斯，哦，埃尔瓦斯，巴达若斯就在眼前。）

天很热，春天才刚来。可在埃尔瓦斯，要么热得好似火炉，要么冷得如同冰窖。埃利亚斯早就提醒过大家，所以罗克探员并不觉得奇怪。然而，那是一片可爱的土地，埃尔瓦斯，并不是要贬低它，但它确实就是一个像基督诞生的马厩那般小的城市。城门口有一条古老的带很多拱形的高架渠，一座小山顶上是用作监狱的格拉萨堡，按照更恰当的说法，那是一个惩戒所，从那座堡垒可以看到西班牙，还可以看见走私之类的事情。

"这就是埃尔瓦斯！"罗克在城门前低声说道。

时至今日，两位警探仍旧记得军营里升旗时街道上的那番景象。号角声响彻天际，在平原上蔓延回荡，最为德高望重的居民把帽子摘下，其中几个手里拿着帽子，还停下了脚步。"你仔细看，兄弟。"刑警队长对同伴说。他带同伴去了咖啡馆，去了旅馆，还去了法院前的小广场；两人边吃炸油条，边看西班牙的电视节目。次日早晨，他们鼓起勇气去执行尊敬的督察的指示，前往位于犄角旮旯的查案地点，之所以说那地方是犄角旮旯，是因为要到达它所处的高度，需要经过

1　1391 年后为避免被处死或迫害而信奉基督教的犹太人。他们被怀疑秘密信奉犹太教，因而成为西班牙宗教法庭的迫害目标。——译者注

弯弯曲曲的道路。他们记得只停下来过一次，为了欣赏半路上的一座纪念碑，那是某件事情的丰碑或荣耀，碑上这么写道：

> 所立此碑
> 为凡人
> 向保佑军队
> 及赐予胜利的上帝
> 致谢

离它很近的是一个碉堡，由护城河和城墙防护，就是之前提到过的格拉萨堡。

　　一走到里面，他们就看见山坡上的士兵多如蚂蚁，上上下下，肩上扛着著名的水桶。那些是军队里被判了刑的人，服从着他们的宿命。就在他们把水取来、倒进城堡高处一个深不见底的蓄水池内时，埃利亚斯警长和他的同伴发现，几乎每个人都穿着破破烂烂的鞋子而非军靴，身上的军装也不配套，与破烂的平民衣服混搭着。对此，白天执勤并接待他们的中士评论说"那一切都像极了小孩模仿牛仔"，显然指的是囚犯的服装。

　　对此，埃利亚斯可能会说"这可算得上是坦塔罗斯的磨难[1]了，我的朋友"；而中士则可能回答"也没那么严重，装水上坡，空桶下坡，看守们对上上下下的次数都是睁一只眼闭一只眼。只是在水量上，他们才会严格要求，只能比一半多一点点"。按照中士的解释，

1　坦塔罗斯，希腊神话中主神宙斯之子，起初甚得众神的宠爱，获得别人不易得到的极大荣誉：能参观奥林匹亚山众神的集会和宴会。坦塔罗斯因此变得骄傲自大，侮辱众神，因此被打入地狱，永远受着痛苦的折磨。后遂以其名喻指受折磨的人。——译者注

在一个不太满的桶里，水的晃动会使爬坡变得更加艰难，这是事实，但必须这么做，因为要按照规定。他说完后便挺身立正，因为他亲爱的指挥官刚好走了过来。

指挥官得到了消息，他知道埃利亚斯和副手的来意，把他们带到一间会客厅里，里面的烟灰缸是用手榴弹外壳做的，兵营旗帜旁有一幅萨拉查的肖像画。从墙上的牌匾可以知道，会客厅叫做"马尔克斯·玛丽亚少校厅"。他们各就各位，坐下来听，正式进入正题。

案件报告

所闻：

——"上校等人的越狱是个传统套路，是在外部的支持下经过精心准备的结果。可以假定是跟平民合伙，而且极有可能，是通过家庭成员以及与逃犯有关联的颠覆运动的拥趸。他们转移了武器和其他军用物资，买通了一个下士看守。所有相关人员都逃走了。"指挥官用干巴巴的语气断断续续地说着。他没戴单片眼镜，如果戴了效果应该不错，因为他长了张和单片眼镜很相称的脸。

所读：

——一份关于12月31日晚至1月1日本堡所发生的越狱事件备忘录（附在报告后面），某页上记载道，已确认涉事人员：a）路易斯·丹塔斯·卡斯特罗，炮兵少校，47岁，已婚，由国家法院下令拘留，因煽动军事叛变未遂候审；b）雷纳托·曼努埃尔·丰特诺瓦·萨尔门托，建筑师，25岁，单身，案发时以民兵少尉的军衔服兵役，因同样原因，被关押于本惩戒所；c）贝纳迪诺·巴罗卡，一级下士，23岁，单身，案发时任军事堡垒秘书处随员一职。接下去是几条无关紧要的意见，上面溅了好些记录员的头皮屑，中间还围着军营绕了好几圈，最后是"国家利益至上"和指挥官的签名。

所见：

——指挥官打开一张葡萄牙中南部的地形图，并指出了图中几条线路和标志交叉的地方：埃尔瓦斯，我们就在这里。跟着这位长官的手指行进到雷根戈斯路，越狱当晚，逃犯们就是坐着从犯美娜驾驶的大众汽车，从那条路逃跑的。据目前所知的情况来看，丹塔斯少校伪装成神父，建筑师伪装成平民，下士穿着部队的斗篷和靴子。他们从这个方向出发，阿兰德罗尔、特雷娜、雷根戈斯，大约一小时内开了七十五公里。"一小时，不会少于一小时。"指挥官的手指比画着说道，这还考虑到了是在夜里，是在一个风雨交加的夜里。

你看，这伙人在这里，只有两种办法，要么走埃武拉－里斯本方向的国道，要么反过来，往西班牙方向，就这么简单。还有这一条岔道，好像到不了任何地方，事实上也真是哪里也去不了，可他们就是沿着那条路往前走的。注意看，这是一条二级公路，二级中的二级，到了这个点，就没了。只不过那些家伙消息灵通，知道可以沿着地图上用虚线标出的路继续走到边境，那就像是一条羊肠小路，但路面很硬，几乎没有踏足之地。他们继续往前。手指也继续往前。可以看到那条断断续续的虚线，一直向东延伸了十到十五公里，然后突然被一条蓝线切断了。河流，指挥官用手指做了"立停"的手势。那辆大众被阻挡在一道悬崖边上，车头灯的聚光悬在空中，任凭雨水抽打。

"神父坐在车里出事故最易死亡的位置上，他的情人握着方向盘。祷告书和机关枪，就像电影里一样。"埃利亚斯这个酷爱夜场电影和翻阅大众读物的人暗暗思忖道。

经查证：

——堡垒指挥官的描述准确。确实存在这样的悬崖，他们乘着国家警备队士兵驾驶的吉普车，到达现场后立刻就能确认这一点。他们站在一个光秃秃的圆形山头上，能望见边境，那里就是那帮人止步的地方。"祷告书和机关枪,"埃利亚斯又重复了一遍,"电影里充斥着神父和误入歧途的女孩。"德兰圣女出现在阿尔·卡彭[1]面前时就已经说过这话。牛仔神父,保镖神父,都长着胡子。至于意大利式的骗子神父,那就更不用说了。老把戏了,懂不懂?

在对现场进行必要的检查时,两名警探不一会儿就在深渊底部发现了一辆被大火烧焦的汽车残骸,车壳上残存的标记足以表明那是一辆大众的两门轻型汽车。被找到的汽车残骸距离一条在岩石墙中穿行的小溪不远;返回调查起始地点后,他们对有人故意纵火这一点确信不疑。因为没有更多的发现,警长在一块石头上坐了下来。

那时正值芬芳沁人心脾的春天,阳光明媚,溪水在下边流淌。吉普车司机仍然坐在方向盘后面,罗克探员站着,面向被金光笼罩的西班牙。世界的尽头,山石耸立。一根火柴扔进油箱,一场爆炸,那帮人跳了两下,就到了地图的另一边,用火焰的道别形式离开了祖国。"设计得不错,真是不错。"罗克承认道。

埃利亚斯手里攥着一只甲虫,感到它用爪子在指间向他低语。他不介意用宠爱的指甲来交换,好知道那帮人会如何,以及何时会重回葡萄牙。或者他们是否真的曾经离开这里,这个假设也需考虑在内。寂静。周边的寂静里掺杂着千种喧哗(乡间的神秘),一只山羊的咩咩声、溪水的流淌声、一声呼叫的回声,无比明朗,尽在清晨。埃利亚斯愿意付出一切代价来知道,边境在望的那场汽车火灾不仅仅是一个声东击西的假象。现在他用两根手指抓住甲虫,用那根长指甲戳它的下巴:是吗?不是吗?倘若那只是一个噱头,那么少校从巴黎寄来的信也只不过是用来混淆视听的又一种招数。他从这里把信寄到巴黎,有人再负责把它们投到那边的邮筒里,好让国家安全警备局截

---

1 美国黑帮成员。——译者注

到。另外一个老花招，又是一个。可这些都是假设，不能写进报告里去。

"不知道你有没有注意到，"埃利亚斯大声说，"这儿附近有一个火车停靠站，"这些话他是对罗克探员说的，而不是对着那只甲虫，"这附近难道不是有个火车站吗？"他问握着吉普车方向盘的士兵。

"在布雷若斯。"士兵回答。

"五公里之外，对吧？"刑警队长又问道。

对方回答："不到五公里。三公里左右。"

埃利亚斯警长扔掉了甲虫："一个小火车站，罗克，可不会是天上掉下来的。明白了吧，老兄？"

罗克心里明白，他可不是两眼一抹黑的傻子：少校和同伙是乘火车逃走了。"听仔细了，"警长确认道，"那些夜游神并没有跑到西班牙兄弟那边去，而是凭着'永别了'的票子，就这样睡了过去。现在只剩下核对时刻表了，好兄弟……"

（奥特罗督察读着报告：一个罪犯如果在半路上放火，要么是害怕黑暗，要么就是想照瞎警方的眼睛。）

案件报告（续）

……因为这一意外发现，他们动身去了先前提到的火车站，那只不过是个"又来一辆车"的小站点，让人没有念想，杂草丛生。只有穆尔道村和温塔纳斯村的人能用到这个站点，在很久以前，这两个村子曾是几个黄铁矿井的供应中心，如今那些矿井基本已被废弃。

在估算了距离、时间，并考虑到越狱的各种情况之后，两位探员确定：正是这样。

另一方面，按照火车行进的路线，他们认为逃犯应该在温达斯诺瓦斯站兵分两路，少校和女伴继续前往里斯本，而下士和建筑师则走了其中一条通往巴雷罗（？）或者蒙蒂若（？）的公路，他们应该选了一条二级公路。这么说吧，这些都是以防万一的基本措施。埃利亚斯没多久就在温达斯诺瓦斯城国家警备队的派出所里得到了证实，那里的案件记录中提到了各自作鸟兽散的当天上午有两辆自行车被盗。后来，在北面15公里处一片叫做卡贝多思丛林的松林中发现了一些自行车的零件。

办案的探员乘坐出租车前往该片树林或松林，并在一路上询问当地的商家和居民。但是，他们没有找到任何有助于案件调查的物件、问到情况或是其他信息，于是决定扩大搜索范围。就这样，在松林附近，大约700米处，他们还是找回了一些自行车的零配件，如下：挂在橡树枝头的一条踏脚轮链条，另一条在标志松林尽头的一个水塘底部的地上，带塑料把手的自行车龙头、一个带外胎的轮子，在一处逃犯或者嫌疑犯藏匿过的废弃屋顶上。

——此后，就什么都没有了。一片片荒原，北面的特茹河，里斯本。可是，足有上千条路可以通往里斯本，埃利亚斯和罗克在葡萄牙中南部的地图上兜兜转转，在上面画出那么多条线路和那么多个方向，不经意间就让地图看起来仿佛永恒天父的手掌，交叉的掌纹是人类所有的命运……

（军事监狱指挥官意见：常规越狱的前提是有外部支持。）

案件报告（续）

……这里的上千条路就等于有人说有上千条脱身之法，因为这些兄弟们（下士、建筑师、少校，还有他的女伴）可都是箭在弦上，这是埃利亚斯探长一看到自行车的残骸就给出的评论。他们找到代步工具就用，用完就烧掉、砸掉。

罗克认为逃犯这么做是要销声匿迹，连影子都不能留下，没有其他目的。而埃利亚斯用圣经的口吻回答他："亲爱的兄弟，影子是对活人的惩罚。它从不给人庇护，却得以人为生。"

罗克说："我从来没这么想过，但这个看法不错，是的，先生。那狗倒是做得不错，看到自己的影子就会过去，也许就是这个原因。"

埃利亚斯警长说："兄弟，狗在墙上撒尿，这才是他们暴露给影子的东西。"

罗克说："这帮人就是这样。他们想要把影子抹去，却又把它留在了这里的一堆废铜烂铁里。"

埃利亚斯警长说："你说得好像是个先知。可关于狗，永远都不要忘记：身体留下的影子可以离去，尿的影子却会留下。迄今为止，没有哪只会叫的东西能摆脱自己尿的影子。我的话你明白吗？"

这以后，就是一些无聊和扯淡的话，都与案件报告无关。至少乍一看是如此。

然后，两位探员继续他们的工作，很晚才能回到温达斯诺瓦斯，所以他们决定在半路上经过的一家够人填饱肚子的小酒馆用晚餐。"有人吗？"刑警队长刚在桌子边上坐下就说。

事实是，柜台后面的一个大酒桶上插着一对装在自行车龙头上的牛角，还有一个酒馆老板写的牌子："本人所有"。这一发现也让罗克探员警觉起来，他虽不会轻信别人，但正如俗话所说，姑且一试，去打听那车龙头是从哪里来的。人家告诉他说，是住在温达斯诺瓦斯城的一个流动小贩送的。

埃利亚斯警长坐在桌边，微笑起来。他不是因为怀疑酒馆老板的说辞，正如后来他自己坦承的，而是因为他们自己的质朴，作为警察，因为职责所在而意犹未尽，总在等待奇迹的出现。事实上，也只有神探福尔摩斯的魔杖才能让这两位司法警局的使徒如此纠结于那个被复活成了酒馆斗牛形象的失窃自行车龙头。去他的车龙头，行板，行板。继续来看案件报告。

　　紧接着，4月10日，一个星期天，美娜意外地落入了司法警察局之手，因为她于前一晚下榻诺沃民宿酒店，某个电话接线员举报了她。她坐在房间里，收拾好了行李——等待着什么。

　　在此之前，她曾去过位于光明大道的公寓（已被法院查封），她销毁了好几份文件，还把警方搜查之后留在那边的照片都烧了。墙上贴了一幅她本人的漫画，上面被烟头烫了一个洞。她写给父亲的一封信也遭遇了同样的命运，所以第一行少了几个字："可怕的事情发生在你女儿身上了……"酒店房间里也发现了一些类似信件的碎片，一些信已经部分化为灰烬，但总是中止在同一句话上，总是相同的一句。

　　酒店的电话接线员声称，她通过报纸上刊登的照片认出了美娜；而一名财务人员报告说，住客的账单记录中有一封发往洛伦索马尔克斯[1]的电报，警方推断，应该是发给她父亲的。刑警队长埃利亚斯·桑塔纳没有参与抓捕行动（因为他去了圣若昂高地墓园给已故的家人扫墓），可他始终无法相信此次举报不是国家安全警备局事先策划的。参加这次逮捕行动的只有奥特罗督察和一级探员西尔维诺·萨拉易瓦·罗克，他们是开着督察自己的车去的。

　　菲洛美娜·阿特德，即美娜，在听到警察宣读对自己的逮捕令时，一言未发，只是在被铐上手铐的那一刻，说了声："这？"在前往司法警察局总部的途中，她始终把双手放在膝盖上，目不转睛地盯着它们。

1　今马普托。——译者注

她立时就被直接送进了单人牢房，没有经过拍照、采集指纹或其他核实身份的常规程序。就这样，按照局长的命令并出于调查考虑，在警察局总部内，她的行动和与他人的接触受到了最大程度的限制，使得拘捕行动被严格保密。

在她被捕数小时后，刑警队长埃利亚斯去探望了她。他看到一个穿着圆摆连衣裙、跐着拖鞋、梳着马尾辫的年轻女子，和自己手头上持有的照片上的样子大相径庭。在间或担任记录员的萨拉易瓦·罗克探员的协助下，埃利亚斯立即展开了第一次审讯，审讯在督察办公室内进行，一直持续到翌日凌晨。

两位警探以葡萄牙中南部的那张地图作为问讯线索。温达斯诺瓦斯城，他们在这里。可之前呢？

埃利亚斯说："我们来梳理一下。"

白天或者黑夜，无所谓了。还真无所谓。现在他们要跟一个抽烟的年轻女子算账，她把自己缭绕于烟雾之中，说话时与她本人都保持着一个无限遥远的距离。

埃利亚斯嚼着一粒口香糖。"让我们来看一下：公路。汽车。纵火。接着是布雷若斯，然后是温达斯诺瓦斯城，而在温达斯诺瓦斯城，甚至都不用刻意去找，建筑师和下士一下车，就有两辆自行车在漫不经心地等着他们。对吧？"

美娜表示认同，的确如此。刑警队长隔着厚厚的眼镜片，从地图上方打量着她；墙上有一幅萨拉查的肖像。

所以，自行车。还有雨，雨的重要性在于对路线时间的精准测算。另一方面，下雨时，如果我们从主路走，风险也会小得多，令人感到奇怪的是，下士和建筑师并没有想到这一点。但随他们去吧，他们埋着头，前行才是出路。他们埋头用力蹬着脚踏板，与时间赛跑，与命运赛跑，与一切赛跑，特别是跟那一抓一大把的国家警备队巡逻小队赛跑。一直到最后躲进那个棚子里，我们已经看到过的那个棚子里。在一座浮桥下面，也许是水道上有两条线的这个地方；然后，他们自己告诉此时开口答话的美娜：似乎他们甚至不惜犯险，还在人们避寒的一个小酒馆喝了两指幅的烧酒。"是真的吗？这是在什么时候？哪个酒馆？哪座浮桥？到底是在什么地方？"

埃利亚斯警长说："笔录要完整。"

一切都不明朗，路线图模糊。逃犯们坚持着，在恐惧中前行，美娜凭着记忆中他们告诉她的内容，跟随他们沿着地图行走。办公桌的一头，罗克探员把所有的内容都敲在键盘上。一句一句，一公里一公里，打字机的滚筒耐心地滚动着，沿途一脚一脚地蹬过去，公路，等高线，水坑。叮的一声铃响，一行字打到了头，重新开始新的一行。没过一会儿，第一次爆胎，接着又爆了一次，然后是松林中散了架的自行车。可那是在浮桥之前，甚至是在棚子之前。打字机停了下来："我们这是到了哪儿？"

下士和建筑师找不着北，走在风中。他们可能是在往前走，也可能是在朝后退，也许走错了，也许走对了。就在此时，他们面前出现了一辆幽灵般的卡车，一个冒着水汽的怪物，驾驶室里有两个人影。他们搭上了便车，钻到后面冷冻鱼的箱子中间，把死沉死沉的油布盖在身上。开了40公里还是50公里？没人知道，他们自己也不知道。在黑暗中，他们的牙齿打战，被挤压在冷冻鱼的冰块和一直漏水的油布中间；当油布被人掀开的时候，已是黎明时分，他们到了一个码头上。

"巴雷罗。"埃利亚斯警长用自动铅笔的笔尖点着地图，宣布道。

他画了一条线，穿过特茹河："他们从这里直接去了里斯本，不言而喻。但要注意了，我要提醒一下。里斯本，那个被河对岸的冷光包裹着的轮廓，像是一个蛰居动物，却盘踞着整个国家。它灰蒙蒙的，假装一片太平盛世。注意了，当心[1]。"即使被雨弄得精疲力竭，也要当心，因为那里面遍布着吃人的千条脉络，交通大队的网络、警察局、军营驻地、国家警备队岗哨，而且在这些部门，上至营房，下至窗口，无一例外，都有萨拉查的官方肖像，还有一排排逍遥法外的政治犯的照片，摆在醒目的位置。首都的周边到处都埋伏着这些终端，里斯本是一座被天线的嘶嘶声和坏蛋照片的光环所围绕的城市，由"祖国之领袖"来指点江山。

下士和建筑师权衡了一下利弊，便勇往直前。不一会儿，就乘着工人们坐的摆渡船过了河，然后从一个电话亭里打电话给韦雷达大屋。笔录中，他们是在上午 10 点至 11 点之间到达了目的地，一位女子出来迎接并拥抱了他们。"终于来了。"她松了口气。

她长着一头铂金色的头发。

美娜吐出一口烟："就是这样。"

审问暂停。

1　原文为德语。——译者注

第 二 章

　　埃利亚斯刚从楼下审问美娜的房间上来。他坐在办公桌旁，透过墙上的玻璃嵌板，看着探员们的办公大厅被日光灯照得透亮：没有人，只有桌子。

　　局长通过奥特罗督察下达的命令：本次拘留必须严格保密。

　　埃利亚斯重新阅读了记下的内容，又重新看了照片，照片是最根本的。他打开了被其称之为"死亡之书"的犯罪材料。供词、信件、前几份笔录。死亡之书。歌曲《燕子》的旋律。美娜的声音，美娜的香烟。只需两三次审问，埃利亚斯便对这起犯罪了如指掌。他低声哼《燕子》。

[一级探员西尔维诺·罗克亲笔记录的信息："下士在从军事堡垒逃跑之后，没有回母亲家（"母亲"一词下画线）。他母亲名叫弗洛琳达·巴罗卡，帕雷德斯镇鲁吉亚尔村人，她回答问题时特别冷淡，对所发生之事未表现出哪怕是一丝一毫的遗憾。低级下士若阿金·平托协助了此次调查，他认为逃犯母亲的举动是该地区一直出现的恶劣气候所致，并报告说弗洛琳达·巴罗卡的兄弟，叫什么巴尔托洛缪或是贝尔托洛缪·帕尔多（此处下画线）的，是一个有政治犯罪前科的家伙。他认为，下士似乎不太可能冒险回到家乡，但可以肯定的是，下士若真的在他不知情的情况下回来或之后回来，那边都不会有人举

报。若阿金·平托下士的审讯记录到此为止。]

埃利亚斯跳着看（因为他知道内容）。停下来，再回过头去重看三遍，回过头去重看几遍才叫研读，他就是这样整理思绪的，时不时还会停一停，欣赏一下自己的长指甲。他也会大声地自言自语，有时候还会说出什么来。可在看的同时还要说，指甲就会听着——这也没什么特别之处，没什么好多想的，因为那是小拇指的指甲，一根能看透一切的手指，因为刑警队长就是用这根手指的指甲来画出个人以及与案件相关的所有踌躇时刻。

在那里，玻璃墙的另一边，警探们的桌子排得整整齐齐。金属桌面，打字机，一切如此明净却毫无灵魂。"就好像水族馆一样。"他心想。若是仔细聆听，甚至可以感觉到霓虹灯管发出的连续不断的嗡嗡声，毕竟，这和客厅鱼缸里的电子管在黑暗中发出的嗡嗡声是一样的。总有一天，如果上帝保佑他长寿健康，他会看到氧气泡冒到那块玻璃上面，那帮混蛋警探张着嘴，摇摆起尾巴来。

现在，他拉开办公桌的一个抽屉，里面什么都有，镁片、草药和其他各样的东西。一支 1953 年日历铅笔，水晶里包着一个微型蕾丝胸罩的镇纸；还有书，《个人磁场》《锡安智者礼仪》《亚述人的日常生活》之类的两三本书。最近，他把杰克·伦敦的《海狼》（格雷罗·伯托译，里斯本欧美出版社）也加了进去，书打开时总能翻到有签名的那页：

> 贝纳迪诺·巴罗卡
>
> 一等下士　3976/57
>
> 格拉萨堡　埃尔瓦斯
>
> 1959 年 5 月 12 日

在他眼里，那句话就如同一段不知去往何处的旅程开始之前，抛向风中的告别。每当埃利亚斯又一次去杰克·伦敦的海洋中遨游时，都是从那里开始泛舟书海的。美娜被抛诸脑后，此刻，她正在某间牢房的木板床上一根接一根地点烟。与此同时，埃利亚斯追随着拉森船长在平静的海面上滑行。晴朗的夜晚，成群的海豹聚居在冰堤上。船上的铃声。拉森船长，海狼。一艘帆船的轮廓，接近棕灰色的破布从桅杆上垂下。上百个狂嚎的身影。"海豹，"埃利亚斯自言自语道，"一半像狗、一半像鱼的动物。有着狗那样聪明的鼻子、胡子和温柔的眼神，但身体下半部却是鱼尾巴。对于一条没出过远门的牧羊犬来说，海豹肯定就是犬界的美人鱼，大海中雌性犬只的神话。"

埃利亚斯放任自己的思绪随波逐流（离当晚再次审问美娜还有好几个小时？），但是小说里还有其他一些东西紧紧地攫住了他。那些用铅笔画出来的段落——下士画的。

"*我们大家都是死人*"，便是其中之一。

还有这页（第261页）边上打了一个叉，着重突出这句话："*他领导着一项没有希望的事业，却并不惧怕来自上帝的电闪雷鸣。*"

巴罗卡下士是何时注意起这些内容的？是1959年5月15日在他军营的床上，还是之后到了韦雷达大屋后再次阅读这本书的时候？他是在何等不祥的预感下把它们画出来的？有何意图？埃利亚斯翻着小说来一探究竟。他踏上在那位名叫洛博·拉森的船长率领下开展的旅程，甚至连船长的名字"洛博"[1]也是狼的意思，因为是一匹狼，所以会激发海豹中狗的那一面。当然，这本书里没有这些，这种杂交种族所怀的仇恨。但有许多东西没被写在书上，却如同预言一般，漂浮在字里行间。许多东西远远超出了拉森船长和已经向他封闭的

1　葡语中lobo的意思是狼，作为人名音译为洛博。——译者注

日子。

例如，那些被画出来的部分。

在阅读的地平线之上，刑警队长的眼神四处游移，思索着飘忽不定的人物、暴雨和狂风。韦雷达大屋。同时，办公室一角的文件柜上放了一个晶体管收音机：是他们的，是逃犯们的，还装在实验室送来的塑料袋里。围着那个小盒子，韦雷达大屋里又展开过多少次讨论呢？

美娜刚刚在审讯时说："我们听了广播，广播是我们与世界唯一的联系。"

埃利亚斯把收音机拿到办公桌上："好，让我们听听这个口技演员的表演吧。"

话音未落，突然爆出"轰"的一声响，播放的是凌晨三点的新闻，播音员的声音像被领带勒住，"里斯本，国家电台"。他讲到了公共治安警察及三军日，不苟言笑的部队长官坐在摆满鲜花的主席台上观看阅兵式。为那些执行任务而牺牲的警员举行的墓园弥撒，愿警棍得以安息。警员列队经过，牵着犬绳，都是些获得过奖章的警犬。内政部长的讲话聒噪不已；他说到人身与财产安全，向煽动分子宣布持久战："这些煽动分子，或被外敌买通或受危险思想的影响，竭尽所能企图毒害学校和工作单位，背弃道德与信仰，并质疑当局的权威。"引用完毕。

埃利亚斯眨了眨眼睛，昏昏欲睡。

他想起那一年的冬天，那个严寒刺骨的冬天：埃尔瓦斯堡监狱的逃犯为雨水和恐惧所困。寒冷和狂风，烟雾与孤独，美娜在口供里一直坚持这一点。已经可以知道，当时，电台不会播放警察手持警棍在春日里列队游行，因为庆祝日就是庆祝日，不在那个时候；电台也不会播放为好警员亡灵而举行的墓园弥撒，弥撒亦不会有固定的小孩致敬环节（"让小孩子到我这里来"[1]，耶稣的声音在埃利亚斯耳边恳求，可他什么人也不是，只有那个臭名昭著的马尔代斯上尉，在一次追捕学生的行动中，他全副武装，头戴防暴面罩，手持盾牌和棍子，但新闻并不会报道这些）。新闻报道的是，对，正在报道的是，托马斯总统的猎狐活动，还有他下午晚些时候要参加的印度教徒皈依仪式"感恩赞"。这些才是当晚的新闻，播报员也许是同一个声音，三个月前也曾在韦雷达大屋客厅里的同一个收音机里响起。所不同的是，当时的声音正在冬日的哀悼中颤抖。

因为那些曾是可怕的日子。桑塔兰山谷里洪水泛滥，贫民窟的铁皮屋在水里漂浮，而在那个不为人知的地方，韦雷达大屋里，四名逃犯趴在打开的收音机上。客厅里弥漫着烟雾（柴火应该是受了潮，大风又让壁炉无法通风），一盏硫黄灯的光亮洒在他们身上。那不是司法警局世界里冰冷日光灯的光，不是。那是一种令人恐怖的光，就像月色。

就在这时，"轰"的一声，播音员宣布新闻结束，接着播报官方社论。失去了葡属印度，装载印度财富的大帆船沉到了海底，里面还有用作压舱物的总督雕像，播音员在这边叫嚣着要复仇。建筑师从桌子边走开。"该听的都听到了，"他说，"不知道什么时候才会提到我们呢。"

（埃利亚斯关上收音机：会提的，会提的，只是他们还猜想不到。但真要发生的时候，少校的声音却只有永恒的天父才能听到，而其他人则会吓得不知所措，连调频波段都无法找着。）

刑警队长的办公室里，经过韦雷达大屋的风雨洗礼之后，风平

---

1 《马太福音》19：14，耶稣说："让小孩子到我这里来，不要禁止他们，因为在天国的，正是这样的人。"——译者注

浪静。

丹塔斯·卡斯特罗少校说:"别咬指甲,下士小伙子。"

巴罗卡下士放下了手,那是一只肤色黝黑、未经护理的手。他的面孔悲伤倔强,和刑警队长在司法警察局内传阅的照片上看到的一样,肩上则披着斗篷。披着军用的斗篷,穿着军靴和灯芯绒长裤——如果这些还有意义的话。然而,他就是那个样子,就是那样准备着;美娜刚才就是向埃利亚斯如此描述的。

"不过,都已经三天了,电话还是没有响过。"(建筑师的声音)

"再坚持一下,丰特诺瓦。沉默是进攻的一部分。"(丹塔斯少校)

埃利亚斯转向玻璃墙:"我也这么说,要坚持住,笑脸相迎。"那样的夜晚,他们一定经历过许多,冬天越来越冷,少校在厅里来回转圈,这似乎是他的习惯。

丹塔斯·卡斯特罗说:"随他去吧,如果律师没有动静,那是因为有他的理由。你注意到巴西议员是怎么开始相互攻击的吗?"

"都会过去的,"建筑师回答道,"总有一天,他们又都会相亲相爱,和好如初。"

"那是以前,丰特诺瓦。这次有加尔旺在巴西,会让他们生不如死的。"(埃利亚斯垂眼看了看犯罪材料:有一段记录中,美娜确实提到了恩里克·加尔旺上尉。)"从现在开始,"丹塔斯继续说道,"无论那些家伙想对巴西做什么,都会在加尔旺这里遭到阻挡,加尔旺才是会把大家都动员起来的人,我对此确信不疑。"

"那我们呢?"建筑师问。

"我们,什么?我们是大局的一部分,你觉得自己的立足点到底是在哪个国家?"

一缕烟爬到了壁炉口,少校的香烟也在漫游,他一边踱着步子一边做着推断:"还有一件事,丰特诺瓦,要知道他是否真在那里。官方的说法是，他在的。从官方的角度来说，加尔旺不能离开巴西。但他真的没有离开吗？你能肯定吗？我没说一定是，我只是问一下。"

丰特诺瓦伸长了脖子，越过翻滚的烟雾望向远处。少校的香烟转来转去，迷失了方向。"归根结底，一切都是一场冒险游戏，"他的声音继续，"加尔旺在葡萄牙出现，即使没有完全达到预期的效果，也将是一场能带来巨大政治红利的运作。从国际的角度来看，则是猛烈一击，如果真是这样的话。"

声音现在是从客厅的另一头传来的（正如埃利亚斯的笔记上所写的那样）；循声望去，少校出现在桌边，他坐着，美娜站在他的身后。美娜穿着睡袍，带着一副饱受失眠折磨的神情，指间永远夹着香烟。她一只手放在少校肩上，另一只手悬在那儿，冒着烟。

丹塔斯·卡斯特罗说："我要继续说的是，没有什么能保证上尉一定会在葡萄牙，它只是一种可能性，和其他任何可能性一样，"他向后伸展双臂，把美娜抱住，压在椅背上，"但如果他在呢，嗯？对这帮人来说打击可不小，你想过吗？"他的手沿着美娜的线条游走，来来回回，美娜的胴体，"说到底，这就是许多人所谓的大胆之举，那群臭狗屎。"手。臀部的弧线。美娜的背脊。"他们不知道的是，什么时候这种大胆会落到他们自己头上，这就是让他们好看的地方。会的。而且落下来的时候，连出路都不会给他们留，因为一切都经过研究，所有的风险边际都已算好。你在朝哪儿看呢？"

"我吗，少校？"（下士的声音）

"就是在说你呢，就是说你。所以我说话的时候，你朝哪儿看呢？"

休止符。美娜和建筑师相互看了一下。

"巴罗卡，"少校又开口说，"那个电话是火，你可记住了。你想看它多少次都可以，但你别碰它。明白了吧？会引火上身的，巴罗卡。明白了吗？"

客厅深处，壁炉那边，建筑师把目光投向窗户（"但窗户里边的木窗板已经锁住，那样的暴风雨天气，不可能没锁上，"埃利亚斯想，"不过这不重要，就当它是锁上了。"），丰特诺瓦转向窗户，仿佛在找寻空间和距离。

"有那么一个晚上，我醒过来，感觉有人正往这里打电话，"是美娜在试图打破沉默，"我做梦了，是梦。"

少校背对着她，手指放在她的睡袍上，仿佛是她玉腿上的点缀，"更糟的是，你有了幻觉。"他说道。侧面。美娜的臀部。

"幻觉？"

"幻听，也是有的，不是吗？"丹塔斯·卡斯特罗冲下士抬了抬下巴，"那个人除了看着电话，其他什么都不做，你已经听到过电话响，毫无疑问，那狗屁电话已经变成了一场噩梦。"

笑声。探索的手，穿过美娜的双腿间。此时埃利亚斯忘记了下士，下士消融在了烟雾之中。听到一个声音在说："是的，这正在变成一场噩梦。"（建筑师的声音）

有人说："我上床睡觉去了。"（是美娜吗？）

"当然，"少校坚持说，"人完全有看的权利。"（丹塔斯·卡斯特罗的手继续抚摸着美娜，摸遍全身，四处游走。）"随便他爱看哪儿。看多少次都行。爱看就看，这没有错。一点儿错都没有，"他重复道，"错的是那家伙懒洋洋的腔调，是他一直围着电话打转的样子。"

天花板上的脚步声，沉重的靴子，最终下士还是回卧室去了。他踱来踱去，等着睡意来袭，用放哨般固定的节奏移动着，最后听不见声音了。他是在看书吗？

刑警队长想起了杰克·伦敦的《海狼》，几分钟前，他还在那张办公桌上翻看。现在沉静了下来；既没有声音，也没有脚步。雨继续敲打着韦雷达大屋,但他们根本听不到;狂风大作,树林里一片混乱。"寒冬,寒冬是一员大将,强者的盟友,失败者的刽子手。"有人这样说过。是丹塔斯少校还是他经常引用的军事理论家李德·哈特?可为什么不能是克劳塞维茨说的呢?那个军营里傲慢的莎士比亚?[1]

建筑师坐到桌子旁,面对着丹塔斯·卡斯特罗说:"要是伽马·伊·萨把电话号码弄丢了,那可就好玩了。"

丹塔斯·卡斯特罗说:"别把名字说出来,丰特诺瓦。如果'准将'没有动静,那就是因为有他的理由。"

建筑师说:"再坚持一下,我知道。我们大家都在等那个能如及时雨一般拯救我们的电话。"

"再坚持一下,丰特诺瓦,再坚持一下。"

埃利亚斯已经听过这些话了,好像是的;在那座房子里,时间和人都以回声的方式重复着。美娜,比如说,杵在少校椅子后面的美娜也是如此:一个回声,一道暗夜投影,在烟雾缭绕之中。

丹塔斯·卡斯特罗说:"到时候,该来的一切都会用特定的方式来的。'准将'要做的没别的,只有遵守约定。"

"'准将'一定是用电话号码擦了屁股,咱们就倒霉了。"

"你确定?"少校微笑着问。

争论的一桌人。一个关掉了的收音机和一副扑克牌。"不分胜负的和局吗?"刑警队长在自己司法警局的办公室里问道。可建筑师摇晃着脑袋,他无法接受伽马·伊·萨博士、亦即"准将"的沉默。

"可如果那家伙弄丢了号码呢,丹塔斯?如果他被人监视了呢?

---

[1] "(……) 有时候,所有事情中最最令人郁闷的还是那些知识分子面对军事问题时表现出来的无知。就在几天前,丰特诺瓦这个一辈子都未读过克劳塞维茨一行字的人,称他为'通过射击场记分牌来学习乘法表的莎士比亚'。就是这样,肆无忌惮。"引自在韦雷达大屋所查获的丹塔斯·卡斯特罗的笔记本。

你知道的，有上千种可能性。那在这种情况下，咱们怎么能知道？万一失败了，谁来通知我们？"

此时，少校把整个身子往前倾了倾，好让对方将他的话听个真切。"有我在，"他说，"不可能有失败，你记住了吗？没有失败，丰特诺瓦。"

两人面对面，雾气从他们中间穿过。"不要把声音混淆起来。"埃利亚斯向自己提了建议；但他们都闭了嘴，只有眼睛，两个人都是。壁炉噼啪作响，火花四溅。二楼上没有任何动静：他们的头顶上，下士在看书，在书上画着线，埃利亚斯可以担保，这正是他在那一刻会做的事。他一边看《海狼》，一边画着里面的内容，或者，就是把耳朵贴到地板上偷听。

埃利亚斯又开始听见他们说话，但是很飘忽。声音仿佛是从远处传来的，某种烂醉如泥的交谈："没有。没有失败，你好好记住。""没错，我的名单。""求援，你是在说求援？""总是这句废话。""我的名单，丹塔斯你是知道的""我再说一遍，你是在说求援吗？"

这就是所谓的水中捞月，毫无头绪的闲扯。美娜烟不离手的同时做了交代，根据她的口供，加上她的冷漠，当时是这样，就是这样。可真是如此吗？那她呢？美娜在哪里呢？

"只要丹塔斯你愿意，我就可以开始跟他们联系。"

"你的名单。总是这句废话。"少校说道。

"为什么，你觉得就把它这么白白扔掉么？"

"你就不会说点别的了？名单，打电话求援。都不会说点什么别的了。"

"随便丹塔斯你想要怎么样吧，但我觉得，打个电话也不会让我们有任何损失。"

少校疲惫地耸耸肩："学生。都是些学生，那张名单。"既然说到了学生，"你确定那帮家伙里没人跟党派有关联吗？冷静点，别打断我。共产主义者、国家安全警备局或者一文不值的左派，都是不允许打入到我们内部来的。我现在就告诉你，丰特诺瓦。你不用摆着那张臭脸，情况就是这样。"

黎明时分，随着灰蒙蒙的晨曦透过窗户，办公室和探员大厅里的灯光变得暗淡起来。埃利亚斯是时候该结束通宵的政治沙龙，让那些争执不休的人上床睡觉了。

他们去了。

埃利亚斯也去了。

[美娜陈词的口供中记录着："被审人没过多久便注意到了那份敌意（与下士有关），并回忆起某个晚上，当少校在与建筑师丰特诺瓦争论时，把意见不合之气发泄到了巴罗卡身上，这让他只能躲在自己的房间里；被审人无法精确地复述那次争论的缘由与情形，但在争论过程中，少校一再提到了恩里克·加尔旺上尉；建筑师对'准将'（伽马·伊·萨博士）的行动表示不满，当时提到了一份托付给少校保管、可能会参加运动的人员名单；在争论的某个时刻，少校对她显露出了某些更为亲密的态度，在其看来，这些态度似乎是有意为之，让下士感到更加不自在，并测试建筑师的反应……"]

第三章

　　埃利亚斯警长审问美娜："我们再来梳理一遍……"

　　审问地点是司法警察局的一间小屋，豆腐干大小，门上有个监视孔。现在是几点？三点半，十一点差一刻？我们已经到了雏菊该开放的时刻，还是仍然在猫头鹰出没的时间？说不清。只能问一问。那里，是司法警察局的地下单人牢房，水泥屋顶警示小灯透出的灯光中，时间在慢慢地消逝。没有钟点，也没有早晚（美娜没有手表，把囚犯可参照的物件收走，是警方剥夺权利的一种手段），没有月亮，也没有太阳；睡着或是醒着，埃利亚斯都可以进入她的牢房，并开始审问："再来梳理一遍……"

　　入侵个人空间，可以这么说。侵犯睡眠及其他领域。第一次问讯时，刑警队长就在督察办公室里布置了舞台场景，调整好靠背沙发椅和桌子的位置，以便自在地和美娜交锋。他坐在一个角落里，她坐在屋子中间，无处遁形。然后，一个又一个问题，埃利亚斯的椅子越来越近。一寸又一寸，好似无心之举。犯人孤独地坐着，一直更加纠缠着自己内心最深处的空间，而每个问题之后，他就离得更近一些。好似无心之举，好似无心之举。这可以通过一些小动作来做到，俯身向前好听得更为清楚，稍微往前移动一下椅子，或者是去捡随便掉下来的什么东西，又或是走到窗口然后坐下来时又再近了一点点。上千种借口。问题，他总是在发问；突然之间，埃利亚斯已经贴到了犯人身上，将警察的气息覆盖到她身上。入侵个人空间。（有时审问完一个有案底的人时，埃利亚斯会说："我进到那小子的身体里面，炸开了他的五脏六腑。"）

但是美娜并不关心如何为自己辩护。她没想到被人从酒店房间抓来，其目的会是"合作"——"合作"是一个警方术语，用于告密者或是那些企图反抗却最终屈服的人；而美娜并非如此，美娜只是想摆脱自我，也许这就是被戴上手铐时，她说了声"这?"的原因，她变得更加自我封闭。

但规矩是存在的。那一次，刑警队长毫不怀疑，美娜厌恶他的接近，这让她变得奇怪，也让她不愿开口（尽管他得承认，美娜一进来就把要点都说了）。此外，她被关押在司法警察局是保密的，暂不公开，这是局长的命令。出于种种原因，埃利亚斯开始去牢房审问她，并与之保持适当的距离，她坐在木板床上，他反坐在一张椅子上，手肘支在椅背上，好像是在阳台上的人一样。

在牢房里，总是在牢房里。局长不停地嘱咐：秘密拘留。在牢房里，埃利亚斯就是在那里让她就范的，而且总在出其不意的时候。在任何时刻，她都有可能睡眼惺忪地醒来，发现那张椅子上的看守在监视着她。

醒来看到床头有个警察的阴影会让人毛骨悚然。美娜坐立不安，想象着熟睡时的不忠，胡话与梦魇，这些都可能在睡梦中连累到任何一个人。如果她醒过来时警察甚至做出个常规表情，还说"放心吧，你什么也没说"，此时就更会觉得整个人都任他宰割，而且相信自己确实是说了，如果不是说了这个，就一定是说了那个，又或者是其他的什么，肯定是说了什么的。

美娜想：梦见气味，这有可能吗？只梦见气味，没有人，没有声音。梦中充满了雨后青草的芬芳，一种像是香蕉和柠檬被封存在暗处的清香。梦见沁人心脾的童年，从索尔兹伯里买来的卫宝牌肥皂和学校的作业本——全新的作业本，闻起来都是纸张的味道；医生双手的气味；刚出炉的面包的香气；父亲的气味，烟斗和阿夸-维尔瓦牌剃须水；旅行箱的皮革，外表坚硬光滑，内里已经损坏；金银花，一间屋子里萦绕着金银花夜里散发的芳香。气味入梦，这有可能吗？

　　数周以来，美娜都在用香烟从身体内部灼烧自己，为了抗争在韦雷达大屋里开始经历的失眠，她服用安定，却因此而变得迟钝。暴风雨，外面突如其来的响声，她的眼睛在黑暗中闪闪发亮，躺在少校身旁，凝视着五斗橱上一只戴着女子假发套的陶制猫的身影。猫的头上套着假发，那是美娜秘密出行时用的假发，反射着铂金和灰色交杂的光。即使在晚上，她也能猜到它的样子。可奇怪的是，就在案发当晚，她又重新有了睡意。在枪声和鲜血之上，睡意狠狠地击中了她，而且厚实又粗暴，持续了一整夜。可只有一晚，因为自那时起，是她自己不再愿意入睡了，她害怕梦见死者。

　　"不太可能。"刑警队长就供词中的这一点，对她做出如是判断。他用手指戳了戳自己的前额："心理作用，"他说道，"机体总是能想出办法来自我保护"。

　　同意。可既然她不用服药就能睡着，既然丹塔斯·卡斯特罗已从她暗夜的地平线上消失，现在美娜又开始害怕入睡了：没有什么能保证，当她醒来时，不会发现埃利亚斯的阴影笼罩着她，就像一阵被遏制住的大笑声。

　　"只有两个问题，"影子低声私语，然后开始说："我们再来梳理一遍……"

［奥特罗督察的指示。第一点——被拘留者的身份只能让调查人员知道；第二点——在获得立案的基本证据之前，拘留一事应严格保密，

必须在最短的时间内立案。]

换句话说就是，快点，快点，都什么时候了，因为有法律这个反复无常的高手，它不喜欢目前这些情况，因为有无所不知、无所不能的国家安全警备局，一时兴起就能把犯人从司法警察局好客的假面具里拽走。

埃利亚斯警长说："在咱们把尸体、毁尸灭迹之人和其他一切都彻底查清楚之前，国家安全警备局绝不会插手此事。"

才第二次审问，埃利亚斯手里就掌握了能把尸首缝合起来的所有线索。此后，他只需要织网，把线拉直，看有什么东西会掉下来。用他知道和等着要知道的东西，可以用一句"无其他内容补充"来结案，并在第一时间把它交给法官处理。至于美娜：她已经全盘交代了一切，把曾经生活过的世界封闭起来。这就是她坦白交代的原因；在向死神投降之前，不过按照日常"警语"来说，是在把自己献给死神之前，她去了光明大道的公寓，撕毁了自己曾有过的形象，信件、照片、记事本，所有一切；最终，她去睡在了那片被回忆冲刷过的土地之上，在一个留着死亡指甲的警察面前，把所做、所见和所知的一切都原原本本地讲了出来。她讲了一遍、两遍、十遍，甚至于用叙述的声音回忆着，如同被宿命刻下烙印的人类，在坦白最骇人的失常行为时，达到了那种冷冰冰的距离感。

埃利亚斯从已有的经验中得知：任何时候，在这个地下世界，总有人会因为一具被牺牲了的尸体而肝肠寸断，总有人会把自己的骨髓都吸干，一劳永逸地把死亡篇章尘封起来。让这个"有人"都感到惊讶的是，他从不谈论自己，他谈论的是以往的另一个人；这么做是为了用令人难以置信的精准视角来和过去告别。因为就是这样，与自尽的人同住的，生活中终将自寻短见，而杀人的凶手也逃不过在凶杀过程中自尽身亡的结局。如果这不是某本圣经里面的话，它也完全可以被收录进去，但这或多或少就是刑警队长多年以来处理倒霉尸体之后所得出的结论。

因此，当美娜说话时，就好像与她自己以及别人保持着无限距离。空洞，就是这个词。在某种程度上，她已经死了。

但是，埃利亚斯对自己说："忏悔完成就是真相的起始，而这个孔雀女子（因此就）不能被这样不明不白地关进保管档案的牢笼里去。"只要没人把她从他手里夺走，他就会不断地吹吹她的羽毛：

"就两个问题，如果你不介意的话。"

美娜睡意蒙眬地从枕头底部望着他。他就在那里，停歇在洗脸盆旁边的椅子上，透过那副眼镜打量着她。

埃利亚斯警长说："你是不是还记得在那幢房子里读了哪些书？这是第一个问题。接着，是第二个问题，下士是从什么时候开始和少校疏远的？是为了什么？"

好了，现在大家洗耳恭听。

美娜记起一本西蒙娜·德·波伏娃的小说，是她第二次去见律师的时候买的，她还记得在别墅阁楼里发现的几期《读者文摘》；另外还有一本《埃尔瓦斯战线之役》，但那是他从格拉萨堡图书馆里拿来的（这里的"他"指的是少校，美娜在审讯中就是这样称呼他的）。"关于书，就是这些。"

埃利亚斯警长说："《海狼》，你从来没看过吗？"

美娜说："确实，还有《海狼》。"

埃利亚斯警长说："那少校呢？"

美娜说："少校怎么了？"

埃利亚斯警长说："我问少校是不是也看过《海狼》。"

美娜回答说："他不看小说。""那既然这样，"刑警队长又问到了建筑师，"他也看过《海狼》吗？什么时候？是在你之前还是在你之后？"

美娜不知道，但有可能。没错，下士看过。事实上，这本书是下士借给她的。

埃利亚斯警长："他是从什么时候开始和少校疏远的？"

美娜说："下士吗？可我已经解释过了，我已经说过不知多少次了，是下士主动加入我们的，后来他才考虑要去法国。"

埃利亚斯警长说："后来，不对。最初的安排是你们从格拉萨堡逃狱一成功就把他转移到巴黎。是或者不是？"

美娜拉紧了脖子处的被单。她闭上眼睛："是的。"

埃利亚斯警长说："所以呢？"

美娜说："您知道的。您已经不想知道了。"

贝纳迪诺·巴罗卡，不知所踪的逃兵

那一件事，翻来覆去，说到让人恶心，刑警队长当然不会听，甚至都不需要听，因为他的那些小纸片上已记下了口供的内容。可囚犯的谈话是警察的音乐，他怎么也不满足，得寸进尺。他一边听，一边确认只给自己一个人用作参考的内容，仿佛是在把笔记里的词润色一样。下士被收买的方式。被偷的武器。越狱。

像巴罗卡这样不易对付的人硬得咬不动。这不是美娜说的，而是他——刑警队长说的，他了解这些自我关注的人的生活纪事。他们是就着母乳咀嚼石子的人，其中一些人，比方说像现在这个情况，多年来也反复咀嚼着反抗，这是一个坏兆头。他操着牧羊棍捕猎，用牙齿嚼破橡果，还有啊，他在入伍之前就是一个无证驾驶拖拉机的。年复一年，他和他那九个兄弟看到乡里人越来越少，人们去了遥远的法兰西和其他国家；隔三岔五走了一个邻居，隔三岔五走了另一个，巴罗卡坐在拖拉机背上，灌溉来灌溉去，在地里来来回回。这是忠诚的罗克探员亲口告诉埃利亚斯的，罗克现在正带着他那帮小伙子们，把下士上上下下嗅个遍，可这些事情是当地的老人说出来的。

埃利亚斯警长说："你非常确定少校在入狱前就已经认识巴罗卡了吗？"

美娜又重复了从丹塔斯·卡斯特罗本人那里听到的、而且总是同样的版本，同一个："他们是在一个省级兵团里认识的，不知道具体是哪个，巴罗卡剃了平头开始新兵集训、排进队列的那天，我们的上尉丹塔斯·卡斯特罗便以战斗天使的模样出现在他面前。卡斯特罗上尉，军营天使，宣布昂首的军官都应该具备双重人格的一个军人，战争中是魔鬼，军营里是传教士。他谈到新兵时，好像他们是孤儿，孤儿或临时性的鳏夫，没有人爱，吃得也不好。就是这样。"

刑警队长用两种调子记录，来自美娜的那种以及回忆对之低语的那种。在经过兵营、城防大门和军号的过程中，回忆带给他音乐，还有儿时的阿连特茹，《逃兵歌谣》：

> 哦，贝佳，可怕的贝佳，
> 我的不祥之地，
> 那是下午三时，
> 当我在那里应征入伍。

这声哀叹带着黑色的宿命色彩。它写在下士的掌纹上，如同他姓巴罗卡那样确凿无疑。而灾难没耽搁多久就来了，它就发生在埃尔瓦斯的格拉萨堡监狱。当他已是下士并即将成为司务长的时候，他看到丹塔斯·卡斯特罗出现了，是第二次，也是最后一次，那时，他的肩章已被撕下，被人押送着。一副叛逆天使的模样。

"你继续说，继续说。"埃利亚斯警长说道。

美娜点燃一支烟，深深地吸了一口。她的脸拉了下来。

埃利亚斯警长说："下士愿意留在少校身边，但他感觉律师一直都是在无证经营，便把自己关在房间里跟建筑师学习法语。至此时为止，一切都还挺好。那然后呢？他参加了你们的会议，还是没参加你们的会议？他和少校争吵过吗？他想逃走吗？所有这些都至关重要。"

埃利亚斯就在那里，手拂过梳得整整齐齐的秃顶，那根巨大的指甲带着计算好的缓慢速度在空中划过："后来呢？"

美娜深吸了一口气。她又重复了已经重复过的话，听着都让人感到费力。哦，那根指甲。但是她继续说着，随着那只爪子的移动，在烦不胜烦的记忆中游走，前前后后，一幕接着一幕，前前后后。而另外那个人，表面上睡意蒙眬，却调动了所有的触角，抖动着，最小的停顿、最小的矛盾，都会引起他的震颤。他在内心深处逐渐把巴罗卡用素描的方式勾勒了出来：居无定所，少言寡语，因为是阿连特茹生养了他。精明能干、小心谨慎、坚定执着的家伙，他们几个兄弟全都是一个模子里刻出来的。因此，可以理解他为什么会脱离少校的勇往直前，这甚至是因为他是一个低等的下士，和阴谋算计也不怎么合拍。如果真像美娜在说的那样，巴罗卡把自己关在房里学习，他那么做是因为甜蜜法国才有属于他的战争，而不是在这里，革命的空洞说辞之中。这是一方面。但另一方面，是因为他不想听得太多，以免知道秘密：万一被抓起来，知道的越少越好，你们可以叫他傻子。

指甲划过来，划过去。仿佛离群鸟儿的喙，在官僚头顶的发型上飞过。

此时，巴罗卡正通过美娜的声音朗读着法语基础句型，"这是床，这是门，这是木头做的"，可是下面突然传来一声吼叫，把纸都震得飞了起来。

"下士，立正！"[1]

是少校。是少校在愤怒地恶搞，勒令他过来一起打牌或收听新闻广播。

他过去了。收音机，纸牌，客厅里的壁炉——结束下注[2]。三个男人围着一张桌子，还有一个抽烟的女人。现在也在抽烟的女人，那种拖拉式的吞吐让刑警队长非常不适（牢房很快就会陷入烟雾缭绕之中，用作烟灰缸的金属盘子都满出来了）。"那不是一座房子，它是失眠之症，"美娜回忆道，"我们像烟囱那样抽烟。"

"下士，您会用法语说'害怕'这个词吗？那'逃兵'呢，说说看？'逃兵'是什么啊[3]，下士？"

丹塔斯·卡斯特罗向巴罗卡开火，却是想用碎片去打击建筑师。埃利亚斯会说他是想要一箭双雕，倘若这也算军事用语的话。他的眼前猛然出现了一幕，如果丹塔斯·卡斯特罗关起门来成为巴罗卡的师傅，他永远都不会是原谅丰特诺瓦的人。他会觉得是被戴了绿帽子，可以用这个俗语。或者，作为军官，遭到了背叛；遭到另一个军官的背叛，在放了字典和阅读书本的桌边，那个军官跟一个下士结成了盟友。

"你好吗[4]，我的下士？"

这种酸溜溜的火力随时都会向他袭来，永远都不知道是什么时

1　原文为法语。——译者注
2　原文为法语。——译者注
3　原文为法语。——译者注
4　原文为法语。——译者注

候。可能会是那个小伙子（巴罗卡）坐下打牌或是正匆忙吃饭的时候：比如说，有一天早上巴罗卡胡子拉碴地出现的时候。"你好啊？我们的下士像知识分子那样把胡子留起来啦？"

牌桌上就更糟。在牌桌上，看手气的牌局，蓄意策划的报复。美娜说："他们打得真狠。"但是这里一切都是狠的，钱，只字片言，埋着脑袋。赌注从几康多[1]的雷亚尔[2]上升到了欠条。接着，冷不丁地来了，那种带刺的话。

"你到底是为了什么才要留胡子的呢？"

丹塔斯·卡斯特罗斜靠着。他乐在其中，一点儿都没错。他研究着牌，乐在其中。不过，下士的运气不好，没有人批准他留胡子，这是违反规定的。"他问过你了吗，丰特诺瓦？就是，我很抱歉，但是你要把那些毛刮掉，我的下士。马上。快，快[3]。"

埃利亚斯警长说："看起来，下士打牌好像会出老千。"

"他尽可能少打，"美娜回答道，"而且他赢的都是欠条，欠条是在韦雷达大屋里通用的货币。"有些写全了数目，有些是在两次被吃牌之间着急划下的几笔，有些有日期，一些是即时兑现的；在那堆欠条里，警察找到了一张，上面写着"欠一等下士巴罗卡一件雨衣和一个旅行箱，签名：丹塔斯·C"，这里的 C 可以是葡语里很多词的首字母，既可以表示卡斯特罗，也可以表示一百，表示指挥官、秃鹰或骑士，永远不会有人知道。

"告诉我一件事，"埃利亚斯问道，"当您阅读《海狼》时，有没有发现有几页的句子被画了出来？"

美娜停顿了一会儿："有几页的句子被画了出来？"

1　货币单位。——译者注
2　货币单位。——译者注
3　原文为法语。——译者注

《每日晨报》: "犯罪巢穴里的大笔巨款。"

"钱是从哪里来的？是哪些个人、势力或组织资助丹塔斯少校的？本国不屈不挠的新闻界想要知道，1960 年 4 月 14 日。"他们用了两个专栏来要求得到答案；含沙射影了古巴的大胡子和穿喇叭裤的莫斯科人，躲在屏风后面偷窥，唯恐天下不乱。又重复了一遍铂金色头发女间谍之谜，永远都忘不了的那个女间谍。

"大笔巨款一说也是无稽之谈之一。"奥特罗探长哼哼着。"可大家都信以为真，"刑警队长说，"我们打了电话给报社，你等着看他们会不会改过来。""书面要求，坟这种东西都要通过书面形式。"督察说。"不管是书面的还是口头的，都得经过审查局批准。"刑警队长说。"好吧，"督察说道，"他又把审查局给扯进来了。你算了吧，'老坟头'，拉倒吧，我要做的就是发表个声明，然后看看他们怎么用纸巾把屁股擦干净。""以什么口吻来发呢，这个声明？"刑警队长问道。"用官方口吻，要求还原真相。"督察回答说。刑警队长又问："那国家安全警备局呢，你想过吗？"督察："国家安全警备局？"刑警队长："国家安全警备局，国家安全警备局。"

埃利亚斯警长对美娜说："就因为你说的欠条的事，国家安全警备局能让你生不如死。但是，你继续说下去，我们正说到打牌的事情。你肯定所有的欠条都跟打牌有关吗？"

美娜把已经说过的又重复了一遍，确认是的，绝大部分欠条都是丹塔斯·卡斯特罗少校和建筑师丰特诺瓦打下的。这是因为（有必要重复吗？）下士较少参与牌局，大部分时间都关在房间里，这一度引发了少校的激烈反应。

"激烈反应？"埃利亚斯警长问道，"什么时候？"

美娜说："他喝醉的一天晚上。"

埃利亚斯警长说："少校吗？"

美娜的手拂过额头，不再透过指间去看那天早晨在天花板角落发现的一块霉斑。那霉斑呈壁虎形状，也有着水泥上纹丝不动的壁虎的棕褐色和那可憎的感觉，脚趾张开着，吸盘的顶端细细圆圆的。她叹了口气，然后说道："那天晚上他喝得酩酊大醉。"

美娜是这么开始说的："少校一个人在房间里喝醉了，他应该是在写信的时候就灌了好几吨酒下去，信是要她交给律师的。"那些信，那些假设是从巴黎寄来的信，按照埃利亚斯警长的说法。"没错，他打了好久草稿，但最后还是写好了。"他把信放到三个信封里，信封是越狱前不久她买来的，差不多四四方方的形状，天才知道要找到有法语水印的信纸得多费功夫，但最后少校把信封好，把她和建筑师叫去。所以这是在美娜第一次去找律师的前夕。

建筑师走进房间时，丹塔斯·卡斯特罗直接进入了正题："不要再浪费时间了，丰特诺瓦，下士必须跟我们待在一起。"他就是这么说的。指引了方向。

建筑师，可以想象：他惊呆了。然后，丹塔斯·卡斯特罗说："这家伙知道的太多了，绝不能放他走，除非我们是傻瓜。所以你得把法语课停掉，让一切回到原样。"

接着，他开始了一场不可思议的演讲，抨击军营里那些贪婪者金钱至上的思想，他们只想着自己的小日子，对其余的全都不屑一顾，对革命不屑一顾；他谈到了某些人轻松的人道主义，他们被那些乌合之众引入歧途；他谈到了狗屁的基督教虔诚，谈到了恐惧，还有谦卑的狡诈，还有叛逃的本能，以及其他种种。美娜现在已无法复述他所说的每一句话，但有一点是肯定的，巴罗卡没必要在学习法语上花费更多的脑力，因为这逃不出他们的视线。"从现在起，法国就在这里，在韦雷达大屋里。"丹塔斯少校说道。

为了证明这一点,他从美娜手中夺过那三个信封,清清楚楚地摆在建筑师眼前:

"特茹河畔的巴黎,丰特诺瓦。国家安全警备局截到这些信时,我们就全都在巴黎了。"

他坐下来,观察此举起到的效果。"伙计,这不是什么悲剧。"然后,他开始把烟喷向空中:"特茹河畔的巴黎。真不错,特茹河畔的巴黎。"

建筑师起身准备离开:"巴罗卡的事会解决的,随他去吧。"

丹塔斯·卡斯特罗说:"会解决,这话不对。已经解决掉了。"一口更长更猛的烟;一股猛烈的口气,把对方能想到的一扫而尽。"告诉他,"丹塔斯·卡斯特罗又说道,"除了进墓地之外,没人能离开这座房子。让他别臭着一张脸,你把这个也告诉他。"

接着,他便不再理睬建筑师,也不再理睬美娜,似乎回到了自己的世界里,在沙发椅的扶手之间显得极为孤单。"害怕的嘴脸",他们听到他说。然后,又听到:"我不喜欢这个。没什么比害怕的嘴脸更让我憎恨的了。"可美娜觉得,那时,丰特诺瓦已经踏上去卧室的楼梯了。

埃利亚斯警长说:"那您呢?"

美娜?美娜也在等她的有利时机,这才是她应该等待的,一有机会她就出去了。临睡前,她想洗个热水澡,洗个澡,再加上常服的安定片,仍是彻底放松的最佳方式。听到少校的引吭高歌响彻客厅时,她已经在雾气和水流中忘我。他在歌唱。丹塔斯·卡斯特罗唱的是一首士兵之歌,他是故意唱给房间里的下士听。

"士兵之歌?"刑警队长惊讶地问。美娜说:"《与女友为伴》,一首法国歌曲。"

"我在电影里听过。"刑警队长边说边用手帕擦眼镜。

美娜香烟的烟雾在牢房里翻滚。在烟雾笼罩之中，有人挥舞手臂，攥着三个信封，欣喜若狂。

余料存储箱：各类信息

这里是进监狱之前和在监狱之外的她。在远处沉默的美娜，在一个有着蜥蜴和高窗的客厅里，通过审讯的剩余部分进行重新思考。余存信息，埃利亚斯把那个信封叫做"余料存储箱"，他像蚂蚁搬家那样往信封里装进本案某些零散信息，有助于他这个好警察减轻其他配角所起到的作用。档案的副本、照片、个人纪念品、记在页边上的笔记，信封里什么都有。他用夜不能寐、洞察敏锐的手翻阅着那些纸头：它们似乎能自己亮起来，有人会从里面走出来。

事件发生之后尚未回过神来的门房艾美利亚的证词：

她还没回过神来，仍然无法相信，居然会是那个住在六楼左座的姑娘。自打她父亲和几个非洲的朋友过来向大楼业主买下公寓的那天起，门房已经与那姑娘相识多年了，更确切地说，公寓是向业主的教子买的，因为大楼的产权在教子的名下，而她以前从未像现在这样指摘过美娜。她也确实不是一个爱管闲事的人，没那个心思，每个人都有各自的生活，自己的日子过好就足够了，要尽量这样。现在，那个姑娘。她做梦都想不到会发生如此的不幸，或者说，这种事情。她无论如何也没想到，以自己的健康发誓。她知道少校先生这个人，所谓的知道，也就是偶尔见到过几次。说起来，他看上去不像个外向的人，不是要说人家的坏话，可这种事情就是这样，伴侣是我们自己选择的人，别人跟这一点儿关系也没有，姑娘还招待其他朋友，不是很多，都是大学同学，比如，有一个叫尼尔森的，还有诺拉和克里斯蒂娜，诺拉来得少一点，但老实说，她此前从不相信那间公寓里会发生什么不妥之事，这点她可以发誓。至于那间公寓，谁想看，就能看到它还是姑娘走时留下的样子。或者说之前是，现在她不能保证，因为警察一直在搜查，那就不好说了。美娜搬到好像是罗马大道那里和少校先生一起去过日子后，房子就交给她来看管。"嗯，艾美利亚太太，您负责帮我付水电煤和电话账单，处理好一切，就和我还住在这里一样。"所以，在警察去那里之前，房子里的东西一根针都没少，对此，门房艾美利亚可以拿脑袋做担保。

玛尔塔·艾乐斯·丰特诺瓦·萨尔门托的证词：

1. 不做证。以健康原因为由拒绝说话。

2. 至少可以说，来敲她的家门是野蛮行径。她认为这是滥用职权。那些绅士（警察）们非常清楚，没有法律允许他们利用一位母亲来指责她自己的儿子，所以她要求他们离开。她重复：不管是谁，医生都严格禁止她接待。她一直被人骚扰得太厉害，有些人的素质太差，太没有脑子，所以她被迫切断了电话。

（埃利亚斯警长在页边记下的信息："必须要承认，她不只是因为接到匿名电话才把电话切断，而事实上，这些电话已经被监听机构监测到，她这么做是为了防止儿子跟她联系，泄露了他的下落。如若属实，这种戒备措施只能是律师建议的，或是与证人保持联系的她儿子的什么人。"）

酒吧谈话——摘录：（埃斯托里尔，1960 年 4 月 18 日，约 0 时 30 分）

这家酒吧的常客、某位姓马尔丁斯的工程师，以及一名身份未确认者正在谈论报纸上一直在报道的马斯特罗海滩命案，他们一度提到被害人情妇的父亲，称之为"西科"或"西科·阿泰德"。马尔丁斯承认，西科在得知女儿牵涉此案后并未立即赶到里斯本，他对此感到惊讶（"认为这很可疑"，这是他的表述），那个身份未确认者做出的回答是："西科正被卷在（德班？）一桩不知道什么麻烦事里，不过这一次和女人无关。"

他们就此案一边说笑，一边回忆起发生在洛伦索马尔克斯的几段插曲。少校和阿泰德造成了某种丑闻，马尔丁斯工程师肯定，"在六个月之内，他们让殖民地的男人戴遍了绿帽子，（如此一来）为他们争了光"。不明身份的酒吧客人显出非常了解阿泰德私生活的样子，按照他的说法，阿泰德独自生活或者已经分居，出于某种原因，除了物质上的资助外，从未给过女儿应有的照顾，他还说，给的物质资助是绰绰有余的。他很遗憾（略带讽刺意味），女孩落入了与父亲同流合污的某个同伙手中，这使情况变得格外令人不快。对此，工程师回答："少校做得不错，因为显然他被伺候得很好。"工程师还说："这是命中注定的：老爹在外，流氓上床。"

他们的谈话转到了买卖性质的问题上，但不多久，又回到了之前聊的阿泰德身上，两人都觉得他"被当头敲了能砸垮任何人的一棒"。因为已有好几轮威士忌下肚，他们用含糊不清的声调讨论起关于嫉妒的问题（或者看着像是这样），而在讨论过程中，工程师不厌其烦地重复着："作为父亲，在女儿床上看到个跟自己年龄一样大的家伙，肯定是妒意倍增。你得同意这是件讨厌的事。"

对此，身份不明的客人回答："我知道，我知道，但他不亲自来这里打探一番女孩的情况并非出于这个原因。"他跟工程师更凑近了一些，非常清楚地解释道："西科·阿泰德就是在拖延时间，好直接去国外跟女儿会合。那帮混蛋背后有一个组织，总有一天大家就全都到了法国。"

谈话到此基本结束，因为有一个从罗安达打来的电话找工程师马尔丁斯。当他和朋友道别时，还说："换作是我，就把他们都敲死。"

（签名）托尼·克莱门特，一级酒保
大陆酒店，埃斯托里尔

马尔丁斯工程师：STI 股份有限公司——管理部

阿尔迪娜·马里亚诺：

证人是地区防控中心的助理分析员。1955 年 1 月至 11 月间与建筑师同居，建筑师时年未满 21 岁，她 17 岁（信息由一级警探西尔维诺·罗克提供）。

两人认识之前，她就离开了来里斯本之后收留她的教父教母家。原因：因"其生命中的某个意外"（未作具体说明，但无疑是人工流产）而遭受报复性虐待（胁迫及体罚），她曾因此次意外在圣巴巴拉医院住院治疗。建筑师在那所医院里第一次出现在她的面前：阿尔迪娜不久前刚认识一位男性，她口中的某位医疗广告代表，已婚，正在法庭进行离婚诉讼。所以两人保持着几乎是偶然的秘密关系。为此（因为堕胎？），那人向一位值得信赖的朋友——就是建筑师求助。声称的理由为：无法照顾病人，担心此举会干扰离婚诉讼过程，此外还开始遭到了女子教父的勒索。就这样，建筑师介入了此事。他处理问题一丝不苟。他勇敢地面对教父勒索的压力（有些因素能加重事件的严重性，如女孩未成年、诱骗者的经济社会地位优势等），他不仅帮朋友逃脱了责任，还把责任转嫁到了自己身上。这很难不让人感到奇怪，可最终就是这样。不可避免之事还是自然而然地发生了：阿尔迪娜和建筑师相互加深了解，在她租的位于雷伊斯上将大道的房间里，他们最终住到了一起。那段时间，建筑师每日都去看望母亲……

"……八个月的共同生活，充满了难忘的记忆，"阿尔迪娜·马里亚诺回忆道，"但从一开始我就觉得，他似乎就有些强迫的态度，某种东西，我不知道，是他强加给自己的。也许是出于保护我的念头，也许是因为挑战，我没有头绪。他一直都有一个高中时的朋友，米格尔神父，耶稣会教徒，我们经常见面，关系很好，是米格尔神父说的：'雷纳托有种要接受考验的可怕需求，他总是选择最不舒适的那一面'。现在我相信，还真是这样。并不是说我们的关系仅仅只是一种对理解的证明，我不想上升到这一点上。所发生的，是存在着那种想要帮忙的焦虑。在任何事情上，甚至在最亲密的时刻，都是一种焦虑，一种保护的渴望。令人震撼的是，时间会让我们明白某些事情。时至今日，我才意识到我当时就已经如此深受其害。他喜欢我，是出于要保护的那种需求，这才是真相。即使年纪还小，我也有那么一点预感，不是说不幸福，但我觉得不自在。不管怎样，该结束的还是都结束了，但我生命中的那八个月是难忘的。若不是他，我不知道自己是否能挺得住，只有曾经有过那种经历的人才知道，神圣的上帝啊！而现在这里，就是我的位置。是雷纳托，丰特诺瓦建筑师，哦，是的，是他帮助我学习，帮助我前进，即使是在我们彼此已不再有任何瓜葛的时候。不管怎么说，这是我欠他的。今天我在这里，自主独立，可我怀疑，如果没遇到他，我会不会是现在这样。我说的这一切是要说明白，我刚才回答说，自从建筑师被捕后，我再也没有见过他，甚至在此之前，我也已经好几个月都没见过他了，这完全是真的。但同样，我也觉得有义务承认，如果他碰巧找到我家来，我永远都不会对他说不。不管我需要付出多大代价。"

骨科医疗用品店

　　埃利亚斯在卡尔达斯广场：就在这个广场上，她下了出租车。

　　她是冬天里的美娜，三个月前，不像今早这样阳光普照。她乘坐长途汽车，从韦雷达大屋到了杜阿尔特帕切科高架路，那是进城之前的最后一站，她在那边转道去坎波德奥里克区，寻找一辆出租车。雨衣滴着水，头巾粘在假发套上，看着挡风玻璃上的雨刮来来回回。埃利亚斯能想象得到，她那天早上经历了本不应有的绝望：在雨天乘上一辆出租车要比让公交车穿过针眼都要难得多。

［"犯罪嫌疑人，"能在笔录中读到的是，"她是按照所收到的路线指示走的（……）在里斯本，乘出租车到了卡尔达斯广场，然后从那里接着步行，到达位于黄金街的伽马·伊·萨博士的办公室，时间为上午10时30分左右"］

　　如埃利亚斯所料，她绕开了康赛桑街。因为，众所周知，康赛桑街是那帮秘密警察从国家安全警备局总部到阿尔茹布监狱牛棚的必经之路。从牢房到刑房的那几百米，可以被称为"死亡之路"。

　　但埃利亚斯来到卡尔达斯广场，并不是为了重构美娜那日早晨第一次去找律师的路线。他要往那里去，这是肯定的，现在轮到他去探一探尊敬的伽马·伊·萨的口风，可他从那里经过是因为从他家到黄金街，卡尔达斯广场正好在执勤途中，行内话是这么说的。那广场就在他家边上，从前到后，从里到外，他都了如指掌。广场上有间只有一把椅子的理发店，镜子上爬满了苍蝇，半高栅栏内的木工从来看不到人影，只能听见他们的声音，还有窗户紧锁的大宅，夜晚有一盏小灯在里面来回晃动。在这样一个阳光明媚的早晨，那座大宅沿着屋檐，必然会有一排趾高气扬的鸽子，就像是带状的墙饰，不过根本不值得去看它们，总是那样。而在另一边，是的，另一边，沿玛达雷纳街往下走，是骨科医疗用品的展览会。能让人看、能让人思索的东西从来都不会缺少。

"如今，多亏了科学，我们可以重建人体中已经死亡的部分。我们可以用动力引擎使之活跃起来，恢复其原有的形态和力量。"——来自奥地利维也纳的著名教授哈萨洛夫如是说。

直上直下的石子路，每家商店的门口都看得到他们自己的残疾人车，仿佛正整装待发，去参加某场意外的拉力赛。从街道顶上看下去，那些闪亮的椅子似乎随时都可以从斜坡上翻滚下去，有了速度、高度之后，像疯狂的机器那样飞过城市的屋顶，消逝而去。日落时分，它们会回到家中，但商店的橱窗却亮了起来，因为它们每时每刻都在，对于经过的路人来说，它们就像是摆放还愿物的地方。它们展示着带有关节的四肢、让人联想到酷刑室里令人瞠目的紧身塑身衣、金属颈套、假肢及医用疝气带。在其中一个橱窗里，哈萨洛夫教授被镶在一个装裱圣遗物的天鹅绒相框里，发表着他对于身体死亡部位的救赎之言。

还有那辆装着断手的车，埃利亚斯每次经过都会看上一眼。它的命运已经注定，停在同一家店前，日夜不休，半步也不移开，就是那辆老旧又熟悉的奥斯莫比尔车，后窗上贴着"骨科医疗用品店，免费报价"的牌子。还有那只手。那只手总是放在方向盘上，用塑料橡胶制成，褐色，接近土色，手腕上长着汗毛，末端是衬衫袖口，却没有袖子。那只手什么都有，皱纹、指甲、植入毛孔里的汗毛；在该戴戒指的手指上还能看到一枚结婚戒指。

埃利亚斯的查看方式总是一成不变：奥斯莫比尔的轮胎气很足，车身上没有报废汽车那种带有锈迹的尘埃。给人的印象是，它可以开起来，但没人能够察觉，它在神秘的时段通行，途径不可告人的地点，由断手掌控方向盘。每每经过，它就在那里：看起来仿佛是一辆推销员的英雄座驾，在尘土飞扬的往昔里穿越破败的村镇，为其运送的货物而骄傲自豪。骨科医疗用品，免费报价。而那手，毕竟是空心的，可以当作手套，用来粉饰另一只有血有肉的手，同样的汗毛，同样的指甲和同样的毛孔，手仍然没有身体，却忠实于自己的岗位。它被搁在方向盘上，好似标明产权所有的一个印章：奥斯莫比尔是它的。

埃利亚斯每次路过卡尔达斯广场，这个点总是必经之地，总能看到那只手。然后就再往下走，到罗西奥、光复广场、梅耶尔公园，或者反着来，往特茹河的方向。今天他就是这样走的，顺着奥古斯塔街往下。红绿灯、商店橱窗、金银丝首饰、纪念品、外汇兑换店、假人模特和宏伟银行，最后则是拔地而起的石头凯旋门，首都与特茹河之门，一切尽显巴洛克式的荣耀，传播着对往来交通和商业贸易的祝福，"先祖的力量"。极高处是庄严的大钟，市民的统治者。10 时 30 分。我们到了。

埃利亚斯在拐角处停了下来，整理思绪。整理思绪？他距律师只有两步之遥，只要转到黄金街，走进第一扇门就行了，里面有个擦鞋匠。

楼梯底下的空处，绅士们在擦鞋匠的高凳子上坐着看报，皮革油膏的味道，一段陈旧的木楼梯，就是那里。他在两面潮湿的灰泥墙之间往上爬，街上的喧哗在身后渐渐消失，一级又一级楼梯，叫卖彩票声，公交车的刹车声，抛光布在鞋油上发出的摩擦声。楼上有人接待他的时候，他发现自己身处另一个世界：皮制沙发椅，静寂的地毯；

他感到一种温暖的芬芳，雪茄的香味，会客厅的门上镶有软面，柔美的木雕花影。埃利亚斯坐在一张桃花木桌前，他伸长胳膊，从那张素朴的大桌上面探过去，出示了一份文件：

"就是这封信，先生。看看您是否认得出笔迹和签名。"

桌子的另一边，两只白嫩光滑的手不急不慢地伸出来，亮光闪闪。手上戴着几个戒指，指甲上涂了指甲油。再往上，一根丝绸领带在颤动，整个巨大的胸腔，衬着扶手椅背尤为突出。最后是脑袋：闪亮的眼镜，光洁的皮肤，精心剃过的胡子用过须后水又用热毛巾捂过。

伽马·伊·萨律师说："看起来确实像是丹塔斯·卡斯特罗少校的笔迹。"他把信看了一遍，又一遍。慢条斯理，摸着下巴。埃利亚斯警长："这封信是写给辩护律师，从巴黎寄过来的。"

"我知道，我知道。"律师一边看，一边点着头。

朋友和律师

啊，背叛，啊，为了赢得荣誉臂章和星章而表现的怯懦，这就是信中所说的内容。"不过，首先必须得感谢律师朋友如此明智地提供了宝贵的援助，并为直到此时才致谢而表示歉意。这么说，不带任何阿谀奉承或形式主义，能有如此德高望重之士作为资助人，是一份极大的荣幸。收信人，也是朋友及律师。在学识和能力之外，表现出最人性化、最具自主奉献精神的一个人。律师朋友，绝对忠诚并始终如一的一个人。"因此，少校虽然知道没有必要，但无论如何仍应对整件事情做出解释。埃尔瓦斯，就是和埃尔瓦斯逃狱相关的事情。他，丹塔斯·卡斯特罗，不希望这世上有任何东西让人有一丝一毫的怀疑，此举并非绝望或是对辩护缺乏信心所致。"在任何一刻，我都丝毫没有怀疑您作为法律专家以及作为朋友的能力，律师。"况且，丹塔斯·卡斯特罗并没有逃跑。他只不过是在寻找另一个战斗空间，并将在不久做出证明，叛徒们可要准备好了。他知道，那帮卖国求荣的乌合之众，在头面人物面前炫耀着以牺牲曾经誓死效忠的同志为代价所得到的嘉奖臂章。他知道的，洞若观火。尽管丹塔斯·卡斯特罗远离家乡，但家乡就常驻于他心中，他还没有忘记那位戴单片眼镜的少校，热衷于卑鄙地命令护卫队把他送入监狱，这人和其他军官，他都不会忘记。"说来话长，您是知道的。"所以，既然卑躬屈膝的奴性占了上风，而且政府把贪污腐败作为一种精英武器，他和其他被捕的同志都不能指望从法庭得到丝毫的公正。他现在是这么写的。他预见到了各种各样的延期、干预和其他会推迟审判的乱七八糟的情况，甚至连律师朋友自己都已有预料，而且也没对他隐瞒。所以他由衷感激。他当时想，要与沉默的欺诈相抗衡，只有爆炸性丑闻才能起到作用。他考虑再三，而且计划得到了采纳。必须是任何能引发国家舆论注意的东西。因此，他解释道，在实施越狱计划之时，确信此举不仅有利于仍被关押在格拉萨堡监狱里的同志们，而且也能激发正直军人的良知。还是有这样的军人的，丹塔斯断言，军事机构尚未被完全摧毁，这将获得证实，他知道。他没有给出任何理由，但承诺，证明就在眼前。在 47 岁的时候，他远离祖国，远离亲人，但他庆幸自己在漂泊流亡中不乏支持。他发誓，归来的日子不远了。在此之前，他并不惧怕困难，因为即便是最坏中的最坏的情况，也无法与在葡萄牙每前进一步时所看到的怯懦表演相提并论。在信的结尾，他向律师朋友致以最热诚的谢意，并留下了一个地址：巴黎七区邮政信箱 300 号。

伽马·伊·萨律师把信还给他："只有脑子不清楚的人才会想起来寄这么一封信。"

他点燃一根雪茄，雄伟的胸肌在吸入第一口烟的时候显得更加庞大。"还真是位'人身保护令'律师，在高贵的大厅里熠熠生辉。"埃利亚斯心想。

"难以置信，"他说，"难以置信，没有别的词可以形容。"

刑警队长想起美娜，三个月前她就在这间办公室里：她是坐在自己现在坐的椅子上吗？哈瓦那雪茄的烟是从同样镶嵌了钻石的指间升起的吗？"这是先生您第一次知道有这些信吗？"他问道。

"这些信？"律师很是诧异，"什么，还有别的信？"

埃利亚斯觉得最好不要立刻作答，他眼睛在房里转了一圈，停到了门上（门是关着的，用来隔音的填充饰面和金色门把手让人印象深刻）。他又想到了美娜。然后，仿佛无所谓似地问道："很可能少校还写了其他与此类似的信，您不觉得吗？"

"人身保护令"律师斜靠在扶手椅背上。"一切皆有可能，我亲爱的先生。他往远处发了一枚烟幕弹。但这是草率之举，"他几乎是在悄悄地说，"见鬼，真是草率之举。"他又重复了一遍。这时，刑警队长正任由自己循着雪茄烟雾的轨迹，毫无疑问，他看到了美娜。她就在房间门口。或者说，仿佛是那样。

"不予置评，"律师吹了口气，"这样一封信，我们正在经历的当口。"

美娜。门关着，她站在里面，身上淌着雨水。她在水中颤抖，身体僵直，脚边积起一个小水塘。而此时，阳光正透过窗户照进来，铂金色的假发散发着冰冷的寒光。她手里拿了三个信封，三则洁白无瑕的讯息，几乎光芒闪耀，雨水顺着她身体的轮廓往下流，绕过了信封。水不停地将她覆盖。她是源头。

埃利亚斯警长说："您说什么？"

伽马·伊·萨律师说："我说这是草率之举。"

埃利亚斯警长说："有意为之的草率之举，也许是这样。谁都不能向您保证这封信是在巴黎写的。"

律师说："向我保证？在哪里写的对我来说都无所谓。"

说完，便又向远处喷了一大口雪茄烟雾。（他见过美娜吗？）

埃利亚斯警长说："我们知道少校没有离开这个国家，先生。国外来信也不是什么新花招。"

"太天真，""人身保护令"律师说，"再说多一点，一个天真的权宜之计。少校必须得知道警方在巴黎有线人，能核实这些事情。"

他把手撑在桌子上，嘴巴下垂，雪茄斜吊着。嵌满戒指和发光宝石的爪子让宽大的桃花木桌面显得光彩耀眼。"很好，"他说，"还有什么事吗？"

埃利亚斯警长说："还有一个问题，钱的问题。越狱后，少校从未向您提出要钱的请求？"

"我因为工作关系曾去监狱探视过少校，之后就再也没见过他。"他如是回答。

埃利亚斯警长："我说少校的意思是指他的中间人。"

伽马·伊·萨律师："从来没有。"

埃利亚斯警长："连电话都没打一个？"

"人身保护令"律师摆了个微笑，好像在说"草率，是的，但还没草率到这个地步"；可刑警队长仍面不改色，眼神呆滞，等待着。于是律师把雪茄搁在烟灰缸上说："他是在争取时间，一切都这么表明。"

"他非常清楚，"他开始用手指调整眼镜（从这个动作中，埃利亚斯认为自己察觉到，他扫了一眼美娜在或者应该在的地方），"他非常清楚，"律师说，"组织是很严格的。有自己的渠道，有规则需要遵守。（声音听上去起了细微的变化，可以是对着他这个刑警队长，也可以是对着更远的某个点，美娜的身形一直在那里摇曳。）得有最起码的小心谨慎，见鬼。这个他知道，至少得负这份责任。不能在随便什么时候就跟人接洽，更不用说是像我这样的公众人物了。可不能从哪里突然冒出来说，给我笔钱。"

他站起身。

埃利亚斯警长也站了起来说："是的，可有时也会发生出其不意的事。"

说完，他正视了他一眼，想看看他的反应如何。接着，又满不在乎地说："就在此刻，我脑子里有个念头，挺有意思的。"

律师说："是吗？"

埃利亚斯警长的手已经放到门上："少校的情人，先生。如果她哪天在那扇门口出现，那也不是什么天方夜谭。"

律师伸出软绵绵的手告别："我的朋友，这样的意外连鬼都不愿意碰到。"

"我们要谈的都谈完了。"埃利亚斯走下楼去。

又是边缘磨损的楼梯台阶和擦鞋匠的高凳子。但他面对街道时，却打了一个冷战：那天下雨，不是真的在下雨吗？他的内心深处正在微笑，现在就差转过身来，看到美娜站在楼梯中间，身上静静地往下淌水，仿佛一尊湖神。

他站在门口，欣赏着车水马龙、人来人往。他时不时地看一眼楼梯下面坐在擦鞋凳上的绅士，他们就像一排墙饰，每个人都有一只鞋举到空中，仿佛是在用脚祝福跪在他们面前的擦鞋匠。大家都在看报纸，肯定是不想从墙上的镜子里看到自己，镜子上用肥皂写着："彩票中奖号，谢谢尊贵的客人们"。

多雨的四月，天气说变就变，这场骤雨就是这样，在大太阳底下，倾盆如注。欢乐的大雨，昙花一现的心血来潮，好被游客用作谈资。天一下子不会放晴，所以埃利亚斯开始想着要去瑞士露天咖啡馆里点上一杯奶咖和一块金黄的烤面包片，一边还能看着小偷们来来往往。可此时，他口袋里还有一样更紧急的东西，一张当票需要核实，而且，现在刚好，不早也不晚。

["……犯罪嫌疑人从伽马·伊·萨律师的办公室出去之后，继续在上述伪装的掩护下前往位于菲格拉广场 118 号 F 座半层的一家当铺，变卖了一些个人用品。她做出这个决定是为了补贴律师之前给她的区区 3 500 埃斯库多，所以离开办公室时，撕毁了她送达的信，信中提到了这一金额。当被问及信的内容时，犯罪嫌疑人知道是与联系军人有关，那些军人身份使用代号指称，她已经不记得了，只记得一个里约·马伊欧尔，或者可能是里约·克朗特，他的军衔是上校；信中还提到经费汇款、地形图和伪造文件，尤其是三张身份证、一本护照和一张驾驶证，所有这些东西都将在事先约定的电话信号指令发出之后，由伽马·伊·萨律师及时提供，" 笔录]

　　他回头往菲格拉广场走去，那里常年都有吉卜赛人在，他们有的穿着黑衬衫，臂下夹着粗布，有的手掌中托着手表叫卖，还有的吉卜赛女人拖儿带女，随处可见吉卜赛人；埃利亚斯从他们中间穿过，找到了那家当铺的招牌。唯利是图的当铺老板身着灰衣、说话转弯抹角。埃利亚斯出示了当票和司法警察的名片，让他更配合一些。

　　那男人的嘴唇和鼻翼上都打了钉子，好像那种放在盘子边上的腌黄瓜。"就这个？"他问道；连眼皮都不眨一下，就立刻去拿当物：镀金打火机和烟盒、一枚旧钻石别针、一条金链子，扣除利息，总共是 10 087 埃斯库多。

　　埃利亚斯拿起链子，开始用手指触摸，并把它绕在腕上。这是一条精致的链子，式样像手链，但如果戴到女人漂亮的腿上，便成了亲密关系的公开信物。柜台后面，身着灰色衣服、敌意重重的老板盯着链子在警察的指间滑来滑去。他把链子顺着拳头展开，再把它绕起来，用手掌轻轻地蹭过，他的这种方式慢条斯理、来回反复。他用两根手指画着圈把链子摸了个遍，然后又把它绕到手腕上，这么做的同时，魔力指甲失去了光泽，镜片后面的眼神也开始变得不再犀利。

第四章

"在这个国家生命的至暗时刻。我们，武装部队的军官们，为了军事机构的荣誉，决定向全国宣布：

1. 我们的同志，路易斯·丹塔斯·卡斯特罗少校，曾获得功勋奖章，服役履历上记录有多项奖励与表彰。他是一名有军人精神的军官，勇猛果敢。

2. 他接受的是天主教教育，在学生时代，他曾是基督教民主学术中心成员。在军中，他并未表现出对政治的关心，后来因为对萨拉查极权主义强行压迫人民与军队而感到愤慨，与数十名战友及平民共同参加了一起军事起义，并因此被捕，羁押于特拉法利亚拘留所。在反抗国家安全警备局对案件的干涉中，他表现得慷慨激昂，大义凛然。他被转移至位于埃尔瓦斯的格拉萨堡监狱，和民兵少尉、建筑师雷纳托·曼努埃尔·丰特诺瓦·萨尔门托一起越狱成功。

3. 丹塔斯·卡斯特罗少校的尸体，是在报刊媒体报道的神秘情形下被"偶然"发现的。国家有权发问：*是谁杀了他，又是因为什么原因？*

4. 丹塔斯·卡斯特罗少校从埃尔瓦斯堡潜逃，目的是为了与未被捕的同志会合，意在重组失败起义所牵涉的力量。为此，他联系了军中的知名人士，所以迫切需要知道的是：谁能从少校的死亡中受益？

5. 凶手故意将尸体浅埋，这样容易被发现。选择海滩是为了使少校逃往巴黎继而重返葡萄牙的说法更为可信，不过可以肯定的是，我们的这位同志并未离开祖国。将此说法公之于众对谁有利？

6. 我们的同志被杀害，是因为有人必须要消灭一名勇敢可靠的战士，还因为，有人可以通过这种惩罚手段警告他的战友而获利。*是谁杀了他？* 国家知道是谁杀了反萨拉查主义者，为国效力的军人们需要为一位同志的生命复仇。"

本文的署名为"独立武装阵线"。送来时是一份加盖了公章的复印件：国家安全警备局，调查处。在最上端，有人用大写字母写了：*A 号文件*。是局长吗？

B 号文件。寄给里斯本司法警察局局长的打字信件（原件）：

"在这个既无媒体又无自由的国家，没有人相信你们对马斯特罗海滩一案'明察秋毫'的调查。当恐怖的国家安全警备局继续实施最令人愤慨的罪行时，你们的所作所为只是在为他们掩饰而已。（签名）一个葡萄牙人。"

C 号文件。用大写花体字写给里斯本司法警察局的明信片（原件）：

"杀害少校的凶手就在安东尼奥·玛丽亚·卡多佐路。是国家安全警备局的。"

D 号文件。1960 年 2 月 13 号巴西日报《大众论坛》第 2 版一篇文章的复印件。加盖了公章：国家安全警备局档案处。复印的内容是头版的新闻提要和占一个专栏大小的丹塔斯·卡斯特罗的照片，他咧嘴微笑，身上穿着羊毛衫（遇害时的衣服）：

"里约（特别报道）——据点位于瓜纳巴拉的反对派团伙认为，萨拉查的警察应对丹塔斯·卡斯特罗少校的谋杀案负有责任，他的尸体近日在里斯本市郊的一处海滩被发现。

在经历了众人瞩目的从候审监狱逃脱的事件之后，卡斯特罗去了法国安身，以便组织发动在葡萄牙的武装抵抗。官方说法将矛头直指受害者的情人和两个同伴，并归因于内讧。因斯特罗少校秘密返回葡萄牙，凶手惊慌失措，对其采取了政治处决的手段，与少校领导的运动势不两立的反对派也在这一决定中掺和了一脚。

然而，通常更为灵通的独立消息来源声称，丹塔斯·卡斯特罗是在一次由假革命分子筹备的会议上，被国家安全警备局、萨拉查特警杀死的。从情人和两名同伴身上，至今未找到什么线索。此次报道联系到的人士以最保守的说法承认，他们与警方狼狈为奸，照此假设，此次犯罪是蓄谋已久的。

目前，本案在对犯罪细节的解释上尚存有争议，首先是少校从被关押的城堡监狱出逃一事。此事被反对派誉为轰动一时的胜利，可另一方面，它也对政府有利，因为此举让该名军事领导无法被带上法庭，公开揭露萨拉扎查军队所涉嫌的腐败与动荡。这些都是部分受访者在向我们讲述相关假设时的观点。他们的结论是，如果国家安全警备局的确监视了卡斯特罗的越狱之举，与他同时越狱的两名军人本就应该是当局的特工。他们自然而然地，也会在越狱成功后唆使少校前往巴黎，以便顺藤摸清国外反对派的关系网，这对警方有利。"

……

"这个文件夹里的东西让人摸不着头脑，"奥特罗督察总结道，他把夹子推到办公桌的一角，"都是狗屎和政治空谈，只有脑子有病的人才会把这些东西称作文件。是局长吗？"

他拿出一支烟，在烟盒上敲了敲。他的衬衫袖口显得十分体面，上浆熨烫过。发亮的打火机，都彭牌，啪的一下，一打就着。他缓缓地、优哉游哉地吐出两团烟雾，斜眼望向那个文件夹：一团屎。一堆恶毒的文件、检举、无端的揣测、口无遮拦的絮絮叨叨、驱逐令和政治组织中的这些狂热之徒在正经工作的人的门缝底下追踪到的其他委屈。它们就像那些毒害国家的小传单，这些印出来博取同情的狗屎，只能在见不得光的地方阅读。更有甚者，它们还会长出蛆来；正因为这样那样的原因，司法警察局局长，在走廊尽头，正对的那扇门里，那些玩意儿一落到他办公桌上，就被扫到任劳任怨、随时待命的督察这里。也就是奥特罗，他自己，司法警察局的左膀右臂，拥有法律本科学位和签署文件的职责。

但追求司法公正的司法警察局局长也已经骗不了任何人，大家都知道，都在窃窃私语，说他是一只提供全方位服务的牛虻。（大虻，如果我们把他的级别和军衔也考虑进来，一只飞好几个航段的大虻，中途经停国家安全警备局、审查厅和国内其他那些藏污纳垢之处。）这么说吧，那是他的事情。但是，该死的，他这么到处飞，搅浑了整个局面，弄得臭气熏天。

奥特罗来到窗前，这是一个阳光明媚的早晨，却并不意味着臭狗屎能太平无事。相反，太阳能让腐烂的东西发酵，让蛆成倍繁殖，市民一不小心，狗屎就会漫到嘴边，只有踮起脚尖才能幸存下来。颠覆的狗屎，这才是最黏稠的。而且风平浪静，风平浪静，这样粪坑才不会溢出来：最轻微的手势，最低声的嘟囔，都会让政治的臭狗屎流到倒霉蛋的身体里面，然后把他整个人填满，直到内脏迅速干燥硬化，把人变成一尊雕塑，忍受好奇心的折磨。

"接下来会发生什么，接下来会发生什么？"奥特罗督察探长嘀咕着，好让自己平静下来。

拖延少校之死的调查对谁有利

最能从中受益的首先是国家安全警备局。在这场告密和诅咒的混乱之中，他们将尽一切可能让自己置身事外，同时却给最爱的司法警察局偷偷运来一车又一车复印件和宣传册，就是那些屎一样的东西。与此同时，罗克探员和他的同行们却在西班牙边境和葡萄牙的沙滩上转来转去，搜寻下士和建筑师的下落，如果没被用铅弹打中就能回来，算是幸运的了。可就算如同所希望的那样，他们回来时毫发无损，还把那两个放肆的家伙好好牵回来，都来不及把他们扔到司法警察局的脚边，因为国家安全警备局会跳出来，然后，不好意思了，他们要带走两人，一路奔跑回家去。哦，别以为他们不会这么做。他们总会及时出现。把建筑师带走，把美娜带走，把所有的东西都带走，至少是要一扫而空。

奥特罗探长心想："把他们带走吧，把他们带走吧，希望他们对你们来说有点利用价值。"

肯花功夫研究丹塔斯·卡斯特罗一案的人（卡斯卡伊斯市法院）定然会觉得奇怪，在整整八份卷宗里，国家安全警备局几乎遁形了。从头到尾一字不落地看一遍，就会有这种感觉，没什么好多想的，那群苍蝇一直在案卷上空飞来飞去，但它们用茸毛爪子上的毒刺在一两页上刺上几下，那上面的东西就被删得一干二净。除去为数不多的那些片段和一定数量的证明、公文，还有其他琐碎之物，整个传奇故事的主体已被埃利亚斯·桑塔纳那洞察敏锐的手，以及他的魔力指甲一层层地剥开。方法是他的，篇章也是他写下的（他审问并亲自担任书记员，做了私人笔记，还分成自用和官方两种版本）。埃利亚斯，这么说吧，是一位低调的新闻记者，把这片土地上所发生的成功案例写了出来，他把事件的方方面面关联起来，为司法审理和慈善的信徒提供了证据。

按照与司法警察局联系最为密切的记者的说法，这个罪案爱好者和书记员，在司法机构的眼中是个难以定位之人。督察们在多起谋杀案中都有赖于他的经验；大家都说，他有自己的规矩，却没有更大的野心，没人明白这是为什么。也是因为这个原因，上级才会对他的自主行事默默地予以容忍。

"闻风时无需激昂亦无需恐惧。在最无人问津的沙漠中找寻踪迹，那无毒蛇之卵亦无骆驼骸骨之处，便是你应走的真理之路。不久之后，神秘之门将向你敞开。"据埃利亚斯所说，这是摩西的话，或者，他口口声声说这是摩西的话。他把这些话作为一种建议，它来自上帝让人起死回生、好给警察减轻点负担的远古时代（他自己带有自我风格的评论），刚当上探员的那几年，埃利亚斯一直把这段引用来的话压在办公桌的玻璃台面下边，特别醒目。这条包含着预言的讯息是他小时候在圣地亚哥使徒高中曾经担任过随军神父的历史老师口中听到的，它被遗忘在儿时的笔记本里，多年以后，他又让它重新出现在了眼前。他动用了审讯时使用的打字机，把这段话用司法警察专用字体敲了出来，并把它作为警探严格奉行的金科玉律。

"*闻风时无需激昂……*"所有的警察都有自己的传说，每个"自家局里的男人"在工作数年之后，都会因某种奇葩形象或是破案圈子里的某个口头禅，比如"上帝保佑"，而被人熟知。而埃利亚斯·桑塔纳警长就是这样被大家叫成"老坟头"的，这是司法警察局和相关单位里流传的对他的定义。但是，如众人所说，如果在他被遗弃的灵魂里，只有逝者的声音和往昔的音乐，那么在他游走之间，在那流于表面的倦怠中，除了警惕与审阅，便别无其他，那种审阅，是所闻与所见的言外之意。罗塔法院的部长萨瓦特尔写道（《回忆录》，第二卷，萨拉戈萨，1907 年）："无论人们多想轻视那些与优秀探员相关的个人神话，都必须接受，不带真理的夸张、没有缘由的声誉是不存在的。"埃利亚斯就是这样。他所披上的倦怠和萎靡表象就是审讯官的斗篷，他正是凭借这一点来与犯罪分子抗衡的，"既无激昂亦无恐惧"。在丹塔斯·卡斯特罗一案中，他的表现也充分证明了，他知道如何在犯人面前保持自己独自奋战的弱势，然后突然用惊人的速度猛地刺上一刀。

在此案审理过程中，对于埃利亚斯·桑塔纳在组织调查中不辞辛劳地做到一丝不苟，没有一个法官会无动于衷。然而，仔细重读笔录和分析美娜供词的日期，便可以得出结论，**刑警队长从一开始就掌握了所有的真相。**

是的。这一点只有不愿看的人才会看不到。在美娜开始作证之后，笔录就暂停了（"由于时间过晚，本次审问暂停，届时继续"），而且，之后的日期出现了空档，和案件有关的内容被打乱、弄散。这样的话，拖延少校之死的调查对谁有利？

警探西尔维诺·罗克（就是陪同奥特罗逮捕美娜的探员）承认，美娜在第二次审讯中就全部招供了。他只看见过埃利亚斯刚开始审问时采用的进攻策略，后面没再看见，但他意识到，照那个情形，整个案件很快就会被剥茧抽丝。他明白，而且事实上也确实如此，在被捕的犯罪嫌疑人把罪案前因后果交代清楚以后，刑警队长仍对其使用了鬼祟迂回的审讯手段，鉴于埃利亚斯作为警察在这种反复多变的问题方面义无反顾的天性，此举也不无道理。他在意的是，美娜在离开此地之前能一吐为快，供认不讳，这样她就会很自然地知无不言、言无不尽，天知道她会说出什么来。正如罗克探员所言，关于这点，没有人能提供更多的信息：埃利亚斯是自己一个人审问的，而且通常是在办公时间之外。

1982 年的今天，我们可以清楚地看到，作为调查员的埃利亚斯·桑塔纳，一旦掌握了所有真相，就会在边缘不停徘徊，试图寻找其他线索和其他角度。他在寻找什么？坦白交代中自相矛盾的一面？还是逃犯尚未浮出水面时推迟揭露少校死亡真相的时机？奥特罗督察说："我们永远都无法知道埃利亚斯·桑塔纳所掌握的材料。唯一知道的，是他耐心地把笔记和照片存到了那个号称'余料箱'的信封里，只有他自己能打开。"一直到结案的时候（从卷宗中可以推断出，那是下士和建筑师被捕的日子），刑警队长都没有停止过开展自己的探索，他不停地收集、囤积材料。余料箱，就是一锅大杂烩，里面全是给罪案调味的佐料。奥特罗预见到，正因为有了这副家当，埃利亚斯才会准备好，把二十来份祈祷书般的审讯记录和供词抛出来。这么说吧，来给犯人送葬，给美娜和她那两个弟兄，礼数周到，一网打尽。

但是，当卷宗终于到了督察手里，看到其中四份，他才开始有所了解。必须承认，这些有理有据的信息很有分量。但这些都是概括性的信息，内容言简意赅，所有的重复都是有意为之，方法上无可挑剔，所有的证据紧密关联。为了汇总成那个最终版本，一定有许多其他的材料被排除在外。"是哪些材料呢？"督察问自己，"'老坟头'的家里会不会有美娜的另一份卷宗，他留给了自己？"

对此，也许只有变色龙利札德才能做出回答。

勿忘你终有一死

望向远处之人，兄弟，也许就是那个脚边放着骷髅头骨（埃利亚斯分辨不清）、在坟墓边上咀嚼逝者面包之人，终有一日将被吞噬。那人倚靠着锄头，一边进食一边思索。在他和柏树投下的阴影里，受苦受难的灵魂沉睡在大理石的祭文和刻有姓名的十字架下，这是人类永远的安息之地。主啊，它是如此迅速地扩大。墓地，碑冢之园。它无时无刻不在扩充壮大，就在那疲惫的掘墓人眼前，那早晨吃着悲伤面包皮的掘墓者，他是牧羊人，细数着山上那群躺在阳光底下的石碑；他的视线只会停留在那遥远的河流之上。

埃利亚斯坐在一张带扶手的小椅子上，在家族墓地的入口，脚边放着装有奶咖的保温瓶。他已经抹去了棺椁上的灰尘，把绣了花边的白布又盖回去，每个人的照片都被重新摆好，先妣、先考、亡姐，他思念的亲人；他还用硬毛扫帚扫了地，掸了灰，换了花。此时，4月17日，他正在墓园一条安静的小路上，边看周日的《新闻日报》，边向掘墓人扫了一眼：那人站在斜坡中间，坡上十字架遍布，孤独的祭拜者在其间走动，地平线上，可以望见一片波光粼粼的特茹河。

为什么墓地必须要在高处，俯瞰凡人？埃利亚斯将其归因于一条古老的准则：惧怕瘟疫。只有教堂的地板，才能使逝者的气味和腐朽变得沉寂与洁净。或者是风。高处能让一切随风而逝。

那里有一只蛾子飞来飞去，在远处，还有一只，墓园的春日。埃利亚斯的目光追随着它们展翅飞舞。

不过，让我们说回掘墓人。

说回掘墓人，埃利亚斯的视野延伸到了整片斜坡之上，一大片开阔的逝者之地，泥土就是盖在他们身上的床单。人们称之为普通冢，都是很浅的坟墓，还有植物。可越往斜坡上走，浅坟便慢慢看不到了，开始进入的是陵寝之城：种满柏树的大道和方尖碑，庄严的彩色玻璃窗，由石雕天使把守的大门。巴洛克式建筑的正面，刻着家族的名字和"愿逝者安息"的首字母，同样的名字和首字母在《新闻日报》的启事版上亦已出现过，这页版面是逝者的另一块裹尸布，从上至下，一栏又一栏的十字架；报纸上的词句在墓园的大理石上重复，或者反过来，墓大理石上的词句在报纸上重复，逝者永远安息，生者无限思念；讣告上的照片与摆放在遗体之上神圣的镜框里的头像一模一样。

这块或那块墓地的前面堆满了已腐烂的菊花，面纱一直垂到肩上的几位女士在里面转来转去清扫整理。埃利亚斯认识那些葬在边上的逝者的遗孀，可他连招呼都不会和她们打一个，因为他到这里来是为了清净，重整旗鼓。他看见她们到来，在死者面前轻声哀恸地交谈，但他仍然远远地坐在帆布小凳子上。

这时，一只狗爬上路的这一头来，后面还跟着一帮汪汪叫的家伙。这是只个头极小的杂交狗，显然正在发情中，可怜兮兮地一路小跑，漫无目的。它后面的那群狗，挠着身子，疯狂地咬来咬去，再往后，还看得到一条流着口水的瘸腿猎犬。而这只小母狗，哒哒哒哒，在天性的驱使下，不情不愿地往前跑着。它休息一会儿，坐下来。公狗在它的四周高声求爱，舌头伸在外面，喘息着，等待着。有些公狗等在墓地之间的过道上，还有些用鼻子去碰它的屁股，好让它抬起屁股来试试运气；因为没有更好的办法，最无望的追求者就直接爬到身边最近的同伴身上，准备就在那里自行解决。而那只猎犬则在远处观察，它用瘸了的爪子挠着肚皮，自信满满。

埃利亚斯找了块石头。石头尚在空中，就已经听到一整群狗的呜咽声沿着墓地一路往下散去，呜呜呜，腿就是用来逃命用的。埃利亚斯又回到《新闻日报》上看起来。

《新闻日报》越来越像一头负重的骡子。上面的讣告越来越多。那一个版面上，已经不光是十字架、第七日弥撒、马格诺殡仪馆等等内容，现在还有前往巴塔利亚修道院**为去世的无名军人守夜**，还有**印度的起义**，果阿的沉船，永恒的思念，还有**托马斯总统**，另一具行尸走肉。印刷出来的墓地，那所有的一切就是一个简单纯粹的印在报纸上的墓地。托马斯总统的肖像占了两个纵栏大小，看起来就像是一根披着海军上将制服的老化阴茎。另外还有红灯大盗切斯曼，切斯曼坐在电椅上，他是在报纸的最后几段中出现的；还预告了阿加迪尔会有另一场地震，如果地震学家的预测准确的话；还报道了公路上的交通事故，圣克里斯多福不可能无处不在。甚至连那张**在塞辛布拉捕获的康吉巨鳗照片**也被编辑成了一场死气沉沉的欢庆活动：猎物被吊在钩子上，身上一道又一道斧头痕，一队好奇的人跟它比着高矮拍照。勿忘你终有一死。圣地亚哥使徒高中的校长，每次回忆某位已逝的伟人时，总是以"勿忘你终有一死"这句话开始；埃利亚斯和其他戴着围兜、手执纲要的孩童则齐声接着往下念："尘归尘，土归土（停顿），及尽繁华，不过一掬细沙（阿门）。"

现在，发情的小母狗在浅坟密布的斜坡上游荡，一群公狗跟在它后面。掘墓人倚靠着锄头，从高处望下去。只能看到翘起来的尾巴像逗号一样，在坟冢和石头十字架之间摆动，还有一团蝴蝶在阳光下像扬起的粉尘闪烁着。

埃利亚斯记得有一次，在瓦斯科达伽马水族馆里看到一条康吉鳗，它在吃饲养员手里的东西。鳗鱼的身形巨大，可无法跟《新闻日报》上的那条巨鳗相提并论。它宛如一条紫色的蛇，在吞噬着鱼块。饲养员说，当它撕咬鱼块的时候，因为不喜欢游动，而且永远吃不饱，康吉鳗就经常会在龙虾的大钳子下丧命，龙虾是一种极难相处、记忆力极强的动物。他讲述了龙虾如何喂养栖息在水下巢穴里的康吉鳗，不停地给它食物，让它的胃口越来越大；一连数周，一连数月，龙虾的生存如何与那条睡得死死的蠢蛇联系在一起；龙虾如何观察着康吉鳗；如何看着它越来越胖，并坚持给它喂食，直到确知它已成为自己的俘虏，因为肿胖得厉害，无法从进来的那个洞里出去。此时，饲养员最后叙述道，龙虾最后一次出现在巢穴口，可它没有带来食物，而是带来了钳子，插进自己喂养了那么长时间的昏睡大怪物的身体里。

墓园深处嘈杂纷乱起来，掘墓人举着水桶追在狗后面。他把石灰往它们眼睛里泼，狗儿们心惊胆寒，呜咽着跑到坡上去。有几只从埃利亚斯身边经过，疯了似的；它们跑来跑去，在地上擦拭着鼻子和舌头。

埃利亚斯，下午与夜晚

埃利亚斯将在家中度过这一天。晚餐，然后看电影，但在此之前还有：特茹河上传来的欢声笑语，金嘉尔码头上的散步，屋顶上的猫和收音机里的足球比赛广播；一个穿着睡衣的邻居在喂鸽子。他有大爬虫：变色龙利札德，是谁将你画出？最后，还有一个号称"余料箱"的胶粘封口大信封：把手伸进去，有意思的东西就出来了，报告、笔记、照片，甚至还有诗句。

"*倾听鹳鸟之声 / 倾听鸟嘴敲击 / 时断时续……*"这是美娜写的颂歌，字体很大，字母"i"上的小点被画成了小圆圈，说到鹳鸟时，仿佛是在树木和作者的世界里，接近某个好梦正酣之人，好与其融为一体，进入此人的睡梦或身体，想来应该是这样。还有其他写下来的东西，其他改写过的诗句，但这些没有床笫私密的韵脚：笔记、证词片段。也还有照片。照片至少有两张，一张是泳池里的年轻女子和她的孔雀仪仗队，另一张是两个猎人，在有河马的河边。还有更多乱七八糟的东西，还有更多。一张明信片上是秘鲁印第安人的生育女神。另一张寄自意大利陶尔米纳，没有落款，上面用大写字母写着**"没有无能的男人，只有无用的女人"**（这张明信片肯定在墙上贴了很久了，因为四角都有小孔和图钉的锈印）。一家名叫"二零年代"的鸡尾酒吧的免费出入卡，一张圣卡洛斯国家剧院的节目单，上面有个圈了三圈的电话号码。光明大道公寓里留下的一切，这些东西在卷宗里都不会被提到，不管是文件、照片，还是夹在巴塞罗那阿里斯顿宫酒店的一张菜单里的这页杂志（复印件）。可这页杂志（刊名为《风月情色》）还得再读一读、再品一品，上面有少校做的一个笔记，应该还有文章可做。"行板，行板，"埃利亚斯说，"我们到时候就会知道了。"

照片里的风景简介：

光线垂直射下，苍白（因为湿度高）又单调，从无云的天空直至河马沐浴的河水，分布均匀。河水肯定是浑浊的（因为看不见倒影）。可能的时间：有太阳的正午（看不到影子）。照片上方的地平线处，河水与天空汇聚在一起。按照一艘停靠在浅水处的小船的位置来估计，河水是从左往右流的。用放大镜观察，河马的鼻子能让人联想到漫画。成群的小鸟在它们上方飞来飞去。

更近一些，是砂浆遍布的河岸，远处的斑点也用放大镜看过，应该是湿地。可以看到两个猎人，坐在沿着地面生长的树干上，一个戴着圆边遮阳帽子，另一个戴着军人的迷彩帽。第一个人戴了太阳眼镜，络腮胡子很短，夹杂了几根白色，不过八字须却是黝黑的。另一个人正对着阳光，脸都皱起来了，目光里流露出一丝讽刺；他抽着烟；胸前是一个双筒望远镜。两人手中各拿一个杯子，从放在地上的酒瓶来看，里面应该装着威士忌，杯腹凹进去，这种独有的形状，一定是苏格兰添宝牌的。他俩望着同一个方向。

背景里有一些赤脚的黑人男子，衬衫下摆露在短裤外面。他们一共六人，全都站在猎人身后，面带微笑正视前方。其中一个双手各握一支步枪的枪管，把它们举得高高的。

这种当地人和游客视线方向的差异表明，风景中的人类群体分为两组，其目的迥异。两位猎人表现出的是一种外来者的态度，对河马和自然环境的整体感兴趣；而当地人则把注意力转向相机镜头，想要把自己作为人类的存在感好好记录下来。对于一些人来说，异域风情都在风景之中，但对另一些人来说，异域情调则在照相机里。

照片尺寸：风景的最右边是两棵雄伟的树，遮住了河流的水面；最左边，河流被满是砂浆的河岸突然切断。这是一张黑白照片，18×24，与河流中心线呈 45 度角拍摄。

照片背面注释：*萨韦河入海口，莫桑比克，1954 年 2 月 10 日*。

（照片来源：由丹塔斯·卡斯特罗少校的遗孀提供，交由司法警察局查阅。）

玛丽娅·诺拉·巴斯托斯·德·阿尔梅达，中学教师：

她一开始就声称，依她之见，围绕一起个人案件所做的全部调查都叫人恶心，而案件甚至都还没被破掉。至于记者，至少可以说他们是阴险的。啊，是的，非常阴险。可恶！死缠着那个姑娘不放是为了什么？就是因为她和一个已婚男人上了床吗？他们的老娘上床时还有什么？难道是清白之身吗？太阴险了。众多不得志的男人，就连在床上也害怕被审查机关找上，那么她，作为证人，可没看出提到审查机关有哪里不对，因为审查是公开的，而且连报纸本身都印着“经审查委员会签核”。让她感到愤愤不平的不是那些家伙要靠煽情来做新闻报道，多可怜啊；让她气愤的是，在咬住瞎子不放死缠烂打的时候，他们就精打细算到锱铢必较（要是瞎子连导盲犬都没有，那就更惨了）；要是有人从上头下达命令，他们就会像狗一样趴在地上低三下四。可事实上，并不只有那些失败的家伙才会给同胞的生活造成伤害，外面愿意听他们话、让他们牵着鼻子走的人也是多了去了。自从开始做人，她就知道这个国家里都是精明的人，道德至上到讨人嫌。这个国家需要的是一处不漏地用屎来消一遍毒，美娜就是这么说的。你就把"屎"这个词写上去，能有什么害处，"屎"不过就是个普通名词，和别的词没什么两样。所有动物都无一例外地要拉屎，只有天使不用。上帝啊，这番谈话太累了，让人头晕眼花。讲到美娜，有什么好说的？说她们从小就形影不离，一起上学，这有什么重要的？重要的，是要说她是一个勇敢的姑娘，把这个白纸黑字写下来才重要，她是一个清楚自己要什么的女孩，从来不会失去理智，与那些白痴捏造的相反。失去理智，他们的老妈们才是失去了理智，把他们生到这个世界上来，她们才是乱来了一通。不过，我们正在拭目以待。她要说的是，看看美娜能不能撑得住。不是这样一勺一勺地挖料，她已经陷在这团混乱里，越陷越深，而且还没人伸出援手。只有美娜才算是人。她认识美娜，她们一起在洛伦索马尔克斯上的高中，之后是在里斯本，因为在此期间，美娜的母亲在罗德西亚的一家医院里去世了，死因是酗酒，还出现了并发症。或者，她也可能是在约翰内斯堡去世的，已经不得而知了。反正是肝硬化和臭脾气搅在一起的后果。这样其实更好，因为我认为那位太太，没有比她更糟的了，能让除了她丈夫之外的所有人都生不如死，她丈夫可不是傻瓜，有别的事要考虑。关于这点，她完全不明白报纸怎么会还没想到，想到强势的母亲，要是写了这个，他们残存的道德感就会倾泻而出。不泻则已，一泻千里。据她得到的消息，天主教日报《上帝之声》里有两个最不堪的家伙，想要抓住这个细节大写特写，然后就看他们在索德莱码头那些妓女的怀里为家庭解体而哭天抢地吧，那里才是他们对着报刊主编唱过赞美诗之后让自己坚持下去的地方。但她声称，所有这些都不会让她感到意外。这种草草了事的做法在这片土地上基本是普遍存在的，因为葡萄牙人就是速战速决、知足常乐的种族。坦白地说，她唯一想做的，是问问那些食粪者，还有其他食粪者，既然他们对美娜和死亡之事的调查如此感兴趣：妈的，你们究竟是迫切到了何种地步，得创造发明个女人出来？

工程师弗朗西斯科·阿泰德的证词：

首先要说清楚的是，他是主动来到警察局的，目的是为了得到关于他女儿菲洛美娜·若安娜的情况说明。从他作为证据出示的护照可以看出，他因为生意上的事去约翰内斯堡出差了，事发当天上午才到达里斯本机场。他所知道的仅限于报纸上最早刊登的那几条新闻，那还是前一天葡萄牙驻南非大使馆秘书打电话告诉他的。至于落到他女儿头上的怀疑，显然，他认为这是草率的，而且并非定论，但他也表示愿意配合调查人员，把全部或部分的事实真相还原出来。他确定，只有到那时，女儿才能公然现身。目前，他希望法律赋予女儿的权利能得到应有的保障。他要求警方归还所有没收的物品，并拆下光明大道公寓的封条。他没兴趣解释他与已故少校的关系，他在军校学习的时候就认识少校了，可之后关系疏远，只有过偶尔接触。让他指认身份的照片正是他们见面的其中一次。他认为时间是 1954 年的 1 月或 2 月，照片是在河马保护区以北一点的萨韦河谷狩猎时拍摄的。

就像每次翻看本案"余物"时那样，埃利亚斯都会把有孔雀背景的美娜照片留到最后。他坐在桌边凝视着相片，左手边是玻璃沙漠中的变色龙利札德，前面是窗外无尽的夜。他在沉默中深究那张照片，神色凝重，跟年幼时盯着圣心修女图片（底片）上的四个点一样，那图片是一个老佣人藏在围裙口袋里带给他的。

圣心修女玛丽娅护身符

在一面白墙前，盯住相片上的四个点，数到二十，目光不要移动。

闭上眼睛，然后迅速睁开。

你就能看到主的仆人、圣心修女玛丽娅出现在墙上。

（严禁复制）

他把照片挪到暗处，美娜的身体仿佛在移动。与皮肤相比，她的发色看起来没那么深（它会变成铂金色，灰色的假发套），比基尼比一个斑点没大多少；可以猜到，乳房曲线的最末端是一滴蜜，大腿之间的私处是一团黑色。铂金色的头发和乌黑的私处：这让人惊讶。美娜集美丽于一身，有根不起眼的金线绕在她一条腿的最下面——埃利亚斯认得那条脚链，他在去那个阴暗的当铺时曾亲手把玩过。它，这条链子，从那个下雨的早晨美娜把她送入当铺起，就一直是那里的典当品没被赎回。但那天是一个冬日，严冬里，雨水冲刷过的菲格拉广场上，到处都能看到缩在门廊下面的吉卜赛人。吉卜赛人貌似走私犯，他们去附近的商店淘便宜货，背着粗布料子，拖家带口。美娜从他们中间穿过，也穿过了无所事事的闲散游民对天气的诅咒。她到了那家位于半层的当铺，既没犹豫，也不讲价。她弯下腰，用指尖抚摸着已有链痕的脚踝："再见了，金链子，再见了，床笫间的信物，让我做回原生态的我。"

"原生态的她,"埃利亚斯心想,"她的本来面貌是以孔雀为背景的整个胴体。腿上没有金饰做标记,肌肤赤裸,完整无缺的美娜。"可埃利亚斯也不会忽略,就是从那里开始,她一丝不挂地躺在阁楼横梁和床单飞舞的混乱场景中,之后便让自己深陷泥潭。

[犯罪嫌疑人当晚独自睡在阁楼上,因为少校一直在卧室进进出出,她在那边无法安睡。少校的情绪激动源自与建筑师的一次争执,据其估计,此番争执一直持续到了第二天早上。犯罪嫌疑人不知道双方是在争论哪件事或是哪些事情,因为如她先前所述,一切都发生在客厅,而且两人的声音很低,而她,犯罪嫌疑人,当时躺在床上。不过,她确认曾听到少校说过"见鬼的名单"这几个字,或者,更确切地说,是"该死的名单",他是在有次去卧室梳妆台抽屉拿东西的时候说出这几个字的,那抽屉里锁着好几份文件。她还补充说,确定少校指的是那份名单,名单上有学生和建筑师的朋友,建筑师打算把他们招募到运动中来。关于军用地图的内容,她之前就说过,现在再次确认完全不知其来源。她解释说,少校每次走进卧室,都显得比之前更加恼怒。每次看到她醒着,少校都面露愠色,也许是怀疑她可能听到了什么。鉴于前面提到过的原因,这种假设没有任何依据。可尽管如此,少校还是命令她起身睡到阁楼上去,理由是"一直到天亮都会很烦心"。笔录。]

到了早晨,丹塔斯·卡斯特罗两眼冒火,胡子拉碴,突然冲进阁楼,朝美娜径直走去,扯开床单扔到空中,指着她没戴链子的腿。
"这又是怎么了?"
赤裸的胴体。埃利亚斯凝视(并拼组完成)的泳池边上的照片中,她的胴体赤裸、完整。同一张脸庞,那张在灯光、风景、孔雀、摄影师和世界之上的脸庞；只是此刻如纸一般惨白，陷在床垫里，床单如一团云似地从少校的上方飞过。

"链子呢？"

少校准备这场戏是如此不动声色，这让埃利亚斯十分惊讶。日复一日保持沉默，日复一日心知肚明美娜没了脚链，看她穿着裤子，一直穿着裤子，对她脱去衣服时小心翼翼装作视而不见，任由她去，不露端倪，都是为了出其不意，突然一击，然后，他可以摆出胜利者的姿态：

"你把它卖了。你想和我断绝关系，你个贱人。"

美娜任他辱骂，伤透了心；他站在直抵天花板的横梁之间，嘴巴歪扭着。

"这么说你是要和我断绝关系，背叛我，是这样吗？"他一脚踢开了烟灰缸，"你知道背叛我这样的男人会有什么下场吗？婊子！"

他起了个念头，大步走了出去；很快地，他又回到了房间，手里拿着一桶水和一把刷子。但他发现美娜站了起来，穿着睡袍，于是，一切已成定局，他大吼出了内心的话：

"把衣服脱光！你这个婊子！"

他推推搡搡脱光了她的衣服——睡袍之后，毯子、床单也都被掀开，所有的东西都被扔得远远的，扔到走廊里。接着，他站在门口，闭上眼睛，试图控制自己。"背叛我，这个婊子。"他喘着粗气咆哮道。

美娜抱着双臂，站在那儿。她感觉到的不是寒冷，而是如此赤裸着身体，犹如一种最终无能为力的表现；丹塔斯·卡斯特罗从房门外打量着她，好似欣赏一场受难的表演。

"背叛我，"少校语气冰冷，从他的牙缝中吐出几个字，像是在和另一个人说话，"大概已经有一段时间了吧，天知道你个贱货背叛我多久了。天知道你能背叛到什么程度。"他的声音越来越大，"天知道是为了什么。你也没法解释，贱货。连个开脱的理由也找不到吧。婊子的骨气，这是你有小婊子的骨气，是不是？闭嘴！你最好不要开口，最好不要再撒谎，至少还给自己留点颜面。闭嘴！"

可美娜甚至都没想开口，她说不出话来，她口干舌燥，内心被掏空了。她转向窗户：光着身子站在窗玻璃后面，石匠就是在这个时候看见她的吗？——但不是，此刻她没有时间，因为少校像是吐了口唾沫在她脸上，他向美娜扑去，把她的头摁进桶里。

"把地板擦干净。马上就擦。"

这时，时间暂停了下来。他和她都默不作声，甚至一动不动，屏住呼吸。接着，"砰"的一声，门关上了。上了一圈锁之后，少校情绪激动地往楼下走，整栋房子都随着他的脚步声而颤抖。现在，一片静寂。"一道非常标准的冬日阳光（那个糟心的冬天里唯一阳光明媚的早晨）让房间的棱角和看上去很粗糙的地方灵动了起来，这就是报纸喋喋不休创造出来的女间谍玛塔·哈丽，"埃利亚斯对变色龙利札德说，"如果石匠那个倒霉蛋没撒谎的话，他中午就会看见她。她会挺直身子，而且一丝不挂。正是阳光灿烂的正午，太阳当空，那也是色胆包天的石匠们在野外手淫自嗨的时候。谁能告诉我们，照片里这些树丛中就没藏匿着另一个偷窥狂吗？"埃利亚斯大声地说着，有时甚至没发觉自己在说话，但过一会儿，回声就会传来。当言语已经习惯了在墙与墙之间飘来飘去，尤其是当一个人独自和一只像利札德一样的变色龙生活时，这种情况就会发生，利札德是一只保持奇怪沉默的动物。它的魔法棒能捕捉主人所说的一切并传回给他，埃利亚斯就是这样：一个从记忆中倾听自己话语的人，多少次，他甚至都觉得那些话很奇怪。

他把大爬虫的笼子全部打扫干净，填上新鲜饲料。因为天气越来越热，利札德泛白黏稠的尿液开始变得不那么浑浊，一定要把尿液遮盖得严严实实的。接下来是吃的，一定要看上去就很新鲜、很好吃，因为它是只娇滴滴、不好伺候的动物。埃利亚斯有一位可以给雌变色龙供应口粮的商人，他值得信赖，是附近卖水果的热心人；上次倒腾过来的烂水果可以供变色龙吃上一个星期，以后他还会拿更多的水果过来，如果这座摩尔人的城市当真该热起来的话。酷热，酷热。利札德唯一所做的事，就是梦见天热。

那边一切就绪，接下来便是主人的晚餐了。埃利亚斯在厨房里三下五除二就准备好了晚饭：家乐牌粟米粉加香蕉片，还有五号茶包（含百里香叶和各类种子，购自英腾丹特草药店）。

去孔德斯看电影。

午夜十二点半。在孔德斯电影院门口，一辆公共安全警察的大众汽车在阿卡迪亚饭店门口把马雅·罗雷洛上尉放了下来。他穿着驼毛大衣，白天在城里板着脸四处走动指挥交通，夜晚躲在妓女堆里的时候，脸色更差。再晚些，"杂耍兄弟"会来陪他下棋消遣，车、马，将死，猛灌香槟，玩得不亦乐乎，连堂·塞巴斯蒂昂都骑着摩洛哥马匹来了。行板，行板，刑警队长只要有杯茶让他喘口气就能心满意足，有杯茶已经很不错了。

里巴杜罗啤酒吧里的茶：这不是啤酒吧，而是一个海湾，羽扇豆壳和带柄的杯子在其中来回漂流。迈亚公园里的皮条客大啖鲜嫩的蜘蛛蟹腿，与无聊作战；出租车站的司机商量着阿罗约斯和坎坡利德那一带秘密赌场里的赌局，那些都是内行人玩的纸牌，警察权当看不见。远处，诱骗舞蹈演员的花花公子在吞云吐雾。还有卢尔德斯太太，堕胎专家。建筑工地上的工头在打着饱嗝。噢，先生们。

在如此一片散漫之中，一杯茶和一片美味的烤面包总是另一番洁净。一场内容涉及沙皇、三角琴和大胡子拉斯普京的帝国主义彩色电影之后，这两样东西是必不可少的。先吃上几口蘸了茶的面包，然后在齿间回味柴可夫斯基华尔兹里的三两句话语。

烤面包片吃到一半，画家阿纳尔多来了，他一直都在完成斯芬克斯的新郎的忏悔，上门诵读社交诗文。就差这个了。他甚至都不进门：他身材高挑，手里拿着手套和帽子，站在门口把诗读完就离开。工头那桌环顾四周，看看有没有人听得懂；不管怎样，还是再要几只龙虾来再说吧。

埃利亚斯感到睡意来袭，眼前的镜片模糊了起来。他闭上眼睛，又睁开，重复了一分多钟，这样又给自己充上了可用好几个小时的电，夜里的警察就是这样。现在，睫毛听话了，他把天线调好，对准了几个夜生活文艺实践家，他们神情严肃，用腋窝孵着下三烂文学的蛋。几个人挤在一个角落里，翅膀下夹着书，作陪的是女大学生妹妹（埃利亚斯的指甲是这么说的），这些女生夜游时通常都会给大炮配备好避孕弹盒。刑警队长像个健忘的人，带着浑浊的目光扫过那群人，那是他已洞悉一切的信号。一个人物引起了他的兴趣，唯一一个，一位个子高挑的年轻女子，叼着烟嘴，时明时暗：她是美娜的朋友吗？

在确认与不确认之间游移之时，柴可夫斯基的华尔兹轻如飘丝，是康德斯播放的电影中沙皇搂着娜塔莎们起舞的旋律。空气里是麦芽和酵母的味道，啤酒泡沫不停地往上冒。每次要说"把那杯啤酒拿过来"，羽扇豆就被扔得到处都是。吧台狭长的台面上，乱扔着一大堆的蟹脚虾钳，埃利亚斯的眼睛移来移去，才能看到坐了人的桌子。是她没错，是美娜的朋友，看到她起身去厕所时，埃利亚斯终于认出了她。诺拉·德·阿尔梅达，就是那个给他们提供证词、说话不留情面的人。

啤酒泡沫越来越厚，越来越厚；正如有人说过，在里巴杜罗啤酒馆，每灌一杯啤酒下肚，就要尿上两次，再喝一杯，就要开始打嗝。百闻不如一见，确实如此。但是，埃利亚斯觉得，这所羽扇豆比比皆是的大学定是个龙蛇混杂之地，不管是谁都最好敬而远之。

凌晨三点，他上了床。

他又扫了一眼《海狼》。"我们全都已经是死人了。"巴罗卡下士画出来的一句话是这么写的。

"正如神父所说，勿忘你终有一死。"埃利亚斯边总结边把书合上。他熄了灯。

第五章

出人意料的是（这是《城市早报》的报道文字。《马斯特罗海滩案》，第三页，《探访犯罪巢穴》一文），司法警察局再次前往韦雷达大屋，此次一同前往的，还有地雷爆破探测专家和宪兵指挥官。非官方消息来源将这一行动归因于当局最近获得的信息，其重要性可能会转移调查方向。与此同时，还有消息坚称，警方早已掌握了已故少校的一本日记。

埃利亚斯警长对正在做记录的记者说："日记是表达的动力，有一本最普通的笔记本，就是这样。"

"是吗？"做记录的记者问道。

埃利亚斯警长说："笔记本里看上去有些指令，如果你觉得这能有什么新闻价值的话。"

记者说："是个人笔记吗？"

埃利亚斯警长："那本本子里吗？我不知道，你得去问督察。"

他们在房子前的院子里，沐浴在阳光里。刑警队长似乎兴趣盎然，抓着皮制文件夹的提手甩来甩去；他的西服翻领上插了一朵野花。

"本子是在哪里找到的，能让大家知道吗？"记者问。

"就在那边。"埃利亚斯回答道。有士兵经过，他们有的拿着铲子，大声地互讲笑话。一名探员双手插在口袋里，把守着房子的大门；时不时地，他还向一只在松林里蹦跳歌唱的乌鸫吹口哨。

记者不停地写着：那是一本工作笔记，上面只有军事指令以及与组织相关的东西。对吧？没有政治内容，没有涉及任何个人，对吧？甚至都没提到那个情人，和情人一点关系也没有，是这样吧？

圆珠笔悬空着，停在纸张的上头。

埃利亚斯用手抚着头上的绒毛，眼睛看着云朵。接着，他突然说道：

"朋友，"他把手放在记者的肩膀上说，"只有你我知道，那本子里全是海战游戏里那种画出来的方格。"

他穿过院子，文件夹在手里晃来晃去。"现在，他又凭空多出一本日记来，那个不要脸的东西。"经过看守房子的探员身边时，他一通抱怨；接着便立马去和一楼的督察会合，探员正带着宪兵指挥官一间房一间房地巡视。

楼上是卧室，有楼梯平台和走廊，走廊尽头是卫生间；旁边那扇门里是主卧。"请让一下。"这里最能引起注意的就是它所处的战略位置；确实，它不仅远离楼梯口，比较隐蔽，而且窗户附近还有一棵树可以作为紧急逃离的出口。家具的位置被更改过，根据台灯插座的位置，可以看得出来，他们移动了床的位置，让它同时对着门和窗。只能是这个原因，没有别的可能。不管怎样，最重要的仍然是那棵树；注意看，去除了多余的枝叶，是最近修剪的，痕迹仍能看得清清楚楚。那样的话，稍有动静，人就可以从树上滑下去，消失在松林里，三四米，轻轻一跳就行。事实上，犯罪分子们体格健壮，就拿少校的情妇来说，她除了年轻，还是个运动健将，会打网球、骑马，还有盛行于西班牙和星星山的冬季运动。

很显然，在床上也是。

是的，好像是这样。

来访的指挥官边走边观察，什么都没碰。站在梳妆台上的陶制猫前，他弯下腰指出来："有一个弹孔，就在后面的墙上。"之后，他便一言不发继续往前走。他是一名来视察的军人，一位穿着便服来检阅的上校。

正如他听到大家在说的那样，卧室发挥着睡房和保险库的双重作用。所以，衣橱，就是那个表面磨过光的柜子，插销已经松动，硕大无比，可以说，它像是某种弹药库，而在其中一个抽屉里（督察提请注意五斗橱），他把文件锁在里面，他，指的是少校。即使在睡梦中，丹塔斯·卡斯特罗也欲将一切尽收眼底。

但上校指挥官的注意力转移了，因为他发现地上有几道粉笔的划痕。"他揪住不放了。"埃利亚斯站在卧室门口，如此总结道。他不明白，这几道痕迹只是那些实验室放大镜全才们用来标记血液残痕的，它们能有什么意义；它们只是堆积起来的粉笔灰，什么都不是，现在也表明不了任何东西。那血已被分类到不能再分类，存档到不能再存档，而且早就被大家抛诸脑后。但是，统帅就是统帅，当他闻到血的味道时，无论如何都要揪住不放了。

"这是受害者的血？"上校问。

"这是受害者情人的血。"奥特罗督察告诉他。上校嘟哝了一声，表示明白。除了是一名统帅之外，他还是一名宪兵（军事警察）指挥官。

"有迹象表明，少校近期情绪波动得很厉害。"奥特罗督察这么解释道，或者是像有人说的那样，督察如此澄清道，还没人请他澄清，他就开始以召开记者招待会的口吻讲起话来（不过埃利亚斯认为，这在意料之中，他总要来这么一套），于是就这样，他继续往下说，"我们在那里发现的所有暴力行为，墙上的那一枪，上面那扇用拳头砸破的门，这一切都是人格危机的外在表现，与几乎可以在病理上证实的一种痛苦有关。"

上校说："证实与暴力。一个可以用另一个来解释。"

奥特罗说："毫无疑问。"

上校说："我想问，他是否就是因此而走上政治道路的？"

奥特罗说："证实的必要吗？啊，毫无疑问。我的民法教授常说，政治是个人挫折感投射到集体上。"

上校说："政治，不管愿不愿意，总能把个体摧毁。"

（"天生一对，"埃利亚斯总结道，"他们是天生的一对，都不用再看了。"）

谈到政治，来视察的上校觉得很遗憾，当人们看清楚某些事情时，已经于事无补了。看清楚的意思是，合乎逻辑。但是，他还说了，即使用上所有的逻辑，他也无法把他认识的丹塔斯少校和发生的暴力惨案联系起来。

奥特罗表示理解。上校的反应是正常的。我们都接受死亡是一种自然规律，而非不可预见的终结。为了更明确一些，奥特罗说我们似乎也感到了威胁，感到自己会被终结，事实就是这样。从他调整鼻子上宝丽来眼镜的动作，埃利亚斯就能预见到，他正准备开始一场习惯在某些人面前展开的长篇大论。当着一位宪兵指挥官的面，根本就不能有丝毫犹豫。奥特罗作为一个本科毕业生，被扔到了舞刀弄枪的人堆里，他一直都在坚持不懈地考虑着寻找盟友。他要在检察院里找盟友，在每个警局里找盟友，不管是平民还是军人，政界还是教会，他想要的只是他们别兴风作浪；而刑警队长甚至都没在听他说话，现在他只对那只陶制猫感兴趣。

因为光线斜照下来，可以清晰地看到，陶制猫的色彩和形状有缺陷。那是只做工粗糙的动物，黑色的珐琅部分草草了事。它和集市上贩卖的其他泥像一同出炉，比如做出骂人手势的泽波维尼奥、仁慈的克鲁兹神父，还有带来好运的吉卜赛女人，摆放在客厅里的猫可不该有这样的出身。它和那群不幸的家伙都源自同一种陶土，包在同样的干草里从一个集市辗转到另一个集市，藤编花架上才是适合它的位置。可现在它却在那个地方。说真的，只有命运的变化莫测与猫的神秘联系在一起，才能把它带到那个资产阶级的五斗橱上。

督察正讲述着一个教区神父在生产教堂蜡烛的工厂里被谋杀的情节，"人们发现他淹死在溶蜡炉里。"他说。

两只苍蝇在猫身上转来转去，埃利亚斯注意到它们是成对同行的。起飞时，它们以优雅的弧线交叉而过，可如果凑巧相互碰到，便会一下子迅速分开。"因为是在冬天，神父被人从锅炉里捞出来后，迅速冷却，变成了一尊蜡像。"督察的声音又说道。

可上校正准备离开。刑警队长给他让路，他和督察沿着走廊边走边聊。埃利亚斯总是会说：所有大意的罪犯都会留下痕迹，关键是知道如何让它们现形。此刻，他拿着文件夹，感觉自己正戴着听命于督察的面具，而督察本人又正戴着向导的面具。一名向导可以做出高深的推测，甚至可以深入犯罪的阁楼，如果可以这么表述的话，一旦到达，他就会打开历史的大门并宣布：阁楼，我们到这儿了。

阁楼，这些低调房子里很不起眼的地方。位置隐蔽，横梁，成堆的报纸，一张看上去应该是放在厨房里的凳子，因为凳面被煎锅底部烫出了一个圆圈，一个烟灰缸，上面印着孔文托酒业公司的葡萄酒广告，一张简陋的床垫靠墙摆放着，还有什么？还有那扇窗户，报纸上提到的那个女人就是在那儿出现的。

"她裸着身体吗？"

"有几次是的。"奥特罗边开窗户边回答。

士兵们拿着铁锹和金属探测器，在松林里四处走动。如果往窗户的方向找，可能还会发现 SG 牌香烟、安定药片和沙利顿止疼丸的空盒子，它们都是少校情妇最中意的弹药。"有很多东西，"奥特罗说，"可以证明那个女孩在这个房间里待了很长一段时间，而且她的状态极度焦虑。"

阁楼上闻起来一股霉味（埃利亚斯：是老鼠，什么霉味，跟老鼠有关的东西他可是专家），所有的一切，稻草床垫、光秃秃的墙壁，都让人想到只靠面包和水存活的与世隔绝。在这种破屋子里忍受一整个冬天绝非易事。

上校走到窗口。天色渐暗。铲子在松林地面发出噪声，鸟儿在枝头跳来跳去。窗子左边的一个角落里画了架橘红色的飞机，在铁窗架的高处。石匠应该就是从这里看到裸体女人的。

"那个情妇，我知道。"上校说。

奥特罗坐到凳子上，凳子太低，他坐下后膝盖几乎和胸部齐平。能看到他穿着的尼龙丝袜：已经被穿得松掉了。一段小腿的肌肤露在外面，白色的，给人的印象是一种微微的亲密感。还听得到刚才那只乌鸫的叫声，奥特罗觉得无事可做了。

在观赏了很长时间风景之后，宪兵指挥官转向屋内。他背对着窗户，双手撑在栏杆上，开始盯着自己的鞋尖看："你绝没料到过，之后会摊上这么个活。"他喃喃地说。

"职责所在。为民服务，无法推辞。"

"当然。"

埃利亚斯队长站在门里说："要看服务列表只能去饭店，但就算那样也会有苍蝇飞出来。"

上校的目光始终没从鞋尖上移开："怎么讲？"

"我说的是，只有在餐馆里才能选择服务。"埃利亚斯回答。

上校"啊"了一声。接着，他对督察说："我们是一起上的军事学院，这些事情永远都忘不了。"

"那是自然，那是自然。"

宪兵指挥官回忆起他最后一次见到丹塔斯·卡斯特罗是1954年，在莫桑比克。

"有一张照片，"督察说，"一张狩猎的照片，大约就是在那个时候拍摄的。"

宪兵指挥官继续回忆：很多事情都太巧了。他记得清清楚楚，他们是在总督府相遇的，那时丹塔斯·卡斯特罗刚出去视察回来，是1954年的1月或2月。"时间能让某些事物又重现在眼前，真是有趣。"

"我说的照片，"督察说，"是在那条有河马的河边拍的。少校和另一个男人在一起，我们知道那个人是她情人的父亲。"

上校说："竟有此事？"

督察说："他们是朋友，长官先生。"

上校说："竟然是这样。丹塔斯是在那时认识那个姑娘的吗？"

督察说："可能吧。"

埃利亚斯知道不是，但没有插嘴。1954年的时候，美娜还在读着大学的讲义，和系里那帮同学一起享受着夜生活。真正的转折点要到1957年的圣诞节才出现，当时她父亲回到里斯本这个大都市来度假（美娜自己提供的信息）。1957年的圣诞节，在历史悠久的皇宫大道酒店，上杜松子酒的时刻。埃利亚斯对皇宫大道酒店的感觉是它颇具巴洛克风：圆柱、上了年纪的服务生，两个命中注定之人，不可思议的相遇之地。但就在那里，女孩的父亲和朋友相约见面，其中就包括了巴尔泽布那边派来的少校，这以后的事，就众所周知了。埃利亚斯任由谈话继续下去。他看到，在一片忧郁之中，日暮西山，而上校似乎一点也没有解散部队的意思。

上校说："真有意思。我不久前还在《国家杂志》上看到过他的照片，当时他是少尉或是准尉，我已经记不清了。我正在找些东西，丹塔斯就突然出现在我面前，在葡萄牙青年团的检阅台上，风度翩翩。"

上校的身后，自然光越来越弱，房间里阴影重重。大家的声音也变得更加柔和，更加一致，或是听起来像是这样。埃利亚斯感觉是在一间墓室里，讲话声像是从时空中坠下，飘忽不定，时断时续。

"这具有某种讽刺意味，"奥特罗督察现在说道，"当我们回顾少校前几年的生活时，我至少发现了某种讽刺意味。知道他对士兵的投入，他的理想主义、正义感，知道了这些，这样的执着，我不禁想起他的遗孀前来认尸那天所说的话。当被单被掀开的一刹那，他的遗孀说了一些诸如'他只相信士兵，杀他的却是一个士兵'之类的话。大概就是这样，她说的意思。这么说来，如果她一方面是在指责少校的理想主义，那么另一方面，她对下士的那些指责之词也带有理想主义色彩，难道不是这样吗？"

上校说："事实是，杀死他的不仅仅是下士一个人。"

"不只是下士，"奥特罗继续说，"很明显，不是下士，但对少校的遗孀来说，下士把罪行人格化了，如果我可以这么表达的话。而士兵杀死了如慈父般对待士兵的人，这便是极大的背叛。"

来视察的上校挺直了身子，把一根手指伸进马甲的口袋里。"亲爱的督察"，他开口说道，"理想主义可以不再是军事美德，而变成一种恐怖的工具。字面上的意思就是：恐怖。举例也没有意义，革命里充满了这样的例子。但是，这就是重点，这种转变总是有一个清教徒式的根源，不管怎么绕来绕去都是，而这也正是丹塔斯身上所发生的。虽然看上去并非如此，但丹塔斯少校无论是在军校、在军营，还是在冒险中，他跟女人，跟所有一切，真的是跟所有一切，都要把理想主义搅和进去。"

奥特罗说:"跟女人也这样?"

上校说:"肯定的。好色之徒对女性设定的规矩多得无人能比。"

此番演讲收尾时,督察已经站起身来,用指尖弹着裤子。他关上窗户。随着阁楼变得安静无声,埃利亚斯意识到士兵们还在松林里。"我们下去吗?"上校的声音问道。

埃利亚斯抢先一步,走到了楼梯平台处。他在楼梯旁边的墙上发现了一只蜗牛(为什么是蜗牛?),但是它已经死亡干瘪了,因为一开始没法把它拉下来;而最后取下时,它只剩下了壳和黏液薄膜。"这里面潮湿得要命。"奥特罗督察边关门边说。埃利亚斯把鼻子凑向天花板,猛吸了几下。天花板的板条上是杀虫剂留下的绿色斑渍,但沿着贴脚线的边缘,有一堆蛀虫啃下来的木屑。埃利亚斯想到了"面粉"这个词,然后是"茧"。

他们挨个儿下楼去。三人挨个儿下楼,埃利亚斯在最后面,楼梯非常陡,奥特罗几乎站在上校的上方。"至于少校这种异常严格的道德观,长官,"奥特罗说,"在那上面,长官,我们发现一份一点儿都不符合清教主义的文件。"现在到了走廊里,上校回头说:"文件,你是说文件?"

他们停下了脚步。埃利亚斯随督察向上校解释,说在阁楼的报纸堆里发现了一页色情的内容,里面全是变态段落,如果可以如此表述的话。"可以,当然可以。"埃利亚斯接着督察的话说道。他在美娜和少校的房间门口停了下来:屋子几乎昏暗到看不出什么来,五斗橱的一角反着光,衣橱的影子如一块黑斑,投在更加阴暗的墙壁上。与此同时,奥特罗的声音继续在走廊尽头像是宣读着审判书,他说在阁楼里发现的那一页上有一个电梯故事,上上下下直入云霄(笑声),是那种淫秽的故事,请原谅这样的措辞,是舔来舐去的污秽和其他同类的堕落之举,少校把这个故事寄给了情人,还添加了极其低俗的献辞。"我们有原件,"他肯定地说,"对了,上面还有详细的插图。"上校:"什么,有插图?"

他们聊得忘乎所以的同时,埃利亚斯用健忘者的眼神在房间里四处游移。又是五斗橱反光的一角;还有那只猫。然后,一个清晰的阴影,甚至不是清晰,是记忆,告诉了他床在什么位置;床上有两个发光点——可能是什么动物的双目。埃利亚斯肯定这一幕是真的,他已经知道自己会发现什么,是他,是少校。少校伸展开身子躺下,用手枪指着陶制猫的头部。在模糊的暗影之中,美娜大惊失色,嘴巴张开着,漂来荡去。

电梯里的魔鬼

这是从一本杂志(《风月情色》,杂志名称在页眉上)上撕下来的一页,用所谓珍贵的高质量出版专用纸张印刷,风格经典,有人把它夹在奢华酒店的一本菜单里。

其中一张脸上带着新艺术主义的线条:一个优雅的女人,一头如墨水般乌黑的短发,情人跪在脚边,抱着她的双腿。手杖和帽子掉在地上。女神的身体侧着,向后拱起,双目紧闭,因激动而双唇微启。她的一只手缩在后面,手指上挂着爱人的一只手套。另一只手把连衣裙提至腰间,裙摆遮住了胸部,露出大腿和腹部。埃利亚斯记住了一个细节:她的阴部是用黑点画成的。这幅插图有作者的署名:杰弗雷特/1959 年。

故事情节(由本书作者若泽·卡多佐·皮勒斯翻译)

"亲爱的,一进门就让我感到眼花缭乱的,是那精美绝伦的弧形长梯，上面的雕花栏杆和黄铜扶手。楼梯在酒店大堂上方呈扇形展开，两边各有一尊巨大的大理石天使雕塑，守护着上楼者的荣耀。那些天使是多么精美啊，你无法想象。他们各举着一朵水晶郁金香，从中绽放出一道电光，虽然长着巨大的翅膀，他们的优雅还是难以形容。而且，这些雕像的表情和带着智慧的温柔更是深深地吸引了我，因为它们的美和传统小天使的形象有些距离，并非那种难以企及的天堂之美。这些，再加上彩色玻璃的拱形屋顶，你定能体会那一幕是如何壮观：那道天使守护的长梯，苍穹底下的装饰，空中的巨型蝴蝶和各色花木被精心照亮。

那一切，梅兰妮，对我们而言具有永恒的魅力，你可以猜想得到。我和加斯顿·菲利普在酒店里发现了品味和想象的诱惑力，正是它们造就了生活的艺术。但更重要的是，远离巴黎，在另一个大城市的中心，我们暗暗地有了一种找到知己的感觉，这让我们兴奋不已，让我们更能串通一气，如果可能的话。我们已经在酒吧厅里有了个角落，那个酒吧被我们称为'裸体马哈之屋'，因为里面有一尊塑像，是雪花石雕的维纳斯，一件水晶珠子做成的披肩从她背上垂下来。雕塑很是浮夸，一位住在这边兰布拉大道的优雅人士如是说。

（……）一切，这座城市里所有的一切，都让我们着迷。夜晚，在电影或音乐会结束后，我们几乎都会去波希米亚酒馆坐坐，革命的神圣左派党人士都在那里聚会。你无法想象的人汇集一堂，从'酒鬼和已逝钢琴家'到女权主义者，到业余魔术师，鱼龙混杂。我们极晚起床，几乎彻夜不眠，你应该可以理解，无论什么时候，哥特区总有最美味的海鲜在等待着我们，好让我们重整旗鼓。如果不是哥特区，那就是港口沿岸随处可见的水手酒馆，偷偷告诉你，偶尔来点低俗调味品也是很有吸引力的。

我仿佛是被悬了起来。那是一种身体满足的轻盈，一种松散慵懒，只有当一个人确信拥有爱情所需的全部能力时才会出现。亲爱的梅兰妮，这种松散慵懒是多么故弄玄虚、多么巧妙啊！它使我们空虚，是的，让我们感受到一种不冷不热、尽善尽美的温度，可又是一种堕落的温度，使我们越来越想尝试新的冒险（……）你现在能明白，为什么我会那样沉默。旅行的疲惫，美酒与晚餐的精致，以及酒保放在我桌上的白兰地，都开始主宰我，暗示着某种消极被动，马上就能让我笑出来。我等待着。过一会儿，我们就要去阿泰诺赌场与领事见面，我已经去房间换好了衣服，我们的外交时间到了。可有趣的是，加斯顿·菲利普毫无担忧之色。酒店的酒吧里可以说是空无一人，他一杯接一杯地喝着白兰地，说着俏皮话，用那种我们说重要事情时才用的低俗言语讲述着非常私人的故事。他似乎完全沉浸在当下。

突然间，他沉默下来，恶狠狠地盯住我的眼睛。我没有回避。看到他站起身，我也站了起来。然后我跟着他，握住他从身后伸给我的手，跟着去了。我随着他，来到了电梯口。

有时候我会感到惊讶，梅兰妮，我是如何精确地回忆起这些瞬间来的。我正看着电梯，仿佛就在昨天。大门上的黄铜栅栏精雕细刻，镶有磨砂玻璃的屏风雕琢着几朵花儿，看上去像是东方的那种紫脉花。边上的镜子呢？还有靠在尽头墙壁上的天鹅绒凳子呢？如此无瑕，如此浪漫。噢，那座电梯，宛如天使的小摇篮，金光闪闪中带着珐琅白。但令人难忘的，还是天花板上向下俯视的魔鬼面具！它让人害怕，但又能触动内心深处。长着农牧之神法翁的小角，从金色浮雕的整体图案中冒出来，戴着遮住上半边脸的红色半截面具。如此之多的细节，我都能一一道来……难道你不觉得奇怪吗？

然而一切发生的时候，时间和空间都被抛诸脑后！所有一切，亲爱的，所有一切！我们刚关上门，加斯顿·菲利普就紧紧贴住我，双手疯狂地抚遍了我的身体。他抱着我，一只胳膊搂住我的腰，在衣裙底下找寻我的大腿和臀部。我把裙子掀了起来，让自己跟他贴得更紧，想象一下，当他的手指真真切切碰触到我的腹部时，他所表现出的惊讶！

是的，亲爱的梅兰妮，连衣裙下面的我赤身裸体！别问我为什么，当时在酒吧里，因为一种难以解释的冲动，我特地去洗手间脱掉了内衣。是预感吗？我只知道，我对自己的直觉非常满意，我觉得非常幸福。这一意外的发现让加斯顿·菲利普无比惊讶，神魂颠倒，而通过他那令人愉悦的灼热的手，我能感受到这一切。多么熟练，那是怎样的手啊！如此富有想象，如此无所不在，梅兰妮！它带着不可告人的私密渗透进来，领我直上云霄，比电梯升得更高，瞬刻便让我筋疲力尽，随着我们的再次下降而越沉越深。

无法计算，我们在那五层楼之间上上下下了多少次。那是一道通往天堂的真正阶梯！上升，下潜，再次上升……我们的旅程似乎没有尽头，因为加斯顿·菲利普是那种奢华的情人，懂得因地制宜地在实际操作中发挥天赋，来满足疯狂之爱，因此，总能在电梯要停下来的那一刻拨动操纵杆，让它继续运作。

更让我意乱情迷的是，我发现他跪在地上，抱住我的双腿并将我完全打开，而同时，我甚至都不知道，他的脸埋在我的大腿之间！那一刻，我感到一种非常猛烈、贪婪的东西，一种起伏着的、敏锐的厚度刺穿了我，吮吸着我，从内部将我掀开，使我膨胀。还有更多其他的东西，亲爱的，他的牙齿穿过我的毛发和肉体，温暖的脸庞紧贴着我的腹部，双手在我的臀部探索，太多了！

我站着，一条腿搭在他的肩上，看到镜中的自己，我已辨认不出。忘我欢纵，把自己抛之脑后，在空间放飞自我……"

在这一页的底部，丹塔斯·卡斯特罗写道："你看，电梯游戏可不是我们发明出来的。"

这表明，是少校发现的那页情色故事，然后把它寄给美娜，在页边上"批阅"，还加了下划线。而她，可想而知，一定非常珍惜，因为她把它仔细叠好，夹在酒店的菜单里。那家酒店名叫

巴塞罗那阿里斯顿宫酒店

从此以后她一直无法抛开这份记忆。这是她带进韦雷达那座房子为数不多的东西之一。埃利亚斯推断出，在韦雷达大屋里，孤寂阁楼上的她，一定是紧抓着这份记忆不放。因为公共阅览室有的时候会引起不适，这并非偶然，我们知道这一点。要不然，一个私密如斯的故事也不会被夹到五星级酒店隆重的菜单里了。如果说它后来被遗忘在报纸堆和老鼠窝中，那是因为在案发之前，丹塔斯·卡斯特罗对美娜来说已经不再活着了。

菜单：窄长方形，16×29 厘米。花岗岩纹硬纸板封面，酒店入口与正门局部手绘图案。折页处夹有一根丝带。除了菜单之外，还有一份单独的墨色印刷册，包括六页附有照片的酒店历史。菜单上提到了 1958 年 9 月 12 日在自助餐厅举办的晚餐音乐会：伊莲娜·克劳斯（竖琴）、阿丰索·奥尔提斯（大提琴）和西斯内罗斯（长笛）。

埃利亚斯警一直盯着照片研究（他对此上瘾）大堂和几个大厅的细节。装有彩绘玻璃窗的凉亭，顶端呈灯心草叶形状的铁柱，摇摇摆摆的金刚鹦鹉，彩绘的玻璃灯罩，穿着围裙的侍者。那是坎塔布里科斯公爵大厅。这间大厅仿佛被 19 世纪末的镶板画环绕，每幅画上都有代表一年四季和每个月份的女性人物（从标签注释上可以看到）；入口两侧各有一个高举着灯笼的摩尔人青铜像，和真人一般大小。绘有大朵花儿的屏风在整个厅里到处可见。

埃利亚斯警长翻翻这页，又翻翻那页，却总会回到菜单封面的图案上来。酒店的拱门上方顶着一个面具，但只看得出是个凸起的浮雕，样貌模糊。是萨蒂尔？罗马神话里的一位神吗？不，那是戴着狂欢节半脸面具的魔鬼。埃利亚斯可以发誓说，如果这个雕像不是刻在石头上的话，它的角一定是金色的，面具一定是红色的。

4月21日，按照督察阁下的命令，罗克探员与另一名警探逮捕了玛尔塔·艾丽斯·丰特诺瓦·萨尔门托，寡妇，63岁，住在里斯本拉帕巷17号A、B座。

警探们于早上9时30分到达住所，被引入一个小厅，在那里等待嫌疑犯出来。等候时，他们注意到别墅的后院通往数座外国使馆的花园，因此罗克认为建筑师在走投无路的情况下，可能返回家中，进入邻居的地域，寻求政治庇护。

小厅的布置非常女性化，天花板中间高四周低，上面绘有花朵，角落里有三张单人靠背沙发和一个用珍珠贝制成的棋盘。中间的一张英式圆桌上，有两张伟大的专辑，金匠之宝乐队的。进门右手边，是一个多斗柜。墙上有一幅建筑师的肖像，身穿高领毛衣，留着短胡子，另外还有两幅玛尔塔签名的静物画。

罗克与另一名警探秉持专业的态度，把一切都记录了下来。虽然无人在旁边盯着，但面对那家人在接待中所持有的距离和傲慢态度，两名探员也努力表现出冷漠的态度，几乎没怎么交谈。作为正在办公的探员，最多是说上一两句和工作有关的话，或者仅限于站在窗前，双手背在身后：比起了解对手舒适优越的生活条件，他们更愿意望向外面那些属于劳苦大众的树木。警察的本能教会他们，在某些情况下，忽略他人财富是克服社会自卑感的强大武器（比如，埃利亚斯警长说"我只爱对付聪明人"，因为他知道，聪明犯人的顾忌、骄傲甚至虚荣心，常常会使他们迷失自我。当跟此类人对质时，埃利亚斯从不显露出自己的品位或是见识，这是一种他不感兴趣的套近乎的方法。反其道而行之就对了。忽略他们，见怪不怪，漠不关心。他还有另一条准则，"如果你想抓住犯人，就把自爱留在家里"）。

所以，罗克和另一名警探、他的同伴，已经做足了准备来面对嫌疑犯。她走进厅里的时候，挽着一个女佣的胳膊，穿了件晨衣，来听他们的陈词。于是两人都意识到，嫌疑人没穿戴整齐，是准备拒捕。罗克出示了逮捕令，连问候都省略了，好让这位贵妇如愿以偿了解他们的来意。她拉了拉用银链挂在脖子上的眼镜，但这时有人敲门，来了一位律师。他是来声援的，这全都写在脸上。反对理由包括疾病、年龄原因等，牵强拼接而成的小段小段的法律条文。好吧，好吧，但是罗克是奉命而来，在司法警察局的命令和一位痛苦女士的各种理由之间，音符唱名也好，十字绣也罢，只有明理的法官才能一锤定音，就像"老坟头"警长亲临现场会说的那样。在这种情况下，别无他法，只能执行命令。罗克已经把欢快的手铐伸向病人，此时督察的声音从电话里跳了出来，他传达道："命令撤回，改送犯人到圣玛丽亚医院私人病房，住院期间由警卫看守。"

就这样，她离开了那个曾经拥有过丈夫并与之共同孕育了一个儿子的家。一个老来所得的独子，她抱之于怀，漫步于洒满柔和亮光的大厅，为之讲述父亲曾是射击与击剑冠军，留在水晶柜子里的全是他的战利品；她指给儿子看挂在墙上光荣榜位置的武器、自己年轻时画的水彩和油画；最后，拉着他的手来到熨烫衣服的房间，那里的橱柜属于曾是天文学家并担任过海军上将的祖父。在那个玻璃门书柜的高处，一卷卷地图的上面，是用厚布装订的书籍和用亚麻布带扎好的一捆捆画纸，再高一些，快碰到天花板的地方，立着一尊石膏头像，是美术学生用的那种模型（房子的女主人是她那个年代的美术生），这样的头像被碳笔画到安格尔纸上，把他们脸上的失明和极度悲伤素描下来。年轻时，她临摹了无数遍石膏像。但在成为寡妇之后，就用盔甲和击剑面罩把它盖了起来，盔甲和面罩是丈夫在光荣的聚会场合用来挑战一剑之外的对手的。所以，穿着名校短裤和校服的小丰特诺瓦总要绕过熨烫衣服的房间，因为那里是真正的父亲所在之处，他虽已故去，却在网罩面具后面监视着一切。

这么多年，这些东西和其他所有一切，都在 4 月 21 日的上午被她丢在了身后，她坐在两名警探中间，乘坐出租车横穿到了城市的另一头。她被拽入了为儿子布置的包围圈中。一般人认为，生为人母，她经历了命中注定充溢着痛苦的一个章节，但更为可怕的是，对另外一些人而言，她不过是在体内孕育杀人犯种子的生物。

[玛尔塔·萨尔门托在医院被看守了十二天，在司法警察局地牢里又被拘留了三天。"在进行了必要的身份确认之后"，在卷宗第二卷内写道，"她否认儿子直接或间接参与了谋杀，因为她了解其性格、感情脆弱程度与受教育程度，拒绝承认他可能是杀人凶手或凶手之一。(……)被再次问讯到笔录中的内容时，她重申了先前所说的话。警方向她出示了一封匿名举报信 [1]，说有人在犯罪现场附近看到了她的车，她的回答是：对这一证据或其他任何未依法核实确认的证据，她予以反对；她还把信归因于某个陌生人的报复，或某个生性病态的人不负责任的行为；鉴于她的情绪状态，无法如警方所愿，为提出的问题提供精准的答案。"]

那位寡妇母亲从司法警察局回到医院。走廊里有白色的台阶，院

---

1 某些内容细节可以证实，举报信是司法警察局根据美娜的口供伪造的。

子里救护车一辆接着一辆。她是死神的邻居，从未与之如此亲近；一个与死亡和鲜血只隔了一道薄墙的女人。但这段时间里，每天都有一个女仆会把三朵花送到她的房间里，是那年四月里最美丽的玫瑰。

燃烧的手指

根据卷宗的记录，埃利亚斯从某个时刻开始便不再追问，任由她去。他跨坐在那张椅子上，胳膊肘支着椅背，准备拉锯战。"告诉我，"他说，"想从哪里开始就从哪里开始。"

美娜坐在床板上，靠着墙，双手交叉着放在脖子后面。今天，她身上穿了一件无袖套头衫，腋下冒出一撮毛来。探长趴在椅背上，用一双近视眼研究着她。

"美娜。"伸到脑后的手臂抬高了她的胸部，她的胸看起来有些松弛，实际上确实也是松弛的（从无袖套头衫落在身上的样子可以看出，她没戴胸罩），腋下黑色的毛干燥粗糙，她身体最私密处的毛发应该也是如此乌黑，还略带酸味，十分粗硬。刑警队长不紧不慢地从口袋里掏出一把锉甲刀。

"沉默。囚犯的沉默是警察的不眠，我们等着。"

埃利亚斯摊开手来欣赏那片巨大的指甲。他对着灯光转动指甲，仿佛它是一颗钻石，观察着，欣赏着，然后慢慢想起来，只有知识分子或农村妇女才任由腋毛如此生长，这种现象他不是第一次注意到。但在孔雀姑娘身上，这份随性里包含着一种傲视一切的漠然，她就是带着这样的漠然来暴露身体的私密部位的。不是吗？

美娜点起一支烟，接着又点了一支。那指甲，是一把小尖刀，那是令人毛骨悚然的幻想。是什么怨恨或挑衅助长了如此的傲慢？他认真地修磨着长指甲，也许是为了让它更配得上套在同一根手指上的纹章戒指，也许是为了更瞧不起自己，或许这就是他当警察的伎俩，可谁又知道呢？把它磨上几圈，用关心一件个人物品的态度对待它，而非其本质的延伸。他把它弄干净，磨边，再在外套袖子上摩擦几下，好让它更有光泽。

但在这个反复端详的过程中，他抛出一个问题："那晚，你们中是谁切断了电源？"

美娜疲惫地笑了笑，心想："这没意思。"刑警队长把锉甲刀收好，整个身子拱起来靠在椅背上，头垂在那里，等待着。那个姿势让他瞥见毯子上有一块污渍，也正好看见美娜的脚踝从蓝色的牛仔裤里露出来，那个部位，她曾经戴过一条金链子，将她和一个情人拴在一起的链子。埃利亚斯开始前前后后地来回摇晃。

美娜说："把所有经过都再说一遍，这就是你想要的吗？"

"是的，"埃利亚斯警长一边前后摇晃着身子，一边回答，"我想要你说说那天晚上是不是建筑师切断了电源。"

美娜说："可他没离开过我们身边，怎么可能呢？见鬼，我解释了多少次，停电的时候我们大家都在厅里，说过多少次了，先生。"

埃利亚斯继续摇晃。"不好意思，"他说，"不好意思。"

骑在椅子上的警察摇摆着，始终都在原地，美娜在烟雾中渐渐精疲力尽。"上帝啊，这一切什么时候才能结束？"她心想。

埃利亚斯警长说："这是一个很好的测试办法，不是吗？"

"测试？"

"看看少校在遇到危险时的反应，难道不是吗？"埃利亚斯警长又说道。

美娜叹了口气。太厉害了。她摇摇头，自愧不如。这真的是太厉害了。刑警队长在椅子上像蛤蟆一样盯着她，准备应对长久的沉默，这肯定要的。沉默无声的空间，多可笑的事情。一个人在跟警察玩谁更沉默的游戏，看谁先开口。到最后全是徒劳，就是为了耗着，没有别的，因为，他什么都知道。美娜很早就已经供认不讳，但这丑八怪却没因此放过她。会告诉他的，她打定了主意。她向远处吐了口烟。告诉他，说或不说永远都是一场愚蠢的游戏，跟他的丑脸一样愚蠢，而且不会有任何结果。

美娜说："这太可笑了。我不明白，让我在这儿无数遍重复说同样的事情有什么好处。"

埃利亚斯警长说："我也不知道。我只知道你越晚开口，我们就越晚结案。"

她耸了耸肩说："述说，再复述。那复述什么，电源被切断吗？可为什么是被人切断的呢，停电就是停电，没人去弄断保险丝，没人想测试谁会害怕。"他，这个警察，才是心怀叵测的人。这个可怕的人。美娜不会整夜待在那里任其摆布，必须摆脱掉他，说一说，随便说些什么。这烂摊子还得重新收拾，重复说过的话。但是从哪里开始重新说起呢？

哦，该死！

美娜说："从我们开始吃晚饭的时候说起，行吗？"

她问这个问题的时候满是轻蔑，像是刺了一刀过来。可刑警队长却无比平静地面对着她，忧伤、耐心的感觉透过眼镜片向她传来。"您自己决定吧。"他说。

"好吧，"她再从头说起，"好吧。"所以，她还是再次从头说起。"少校刚回来没多久，他到外面与人偷偷见了面，他坐在桌边喝白兰地时，浑身都湿透了。从那时到停电，差不多又过了两个小时，但是，"她又说，"在那期间，没人离开过客厅。丹塔斯·卡斯特罗他自己也只是把雨衣脱掉，连衣服都没去房间换。事实上，大家都注意到，他浑身湿透地坐在那边，就那样，一口气连喝了三杯白兰地。他当然是穿着神父的服装。但这其实也没那么重要，还是有那么重要？刺骨的寒冷让他回来的时候面色惨白，那样子让人过目难忘。所以他才会坐在那里给自己猛灌白兰地。不管怎样，其中一杯喝到一半时，他停下来，望着烈酒，说道：'你看，丰特诺瓦，即使没有电话，必要时也可以找到联系的人。''太好了，'建筑师回答说，'这样我就放心了。'而他说：'很好，很好，就是不想让你以为我们都是一群无头苍蝇，围着电话乱飞。'"

要把晚餐上的谈话一字不漏地复述出来很难。"无法想象。"美娜说。那是少校第一次出门与他人会面，显而易见，大家心中都很忐忑。他们继续说着。之前忐忑不安是因为他很晚都没回来，后来忐忑不安是因为他回来以后对会面经过只字不提。

［有关这一点，笔录非常简短。内容如下：最初尚有所保留。"少校逐渐放弃了最初的保留态度，开始透露一些有关'准将'（伽马·伊·萨律师）是否正向他们提供协助的信息。"］

可美娜不知道口供的最终版本，也就是她和其同伙被记录在案的证词总结。她继续说着，她必须说下去，因为有一根指甲，如同马刺般，一直在扎她。她说："这所有的一切，就是地狱。"

与此同时，丹塔斯·卡斯特罗已经灌下半瓶酒，还做了更多许诺。严寒侵入肺腑，他开始在温热的白兰地里慢慢放开自我；很快连脚步都不稳了，罗马领闪闪发亮，看上去一副鲜有的放松样子。他提到了会面——但都是只说半句，泛泛而谈，可见其中之谨慎。他又从会面谈到了他们的计划，信心满满，准备全力以赴，放手一搏。自欺欺人。那些规划远远超出他们的范围，其他的地方，所涉及的其他人。他长篇大论，发布命令、提出警告，让人想起刚从狂风暴雨中走出来的游击队神父，此人是要前来揭露绅士和将军们在恐怖乱世之中的密谋。"头脑冷静，"他喊道，"现在就是要学会隐忍，就是现在。"

"那名单呢？"接着听到的是这个问题。

是建筑师，只能是他。这句话好似瘟疫一般降临到了大家头上。名单，黑名单。（"少校是在那天晚上才开始第一次这么称呼那份名单的。"美娜解释道。）那是两人之间一个烦人的话题。但建筑师有些心不在焉。他仍然不明白为什么不能将那群人利用起来，这是什么逻辑。

"你说什么？"丹塔斯·卡斯特罗最后问道。他走到壁炉前，又转回来。"逻辑。你提到了逻辑，丰特诺瓦。但你不知道，丰特诺瓦，逻辑是心急的人要吃的热豆腐。你不知道，你不在乎，你从来没有想过，别人也有逻辑，别人一点儿都不相信你的名单。别人不想和名单上的人有瓜葛。然后，该死的，我倒要看看我们能跟你的那些知识分子干些什么。妈的，丰特诺瓦，你还来跟我说逻辑。"

两人都沉默下来（"大概是这些或其他类似的话。"美娜提醒说），两人都沉默下来的时候，停电了。就是在那个时候。

他们摸黑爬上楼，大声叫着要人做点什么，打火机荧光点点，不一会儿男人们就到达了各自的位置。大家一言不发，在好似要席卷房屋的大风中拿枪瞄准。他们感到走投无路了，因为他们就在一帮警察的嘴边，是少校出去和人秘密会面后留下的踪迹把警察引来了。就在那片寂静中，电话响了。电话铃响了一次。猛然响起的铃声，一次而已。但它确实响了，对此没有人怀疑，而且铃声还在黑暗中回荡，仿佛恐怖的刺耳尖叫，如同一个警报，是圈套的其中一个环节。

那一切持续了多久，是几分钟，还是永无止境？美娜所能说的就是，她发现自己在房间的一个角落，拿着一把他们塞到她手里的左轮手枪，她就待在那儿，一动不动。狂风，黑暗，熊熊燃烧的壁炉。

突然，就好像停电那样，电又来了。出其不意，毫无征兆。

埃利亚斯警长说："当然，就像保险丝刚接好的那一刻。不过，这不重要，你继续。"

美娜没有继续。"然后呢？"刑警队长又问。他意识到，美娜又在反抗了，真是讨厌。于是，他在椅子上蜷起身子，闭上眼睛，耐心等待。

不一会儿，便听到一声开裂的干响，咔啦。是他。咔啦，咔啦。是警察在拉手指，让关节啪啪作响。他一个接一个地拉着，好像在脱手套似的。咔啦，咔啦。美娜咬着嘴唇。那骨头关节脱开的声音，那鬼魂般的指甲。"然后呢？"警察拉一根手指，问一下，再拉一根手指，停一下，就这么一路问下去。最后，他问道：

"灯亮的时候，每个人都回到了客厅还是有人留在了上面？"

美娜扫了一眼椅背上垂下来的埃利亚斯的手；在他重新开始拉手指头之前，做出了回答。

"自然，大家立刻都跑过来聚到一起，"她说，"大家都想互相看看，好知道是不是都还活着，讨论一下发生了什么。他们开始从头回顾，讲了每一个反应，每一种猜测，每个人的每一个瞬间。他们记得所有的动作，哪怕是最微小的一举一动，可有一个奇怪的细节，没人谈到电话铃声。"

在大家讲话的时候，她自己也意识到了这一点。在她看来，这很奇怪。不只是奇怪，是可疑。让人感觉是都商量好了，要把这件事忽略掉，就像这是什么会让他们蒙羞的东西，或者，只不过是被吓破了胆的人的迷信而已。事实是，电话仍然在那里，就在眼前，提醒着所发生的一切，可他们继续讲话，如同没有注意到电话铃曾经响过一般。

少校拿出纸笔，开始做笔记。他记的是，时间和距离、移动路线、通道入口、防御中心。美娜承认：那一刻，他仿佛变成了另外一个人，解说精准，乐在其中。最后，他安排了第二天早上的枪支清洁与应急衣物的清点工作。

可是，如果没记错的话，是丰特诺瓦提出了有关下士的问题："很明显，那男孩不能继续再穿军队的斗篷和靴子，这很明显。"

"见鬼，你刚才说什么？"丹塔斯·卡斯特罗马上就变了脸色。"下士的衣服会在适当的时候送到的。"他回答道。

没人开口说话。美娜还想打开收音机，放些音乐，但少校的一句"要有耐心"止住了她的动作。少校对巴罗卡说："放松，伙计。你又用不着赤身裸体。"

"可是，"下士开口说话了；少校立刻说道，"可是什么，说呀，说你要说的。"

"要是我们遭到袭击呢，长官？"

"好吧，万一我们遭到袭击。然后呢？"

"这只是一种假设，长官，可万一真的发生了呢？我就这样出去吗？"

丹塔斯·卡斯特罗笑了。"你要被横着抬出去，巴罗卡，"他大口喝着酒，突然之间变得严肃起来，"要不我们都被横着抬出去，要不就没人能在我们面前活着逃脱。"他冲着建筑师说："你来说说看，丰特诺瓦。"

丰特诺瓦最后还是没有说话，这不重要。他走到房间的另一端，坐了下来。

白兰地喝到第二轮，这次少校坐在壁炉边上，好把鞋子烘干，他到现在才觉得冷？但情况就是这样，他换了一只脚，靠近火焰，又再收回来，在这一伸一收之间，可以看到他外套口袋里有一把沉甸甸的手枪。"是的，先生，"他背对着厅说道，"我从没想过下士的衣服会紧急到这种地步。"过了一会儿，他又问，"这么紧急是为什么，丰特诺瓦？"

他是对着炉火说的，确信这样大家能听得更加清楚："我钦佩你，丰特诺瓦。我发誓我是真的钦佩你。我可不知道巴罗卡的法语水平进步得那么快，都已经到需要小西装的程度了。"接着，他又说："旅行前的小装备，是不是真的，下士先生？"

"就在那时，场面突然起了变化。"美娜这么说，是因为他突然离开了壁炉旁，回到桌边，拿起纸笔。"你们来看。"他把两人叫过去，三个人凑在了一起。

他开始在房子的平面图上检查布局，详细说明每处地点、每种情况。此时他们才恍然大悟：丹塔斯·卡斯特罗的每一步里都有下士的位置。下士掩护这个区域，下士在那个区域提供支持，下士保护美娜，下士这里，下士那里。下士的巴黎就在那儿，跟韦雷达大屋拴在了一起，他可别想逃走。就在那里。特茹河边的巴黎，这个玩笑开得有点愚蠢。少校交代得如此清楚，又一次让人印象深刻，让人感受到他身上的那种戏剧化的幸福，美娜刚刚说到过的那种幸福。

（戏剧化的幸福，她是这么说的吗？埃利亚斯在美娜来来回回的故事节奏里眯起了懒洋洋的眼睛。《海狼》某处画出来的一句话在他的记忆中闪现："他-正-充分-体验着-激情-巅峰。"就是这样的，白纸黑字，字里行间，一如他被叫作"老坟头"、专抓不经意透露出来的蛛丝马迹那样确凿。被画出来的句子描述的是一个恶魔水手，他在整本书中都计划着复仇，挑战死亡与权力。他正是那个人。美娜不是在向他描述少校计划着惊人之举、设下埋伏，并从中感到幸福吗？埃利亚斯虽然心存诸多疑惑，但还是会忍不住想到下士。下士很清楚自己画出来的那句话是何含义¹。）

丹塔斯·卡斯特罗在纸上一边画着计算好的线路，一边仔细地讲解。但他说着说着，眼角瞥到巴罗卡从三人组里退出去，来到了壁橱旁边。少校把他抓了个正着，就像是用了深藏不露的一招，他立在那里一动不动，满脸阴沉："这是干什么？在给电话站岗吗？"

（"啊，好吧，电话的事最终还是被提了出来，"埃利亚斯心想，"也该是时候了。接下来呢？"）

接下来，巴罗卡咬紧牙，用手抹了抹嘴。那是一只四四方方、与其身体不成比例的大手，诉说这一幕时，美娜总会提到那只手；手的上方，是两只眼睛，极其冷酷，扫视过来。谁都不敢动，谁都不敢出声。他们都带着武器，她感到不安。这是最危险的，那个客厅里，大家都带着武器。

可下士缓缓地扬起脸，手开始放了下来。这个动作很有分寸。他让手滑下，松弛下来，无用地垂在体侧，接着，还是这样慢慢地向门口走去。在门口，他停了下来。他背对着少校；可以说是，完全不设防。然后，是的，他走开了。到最后，他离开了客厅。

丹塔斯·卡斯特罗留心听着上楼的脚步，一步一步砸在台阶上。"苍蝇，"他咆哮道，"比苍蝇还要糟。"现在是天花板，下士的靴子在他们头上，一下一下地砸着楼板。于是少校说道："他们其他什么都做不了。他们活着就是为了像苍蝇那样粘在电话线上。"

他边说边进了厨房，又从厨房去了储藏室，一阵翻箱倒柜。"火漆，"美娜继续说道，"他是在找火漆棒。"谁都想不到房子里会有那样的东西。

1　"事实上，驮子，他完全生活在恐惧之中，说真的，当我看到他处于激情与情感的巅峰时，会着实羡慕他。"杰克·伦敦，《海狼》，葡萄牙语版，第132页。

可是，还真有。少校以迅雷不及掩耳的速度，拿着红色的短棒和点燃的打火机向电话冲去。他自言自语道："扫除诱惑之后，这件蠢事就能画上句号了。"他把燃烧的火漆滴在拨号盘的数字上，同时还在不停地咕哝着，"封住，噩梦结束，诱惑也结束了"，听起来既像是在祷告，又像是在惩罚。当他封住了最后一个数字，转向美娜和丰特诺瓦时，他的手在燃烧，火漆粘到指头上了。

美娜承认她的第一反应就是冲向少校。但丹塔斯·卡斯特罗好奇地看着那只手，好像那不属于他似的。然后他开始把火弄灭，一根手指接一根手指，轮到食指的时候，他把这个指头高高举起，好让所有人都能看了之后铭记不忘。他不紧不慢。一身黑衣，戴着罗马领，一根手指在燃烧，带着某种无法言喻的光芒，一个庆祝被火或类似东西净化的人。在他背后，壁炉的火光映射到电话上，让电话闪闪发亮，在美娜眼中，不一会儿就变成了一颗怪物昆虫的脑袋，顶着鲜血淋漓的牙齿做成的皇冠。

美娜说："我想，我能说的全部都说了。"

是的。如果没有记错，无论是她还是建筑师，都没在刚刚亲历的那一幕中添加任何内容。美娜面如死灰，她只想（现在也想）上床睡觉，结束交代过程。她没再多说什么，这在卷宗里可以读到。

连苍蝇都唯恐避之不及

4 月 22 日的日程安排那页上，记录着一个一早举行的会议，在奥特罗督察的办公室。议题：立即逮捕律师，其决定因素，其制约条件。所以，大家可以发言了。

埃利亚斯迟到了，缩在大衣内衬里面，饱受感冒的折磨。他似乎对秘书处头头也在场感到恼火，因为除了盖章和向局长打小报告之外，他不太清楚那家伙在警察会议上能起到什么作用。凶杀组督察奥特罗向大家介绍了如何做政治人物的相关内容，如果可以如此表达的话。要是不能这么说，那对别人来说一定更糟，他就是这么说的。他强调，"政治人物可是不好对付的畜生，就拿这位赫赫有名的律师来说，因为他有天堂里的教父和地狱中的教子保护，炼狱就更不用提了，兼职的阴谋家们都在那里聚集一堂。因为这样那样的原因：当尸体散发出政治气息时，连苍蝇都会唯恐避之不及，就像人们常说的那样。很好，这位是我们的桑塔纳队长。"秘书处的家伙边听边点着头，一副了解内情的模样。

"另一方面，"奥特罗继续说道，"作为深谙法律之道的人，伽马·伊·萨，有数不胜数的解锁之术，所谓的解锁之术可以理解为狡猾的法律法规以及类似的东西。就法学范畴而言，古人说过，法律为敌人而制，而友谊则是留给我们其他人的，只有上帝才知道这样一个原则能走多远。"秘书处头头翻了翻眼睛，表示能走到无限远。

埃利亚斯心里想的是：那家伙在扮演什么角色，等等，等等。

他拿出一个哮喘喷雾器，对着张开的喉咙喷了三下。"伙计，"督察一脸嫌弃，粗暴地说，"用嘴吹气可行不通，你那旧轮胎需要全面修补翻新。"

可就像督察自己接下来要说的，他很遗憾地告诉大家，警察对那个律师很宽松，让他在甜蜜的日复一日中来去自由，因为警察希望他能被软化，并提供一些线索，可那位绅士一点儿表示都没有。那位绅士，从家到办公室，从办公室到家，偶尔会会情人，外出用用晚餐，一切都在众目睽睽之下。尽管倒霉的司法警察局在暗处用一千只眼睛盯住他，还监听了每一分钟的电话，他仍波澜不惊地来来往往，一步都不出错。

"鉴于这一切，"刑警队长总结说，"我们只能把这个狡猾的家伙抓起来，从里到外好好收拾他一顿。你们说是不是？"

"就得这样。"奥特罗回答。

刑警队长坐在那儿，跷起二郎腿，抚摸起梳好的秃顶头。他心存疑惑。

奥特罗说："现在逮捕他，那家伙会认为自己是被建筑师母亲告发的，进来以后肯定会滑不溜手。"

埃利亚斯说："让我们拭目以待。"

督察看了一下秘书处头头的眼色，但后者表现得就像个洗耳恭听的证人，什么都没有多说。既然如此，奥特罗再次对着埃利亚斯说："不管怎样，你知道有那么一个人，律师会允许我们掌控她给律师的信息。懂了吗？"

埃利亚斯感觉督察正在"国际化"的宝丽来镜片后眨着眼睛，他从这次谈话中，猜到司法警察局长是不按常理出牌的。他不紧不慢地摸着发光的脑袋："让我们拭目以待，"他重复道，"让我们拭目以待，就像瞎子在摘掉墨镜后会说的那样。"

督察坏笑起来。墨镜他最懂行，不过是有色的宝丽来偏光镜。然而，他却摆出一副没有明白的样子，心里想的是："好的，小子。"他靠在椅子上。逮捕令就在手边，可以立即签署，但他还是想先听听，了解一下大家的意见。意见？埃利亚斯百思不得其解，为什么秘书处那个家伙会掺和到那样的公务中来。是为了营造效果，找来受难的顾问吗？

奥特罗说："就目前而言，就目前而言，可以预见到一连串的连锁效应。建筑师的母亲被逮捕，律师被逮捕，用不了多久，其他逍遥法外的人就会开始现形。"

刑警队长仍然自顾自。他把手放在梳理妥当的头发上，准备理清小脑袋瓜里的思路；但他的思绪还是乱作一团，继续怀疑着逮捕身份显赫的大律师能起到多大作用。他想起了罗克，罗克和他那帮人还在边境的陡峭山脉和码头边的小酒馆间穿梭，搜寻两个逍遥法外之人的踪迹。他们跑断了腿，但清新的空气能把肺清洗干净，上帝保佑他们，因为与山羊共寝、跟海鸥厮混，这些都令人不快，却能使人胆识超群，艺术家的耐心就具有这些特质。

督察提起笔，要为这场大戏落款签名。他飞速写下"曼努埃尔·弗·奥特罗"，最后一笔还回勾到了"特"字上面，然后把逮捕令交给了刑警队长：

"连锁效应，连锁效应。我们必须要利用建筑师母亲被捕的机会。"

"当然，"埃利亚斯同意他的说法，"母亲只有一个，弄到一个可不容易。"

奥特罗把同事所说的话当成耳边风，而秘书处头头则更是无动于衷：他紧绷着脸，好似被判了无期徒刑。此时，埃利亚斯看到他站起来，才想起那人是个瘸子，他已经忘了，秘书处头头是那种走起路来歪歪斜斜拖着一条腿，将另一条腿如同盖章一般重重敲在地上的瘸子。就这样，他沿着走廊一路敲了过去，倒霉的家伙，一天比一天垂头丧气。而且，在最不糟糕的情况下，他也是默默地来，静静地去。现在，是的，埃利亚斯和督察总算是身处清一色的警察当中了。"就这么定了？"他问道。

"这么定是局长的意愿。"奥特罗回答。"但签字的可是督察大人您。"埃利亚斯说。

奥特罗说："这只不过是形式罢了，'老坟头'。不一会儿，司法部就会知道我们不同意逮捕律师，不然我为什么把秘书处那人叫来？"

"部里？"埃利亚斯问。

奥特罗大笑道："我是个傻瓜，不像吗？"

从埃利亚斯所坐的沙发椅深处看过去，督察似乎被文件夹搭起来的路障挡在后面，很远处的墙上是萨拉查的肖像。那里，是一片宁静。晨光使办公室变得柔和，而且，他们这次都没有注意到救护车的警报声，这种情况极其罕见。

可就在此时，走廊里一片嘈杂，脚步声、说话声和大笑声混在一起。埃利亚斯拿出手表一看：原来是上班打卡的时间，是艺术家和群众演员们来到司法警察局、进入肚皮舞化妆室的喧嚣时刻。警察们能嗅出各种气味，再大的谜团也能揭开，重现不幸的场景；告密者跑来给点小线索或是小道消息；打字员嚼着口香糖，思想裹在泡泡里从小嘴里吐出来，仿佛连环画上的对话圆框，"哎，姑娘们"。"好吧，"埃利亚斯道别时说，"我去把律师抓来。"

"'老坟头，'"当他伸手去拉门把手时，奥特罗叫住了他。刑警队长转过身。"别把他逼得太紧。"督察向他建议道。

"我还能不知道么？"埃利亚斯说，"火焰升得过高时，连天使也会向魔鬼伸出援手。"

督察说："也可以这么说。"

夜幕降临。"是时候让蝙蝠伸展锦缎小翅膀演练飞行了。""老坟头"警长埃利亚斯·桑塔纳如是说。

在司法警察局总部，晕头转向的黑影攒动，舞会开始了。晚报或类似刊物都在报道受到人身保护的大律师被捕的新闻。督察恨不得能爬到墙上去，因为律师协会的律师大人们都会冲着他来。他蹬着腿，大口喘气："开始混乱了，一堆臭狗屎，开始混乱了。"

要让他明白长袖善舞的大律师其实早就应该落到司法警察局手里，这是徒劳的。尽管他是在街上被捕的，也没有目击者，但律师已做好了一切准备，秘书、传口信的，还有代理人，一切都准备就绪，以便在报纸和其他种种错综复杂的布局里把这引起公愤之事散布开来。这是行业里难啃的骨头，但也没什么好绝望的，因为谁有手铐的钥匙，随时都能把它打开，"我们走着瞧"，正如"老坟头"所说。

但是，事实并非如此。奥特罗听不进去，最糟糕的是明天他还会被卷到另一桩麻烦事里去。奥特罗的执念是与他人保持路线一致，吃过亏却没学乖，坚信自己能全身而退。同伴戏弄别人时他也会加入，可等他大笑的时候，牙齿就掉到了他自己的手上；他与官方的花言巧语保持一致，可转了一圈，那段话却已被做了修改和删除。他和司法警局局长保持一致，对，他和局长总是保持一致的，无条件地跟从，但遇到死结问题的时候，他只能吹胡子瞪眼睛，拿拳头砸桌子。这次就是这样。此时，他还正在办公室里大发雷霆。

埃利亚斯随他气到晕头转向，然后借着感冒的名义，因为感冒可以引发其他所有疾病，告诉督察说他要睡觉，要去透透气。在路上，他停在街区的一家点心店里，梳理了当天的情况。

埃利亚斯梳理下来的结果：整个早晨都在被声名显赫的大律师牵着鼻子走。

他又看到自己裹在那件大衣里，顺着奥古斯塔街往下走，沿着黄金大道向上，进到这里，等在那里，现在是本那伊银行，现在是美甲理发店，整个早上都在任人摆布。握着警车方向盘的司机外号叫"空档"。"空档"司机载着他从一个十字路口开到另一个十字路口，埃利亚斯的手放在大衣口袋里，哮喘喷雾器时刻待命，整个人完全被笼罩在大律师的阴影里。循着臭袜子的气味追在他后面，可以这么说。可大律师趾高气扬，严肃庄重地前行。大律师，东边问候一句，西面招呼一声，一会儿又在罗西奥烟草店门口抽着罗密欧与朱丽叶牌雪茄，吞云吐雾。

他在卡尔莫路上葡国书店的橱窗前停了下来（在那里，刑警队长迟疑着要不要把他铐起来，但他没有动手：忍一忍，"老坟头"，那个人喜欢牵着别人的鼻子跑），就像侧风行帆那样，掌控一切的是风，风会让水流带着你走。

声名显赫的大律师高举雪茄，在早晨破浪航行。他（更恰当地说，是他们一起）如同坐着游船观光一般，爬上了奇亚多。在大律师身后留下的一片光芒中，埃利亚斯·桑塔纳保持着必要的距离，但他有机会观察到，奇亚多是一条由石头铺就的大道，充溢着富贵墓园的气息，永远都有人来朝圣。巨石，雕花大门，教堂，还有卖花姑娘。马尔克斯点心店的正门仿佛巴黎陵寝，来自结核女病人跳康康舞的时代；再往前马上就能看见一家小珠宝店，天鹅绒与宝石，如圣器室般正派又低调；萨达科斯塔书局橱窗里的书，像墓碑和已故学者的纪念章一样摆放着；髑髅地的山顶处有一座泛着铜绿的金属人像，那个死者已被人遗忘，却伸出手指直指路人，好像在说："忽视我的罪人，你不久将加入我的行列，那时我便放声大笑，愿平安与你同在。"

奇亚多，那尊老者的雕像是埃利亚斯童年记忆里的人物。奇亚多，单身汉，讽喻诗人，放荡不羁，人云亦云，对一个里斯本人还能要求更多吗？更何况，那还是一位修士。他被搁放在那个广场上，位置绝佳，因为在那里，他才能把尖锐的嘲笑射向我们，射向所有凡人，坐在那张小板凳上，他身处教堂和书店之间、神圣与世俗之间，面对着巴西人咖啡馆，艺术家云集之地。

而大律师，正是走进了巴西人咖啡馆。

他吐着烟，直奔一张桌子，在座的都是些熟悉的面孔（正在执行公务的刑警队长没能认出那些人的身份，他认为应该与政治反对派和法院有关联），不远处一群艺术家（从外表看，应该是芭蕾舞演员，可能是从圣卡洛斯剧院来的）。埃利亚斯坐在入口附近，不让他离开自己的视线。

那个早晨，走街串巷的卖花人，篮子里放着紫罗兰，优雅的步履散发着芬芳；珠光宝气的贵妇举着箱子，为慈善捐款；讽喻诗人的雕像；喷云吐雾的大律师。每次来巴西人咖啡馆，刑警队长都能从那些常客里认出几个国家安全警备局的成员（认出他们是国家安全警备局的，是因为其中一些人因公务和司法警察局有过联系），但在咖啡馆逗留的时间一般都很短，一进来立刻就出去，他们应该是要去警备局总部，众所周知，总部就位于两个街区之外。值得一提的是，索亚雷斯·达·丰塞卡博士每天早上都会和几位国会议员一起喝咖啡，前面提到的国家安全警备局的特工塞萨斯[1]常常会出现在他的桌边。

埃利亚斯在巴西人咖啡馆里待了多久？按他自己的计算，是半个上午。半个上午，两杯矿泉水，声名显赫的大律师就在几张桌子开外显摆，还有塞萨斯那个可怕的大块头在最里面的墙边。不过物有所值的是，可以凭窗欣赏到奇亚多、林荫道和诗人雕像，优雅的女士们从窗前经过；还有挂在空档的警车就停在附近，可以清楚地看到。

雕像上的老人是埃利亚斯儿时的一个梦魇，觉得他和埃尔瓦斯城里一个掉了牙的巫师长得一模一样，大家都叫那个巫师埃斯普莱里多，身体里爬满了毛毛虫。"不是毛毛虫，是油脂。"父亲安慰他说。但那个埃斯普莱里多，每当孩子们神情紧张地从远处偷瞄他时，他就会用两个指甲挤压鼻翼，毛孔里便开始渗出白丝，就像扭曲的蛆那样。那个老不死的，还会露出笑容。那种残缺的笑容，和铜像老人一模一样。

一直到大一些的时候，埃利亚斯还是以为里斯本那座雕像上的巫师是坐在一个便盆上的，这让他更加困惑。今天，身处这个地区的一家点心店，坐在这杯椴树花茶前，早晨的回忆中突然闪现过两个非常

1　若泽·索亚雷斯·达·丰塞卡，部长，葡萄牙殖民航运公司行政总裁，萨拉查顾问；恩里克·塞萨斯，曾任塔拉法尔集中营警卫。

遥远的身影，父与子，手牵手。两个进城来的游客，站在铜绿色的诗人雕像前。

在埃利亚斯的记忆中，那一刻非常鲜明：有一次父亲把他带到里斯本，他们渡过特茹河时，海豚从激流中跳了出来，长凳上的乘客们指着海豚，拍手叫好，仿佛一场没有刻意排练过的马戏表演。还有一天，法官父亲把他带到宜时法庭，"宜时法庭"，那是个美丽的名字，我们这边就是这样，一个宣判的地方被称为"宜时"，一块墓地可以叫作"乐园"。然后，那天早上，当他们从法庭出来时，就看到了那座塑像。他，小埃利亚斯，站在那儿咬着手指，满心疑惑，但父亲向他解释说，那老人是一位诗人，很多很多年以前就去世了，但没关系，诗人还有很多，我们的历史上可不缺诗人，总有一天，他会学到的。

那个年纪的埃利亚斯还没开始学习基本字母，更无法想象诗人到底是什么。可雕像那邪恶的笑容和脸上滑落的黑色泪水让他感到害怕。因为埃尔瓦斯城的那个人和里斯本的青铜像长得一模一样，这让埃利亚斯的梦境复杂起来；这主要是因为青铜像里的老人穿着法官长袍或者类似的衣服。很多很多次，埃利亚斯拿他去和父亲比对，内心充满恐惧，因为确信父亲身上隐藏着雕像老人的痕迹。

在点心店里，埃利亚斯盘点分析了当天上午奇亚多那个艺术家云集的巴西人咖啡馆里的情况。点心店里如阅览室般，一片寂静。顾客们都会把报纸打开，跟店面的面积相比，屋子的房顶太高了，这家店坐落于一栋古老的建筑里，外墙雕花，标有奠基日期。埃利亚斯要去小便，他认识路。他绕过柜台，经过玻璃屏风，那条逼仄走廊的尽头有一个石雕拱门，再过去是六七级陡峭的台阶；到最上面，立着一个带有木盖板的普通马桶，仿佛祭坛上的宝座。埃利亚斯想象着一个普通市民坐在那楼梯顶部的荣耀，裤子脱到脚边，把粪蛋拉到下面。

大家眼睁睁地，看着点心店里随着外面的天色，逐渐暗了下来。客人们举起报纸对准天花板上射下来的微光，照这么下去，他们得把报纸越举越高，并紧随着报纸一点点直起身板，直到站起来，双眼垂泪。

来自米格尔庞巴尔达医院的两个情绪平和的精神病人走了进来，站在那里。他们脑袋被剃光、脸色苍白、穿着病号服，这些都能让人认出他们是谁；他们的裤子总是很短，才刚到脚踝，裤带是一根绳子。态度平和的精神病人在桌子之间转了一圈，伸出两根手指放在嘴巴前面摇了摇。这个手势的意思是，他们想要香烟。

客人们把自己更加隐秘地藏在报纸后面，两个精神病人开始在地上捡烟蒂。接着，他们去柜台那边喝水：他们其实一点儿也不愿意喝水，头也不抬，就在杯子里喝喝停停，吸气呼气。"他们就像马一样。"埃利亚斯一边这么想着，一边打开了《人民日报》。

他甚至都没来得及开始看，点心店的老板就拿着梯子来了，他把梯子架到屋子中间，想在天花板上再安装一盏日光灯。"灯太长了。"埃利亚斯立刻这么想到；那盏日光灯和屋子的大小不成比例。点心店老板爬到梯子最高一级，双手高举玻璃灯管，身体左右转动，看上去就像个走钢丝的人在保持平衡。顾客们的眼睛从报纸上移开，抬起头看着他。

突然，噗！灯管一头插入一个灯座，另一头又插进了另一边的灯座，接触成功，亮光在玻璃管内迅速产生，接着，亮光出来了！强光四射！音乐。有人打开了黑胶唱机，唱机如同被卸下了嘴套一般狂嚎。

那么亮的光线，那么多的声音，屋子癫狂起来；更为糟糕的是，柜台后的服务员还开启了电动搅拌机榨橙汁，他像要捣碎石头那样疯

狂地对付着橙子。埃利亚斯心想："这是一家机关枪点心店，卖的却
是蛋糕和饮料。"他迫切需要羊毛毯子和一碗蜂蜜牛奶。

"*那双乌黑的眼睛……*"唱针下旋转播放的是纳特·京·科尔的
唱片。每次听到这个头发锃亮的黑人的声音，埃利亚斯便会浮想联
翩，要是他披着热带披肩来唱科英布拉的法多，是不是就不会获得现
在的成功。古老大教堂里的混血天使，乔帕尔植物园里的香蕉树，这
些场景都会很美。可今晚却不是纳特·京·科尔最悦耳之夜。他让店
家震颤，令好静之人抓狂，所以，行板来了，埃利亚斯准备回家了。

一上出租车，倦意便席卷了全身。因为发烧，他颤抖着，在城市
最悲伤的夜晚中一路经过英腾丹特、索科洛、范克罗伊斯路。知道明
天要待在家里，这让他坐立不安，现在律师已经被捕，必须加快对美
娜的审问："你得做好准备，大律师已经被捕了。"

司机是那种喜欢用帽檐压着眼睛的人，一副流氓的样子。埃利亚
斯了解这类人。出租车计价器：滴答，滴答。他，埃利亚斯（下次进
入美娜牢房时）会说："你得做好准备，律师已经被捕了。"就这样开
始，当面来上一句。大律师，声名显赫的大律师，招摇显摆的雪茄，
出租车计价器：滴答，该死，该死。该死，该死，还是该死（陪伴着
吹胡子瞪眼的督察奥特罗）。滴答，滴答。

滴答，滴答。艺术家云集的巴西人咖啡馆，虐待狂塞萨斯，戴
着黑眼镜，长着猎犬那样开裂的鼻子。他坐在国会议员当中，打着自
己的算盘。议员们的手干干净净，他就是这帮人当中漂亮的另类。滴
答，出租车计价器跳动着价格。现在经过的是因腾丹特草药店，（圣
奥努夫斯）通气茶，茶里有蜀葵和橘子花的成分。司机的仪表盘上粘
着法蒂玛圣母和三个小牧羊人的图片。一路过来，一直到后来下车的
时候，埃利亚斯连一次都没往窗外看，这座城市像个不修边幅的荡
妇，他已经踏遍每个角落，感到厌倦。

除去楼梯平台，埃利亚斯爬了一百三十级台阶，接着，精疲力竭的他一头栽倒在床上。

莫名高烧来袭

"他不知怎么发起了烧。"刑警队长从变色龙所在的客厅给督察打来电话，说自己抱恙卧床的时候，督察对着打字员如此说道。当时是上午十一点，肯定超过十一点，两人在这个点去审问声名显赫的大律师实在是非常合理合法的。可"老坟头"却因为发烧而临阵逃脱，在草药茶的热气和床单上的汗水中越烧越厉害。对此，奥特罗只有一个想法，"该死"，这是一个适合用来形容不测意外和多舛命运的词，如果可以这么来表述的话。不过，他还是祝他早日康复。

午后，埃利亚斯就把头探出了热气弥漫的房间。日落时分，他已经在客厅里，点上一个小煤油炉，烧上锅子来熏蒸。没过一会儿，他听起了音乐：黑胶唱机上放的是《塞维利亚的理发师》。会好起来的，再吃些药片就会好起来的。

他重读了前一天的《人民日报》。屋子里到处都是桉树叶的味道。声名显赫的大律师被捕的新闻只有最新快讯版面的寥寥数行，在媒体口中，他被说成了"杰出的雄辩家"，随他去吧，对埃利亚斯来说都无所谓。他只是觉得，督察没理由说这么多废话。"快进。行板，行板，"他大声说（这是他感觉好些的征兆；埃利亚斯生病的时候，从不自言自语，没有声音），"行板，回到报纸上来。"民意表决的新闻，是要否购买抵抗印度军的战舰；下令征询民意、身着海军上将制服的托马斯总统宣布，此舰将被命名为"阿尔伯基尔克号"，它就应该叫做阿尔伯基尔克号，所向披靡的阿尔伯基尔克号，在这一点上绝不妥协，好为那艘被野蛮人打沉海底的同名战船复仇。

"够了。"埃利亚斯把《人民日报》收好。因为无事可做，就坐到电话机边拨了一个号码。

"你好，美人。"

"滚开，讨厌鬼。"

"我刚刚一直在想你。"

"拜托你别缠着我了，我已经告诉过你，我结婚了。"

这种情形已经持续了好几个月了。偶尔，当埃利亚斯感到身体在孤独中软绵绵的时候，他就会拨这个神秘号码，开始电话聊天。

"对了，我昨天看见你了。"

"我也是，多有意思。"

"你和你男朋友在一起。"

"你胡说。哪个男朋友？"

"就是那个把花柳病传给你的。"

"你太下流了。"

电话里传来挂断的声音，总是撇着嘴的埃利亚斯再次拨通了那个号码。

"你怎么能这么做呢？把心上人的电话挂断？"

"我已经跟你说过，我是已婚妇女。"

"那你下面都洗干净了。"

"对啊，都洗干净了，亲爱的。我干干净净的，你呢？知道吗？我今天没空跟你胡搅蛮缠。"

"我也没空。我病了。"（埃利亚斯看着自己的长指甲）

"你怎么啦，亲爱的？被人从后面上了吗？"

"差不多。"

"我就说嘛，不过你知道吗，要抹些鲜奶油，宝贝，鲜奶油。"

"你老是抹鲜奶油的，是吧？"

"我一直抹的，亲爱的，抹很多很多。哎，我要挂电话了，我老公已经到家了。"

"你叫他来。"

"什么？"

"你把他叫过来，你老公。"

"什么？"

"问那个家伙要不要帮忙。"

"哎呀，要的，亲爱的，快点来。你知道我现在什么样吗？听着，我坐在床上，那张安妮女王式的大床，不过你知道的，宝贝，你来过的，不记得了吗？"

"就是我从后面上你的那次，怎么会不记得。"

"但是我不记得那次了。"

"你记得，记得的。"

"从后面上，我可喜欢了。你肯定是功夫不好，所以我没记住。"

"你还穿着那件透明的褐色睡袍。"

"褐色睡袍，肯定是弄错了。本姑娘皮肤偏古铜色，褐色穿了不好看。不过没关系，就当是你说的那样好了。"

"上面有一根根丝带，带着小圈，叮铃叮铃响起来，别提多美了。"

"啊，是有丝带的吗？"

"那你现在穿了什么？"

"你说什么？"

"你现在穿了什么？小婊子！"

"啊，现在谢赫正在小婊子的两腿之间呢，谢赫是我的巴吉度猎犬。"

"是巴吉度还是博美？别跟我说你那只博美没了，给兽医咬了吗？"

"是巴吉度，一直都是巴吉度。它安安静静地待在这里，我还穿着丝袜，那种带有银光效果的，你知道是什么样的。我脖子上还戴了条银丝带，只有丝袜和银丝带，亲爱的。本姑娘其他什么都没穿，什么都没穿，什么都没有。"

他的眼睛很疼，眼镜戴着也疼，是夜幕降临侵入了埃利亚斯的骨髓。他回到床上，既没睡觉，也没假装在睡，软绵绵地沉溺在高烧的气味里，连关节都卡住了。

不知何时，他清醒了过来，鼻子在出血。黎明时分到了。透过门上方的玻璃能猜到，是黎明时分了。他去卫生间里止血。

站在洗手间的镜子前，他晕头转向，口干舌燥。他把头往后仰，胳膊举到半空中，看上去就像一个盲人在请别人给他让路。用那种姿势很难看到自己，他不得不用力把目光顺着鼻子的方向看过去，两根棉条塞在鼻孔里；秃顶上所剩无几的头发立了起来，好像又高又瘦的鹳鸟的绒毛。后面尽头处，镜子把洁白的马桶也照了出来，马桶靠着贴了瓷砖的墙；带有瓷把手的抽水箱拉线笔直垂下，仿佛把镜子从中切开。那把手也是白的，也闪闪发亮。

埃利亚斯在水龙头下弄湿了额头。当他直起身子的时候，整个大脑都被这个动作弄懵了，幸好扶住台盆才没摔倒。他的头再次偏到后面，手臂举到空中，好让自己在感受不到自我的空虚之中、在白色的无声之中和白色的世界之中进行重组。他垂下眼睛，强迫它们顺着鼻骨望向镜子，又看见了以瓷砖墙为背景的马桶，而坐在马桶上的是她：美娜。

他望着她，仿佛知道她一直都在那儿，一丝不挂地坐着，胳膊肘支在膝盖上。反射的灯光时而将她融化在那照出瓷砖的玻璃镜面上，时而又将之恢复过来，苍白异常。

但在他身后，有一个阴影穿过了镜子。他像埃利亚斯一样举起一只手臂（可能是他自己的影子在移动，离他而去），举起的手上有一根手指在喷火。不是火，是血。没错，是血。手指靠近美娜时，她已经在等待着它的到来，像一头训练有素的动物那样，张开嘴，含住那个指头并吮吸起来。她以一种俯首听命的样子吮吸着，节奏让人昏昏欲睡。

埃利亚斯反应过来。他更加凑近镜子，整张脸把它全部占满，盯着自己看了好一会儿。与自己面对面却无法思考，只是望着自己而已。感到疲倦时，他把精力集中到最后一道沉默的目光中，里面是一种背弃兄弟的冷酷。

他去马桶小便。胳膊举在空中，胳膊一直都举在空中，在嘈杂的喷射声中，排出一股因发烧而滚烫浑浊的热流，几近痛苦的阵阵粗暴冲击刺破了马桶底部积聚的泡沫，他耗尽了最后一滴尿液。

他脸朝着天花板，态度几近严肃。目睹这一幕的人都会说，他正在用尿液摧毁任何想要无视的记忆残余。

没有门的宫殿

但刑警队长是个喜欢熬夜、不喜欢睡觉的人：热度一下来，他就出现在了美娜的门口。"你得做好准备，律师已经被捕了。"他决定就这样边说边走进去。

听到他的话，美娜没有丝毫反应。她盘腿坐在毯子上，当他敲门示意进来或从监视孔里往里看的时候，她就这样。她就这样坐着，保持着同一姿势。

埃利亚斯警长浑身散发着令人窒息的热气和余味，在椅子上坐好："接下来，最顺理成章的，就是你要跟律师当面对质。"

她的眉毛微微扬起，不过也就仅此而已。她的眉毛，还有完全打开的双膝所传递的冷漠让刑警队长的镜片后开始闪现出一丝不自信。美娜不能去当面对质，不能被任何人看到，对她的调查是保密的。她不知道（或者是应该不知道），她不知道那个水泥牢房外面发生的一切（但她真的不知道吗？他暗暗地问自己）。此刻，埃利亚斯开始往喉咙里喷东西，长长的喷雾被吸了进去。接着，他把手伸进大衣口袋，从里面掏出一张小纸条。

星期五，12 号 / 第二次与律师会面 / 假冒电话 / 知道是星期五，因为那天是彩票开奖的日子 / 与建筑师合谋。

埃利亚斯警长说："需要当面对质的其中一点是：抵达里斯本的日子是不是 12 号。这能确定少校在宣布律师退出以及他与您串通好打电话以后发生了什么。是不是没说老实话？那个假冒电话，您不是同谋吗？"

这份笔记是他的草稿之一，正式的司法笔录需在此基础上按照规定撰写。上面是这么记录的：

[今天在第二份卷宗中可以看到：事实上，在同一个星期五，即 12 号那天的前一夜，少校出人意料地离开了房子，他穿成神父的样子，携带武器，犯罪嫌疑人相信他是去见了被称为"准将"的人（伽马·伊·萨律师）。由于少校离开的时间较长，所以她承认两人是在途中会面的，距离韦雷达大屋不远，但她也无法确认具体在哪里（……）她还回想起，她的同伴、即丹塔斯少校，看上去心情不错，根本预料不到接下来会发生什么。后来的事情发生在晚餐期间，少校宣布已无法依靠"某位高层人士"，此人通知他，当局已针对运动中的某些领导人物采取了防范措施。对此，建筑师问，这些措施是否

会让他们目前所处的隔绝状态更加延长。"你说中了,"少校回答道,"所以我们不能指望'准将'(伽马·伊·萨律师)会这么早就伸出援手。"此番话让建筑师对所谓的"准将"颇有微词,但少校提出了反对意见,他说对此人下任何的判断都为时尚早,因为缺乏具体的依据。"你只是一知半解,"少校分析给他听,"关键时刻才能看清一个人。"他还说,在接到新的命令以前,禁止他们试图和外界有任何其他的联系。]

埃利亚斯警长说:"您要去镇上打电话,这里就能看出蛛丝马迹。"

美娜垂着头,手放在胸前。她疲倦地咧嘴笑笑:"要把所有的事都重复一遍,不是吗?"

她若有所思,用另一只手把香烟碾灭在金属盘子里。

那就重复吧,既然必须得这么做。她抱着胸(就像胸部疼痛或是要为她做伴),重复说她只目睹了那晚所发生的一部分事情。丹塔斯·卡斯特罗宣布的消息让她崩溃,知道自己如此孤立无援更让她感觉生无可恋。她无法再忍受,就上床睡觉去了。

重复。再重复。她四肢摊开,在黑暗的房间里躺着,连衣服都没脱,窗户敞开着。她需要的是空间、空气,还有清新的田野。窗外下着绵绵细雨。她模模糊糊地记得路上有马车经过,哒哒的马蹄声,车轮吱吱作响,那一夜下着蒙蒙细雨,既没有风、也不寒冷。她关上了窗,但并不是因为嘈杂或是湿气,而是因为他,丹塔斯·卡斯特罗。她不知道,如果被少校看到房里开着灯、抓到她穿着衣服躺在床上,还开着窗,他会做何想象。肯定会觉得她企图逃走,或是产生与此差不多的想法。长久以来,他的眼里只看得到私自潜逃的迹象,到处都是。

事实上,二十分钟、半小时以后,丹塔斯·卡斯特罗回来了。可她没想到的是，他笑得很开心："他们害怕得要尿裤子了。"

"害怕？"

"啊，难道不是么？他们害怕到一开始就立刻把关于伽马·伊·萨的说辞咽了下去。"

美娜简直不敢相信。"说辞？"

这过分到极点了。令人难以置信的是，所有围绕着"准将"而来的分歧都只不过是胡编乱造出来的。卑鄙，比卑鄙还要恶劣。仔细想想，这么做是为了什么，会有什么好处？

答案是："行为测试"。"无论谁是领导，都必须时不时地考验一下手下。"

"可这不光彩，要命。这不人道。不，路易斯，你没有权利那样对待别人。"

丹塔斯·卡斯特罗摆弄着五斗橱上套在陶制猫头上的铂金色假发。"你是这么认为的，你可不知道冷热水交替着淋浴的好处。"他移动着假发套，一会儿盖住猫脸，一会儿又拿开，忽冷忽热，他说，这就是冷热水交替着淋浴的原理：进进退退，忽冷忽热，时隐时现。"明天他们就会好的，好到你都无法想象。受到惊吓之后得以解脱，忽冷忽热。明天听到电话铃响时，他们闭着眼睛都会相信是伽马·伊·萨的来电。"

"你确定吗？"

"毋庸置疑。"

"我问的不是这个，"美娜又说，"我是问，你能否确定伽马·伊·萨明天会打电话来。"

"会打的，"少校回答，"会有人打电话来的，你别烦了。"

埃利亚斯警长说："但您之前说过，冒充电话是临时想出来的一个主意。"

美娜说："是的。至少他是第二天早上才跟我说的。第二天早上，我正打扮齐整要去镇上买东西，他走进房间，叫我去外面打个电话，冒充自己是律师。"

就这样，没有别的，没有更多的对话。埃利亚斯看着她坐在自己面前，想到了她在韦雷达大屋里，坐在床上，而不是牢房的木板上。她从宿醉中醒来。美娜总是从宿醉中醒来，他从满桶的烟头就能看出这一点来。接着，她拖着身子进了卫生间，在安定的作用下昏昏沉沉。她先要让失眠的症状消失掉，然后再化妆，扮老，戴上假发和没有度数的眼镜。

也许少校给她下命令时，她就是这样，以相同的方式坐着，大腿张开，让人可以一览无余，直至迷失其中。如果真的去看，那也是看的人自己倒霉，因为她高高在上，根本就不在乎。很好，婊子。身材劲爆，而且知道可以好好地利用这一点。不管怎样，她没法随心所欲，人不可能拥有一切，现在她在那儿，得给司法警察局一个交代，这个母夜叉跟任何一个低贱的荡妇一样。她已经解释了如何被人指使去打冒充电话，此时交代的是她正走在执行命令的路上，因为下命令的人可不会手软。埃利亚斯竖起耳朵紧跟着她的叙述，她的声音里有夜幕的意味，像迷雾般浓稠。她取道一条乡间小路，两边尽是破墙和芦苇。

美娜说："我到镇上大概是十点左右。"

"镇上，就是那个小镇？"刑警队长知道，他去那里调查过。跟她走的路一模一样，先是沿着山谷从韦雷达大屋走到柏油马路，然后穿过芦苇、石子路，弯过来绕过去，最后从一个喷泉广场出去：富尔诺思。埃利亚斯刚到，迎面就碰上一头牛望着一座宫殿。

宫殿是一种增强表现力的说法，我们可以说，那是一座豪宅。一大排子弹头形状的窗户，正面墙上嵌着瓷砖，顶上有两个玻璃大花瓶，但没有门。那头牛肯定是离了群，正独自观光，恰好站在了石框内被封死的大门前面。

除了这一幕戏剧化的狂想之外，镇子丝毫不能吸引人驻足，连地图上都不见得有标注。广场还算让人满意。邮局一直都在，卡兹西德拉煤气公司代理处的门口放着煤气罐，制桶作坊的老院子里现在有一个汽车钢板车间。这些都在广场上。还有一家没有店名的咖啡馆，也在广场上，美娜就是在那里把电话打到韦雷达大屋的。

咖啡馆里有两个小伙子在玩桌上足球，没有其他人。他们的脑袋上方有一台电视机，放在一块板上，用两根铬棒吊在屋顶。"秋千上的电视机。"美娜第一次进到那个咖啡馆的时候就在想。可那天早上她甚至都没有注意到电视机，而只是盯着两个玩桌上足球的人，除了一人顶一支队伍用之外，他们还假装是观众鼓掌、吹口哨来助阵，假装是裁判吹哨喊停，随着出球模仿着插播商业广告的体育播报。两人都是消防员，穿着消防队员的蓝色制服，连衣裤的腰带里塞着软帽。他们还是孩子；从年龄上看，不会大过那些参加游行乐队的孩子，那些孩子踏着乐谱上的节奏前进，头顶上烟花飞舞。

咖啡馆女老板从后面出来、走到柜台边的时候，一股炖肉的味道蔓延开来，能听到摇篮里的一个婴儿在哭。美娜喝了一杯浓缩咖啡，买了二十包香烟、两瓶白兰地、两百五十克白糖、口香糖和报纸。接着，命令下达之后是要服从的，她走到投币电话那里，塞进两枚犹大的硬币。透过橱窗玻璃，望着细雨迷蒙的广场。

她一边打电话，一边机械性地望着没有门的小宫殿，不过后来回到韦雷达大屋时才意识到了这一点。那个时候，她只看到自己在打电话，从咖啡店橱窗的同一角度看到那座小宫殿。那座没有门的宅子。烟雨朦胧中，隐约可见美娜穿过芦苇丛生的公路，想象着宅子里面的样子：简朴的门帘，一张桌子上摆着笨重的银器和色彩庄重的果子，堆得好似一道小瀑布。其他什么都没有。一个落地大摆钟发出咯吱咯吱的响声。天鹅绒布窗帘间躲着一只大猫，仿佛一位老态龙钟的长者：它的鼻孔里挂着两行长长的泪水，已经凝固了。

美娜推算：她是在中午十二点到十二点半之间到家的。穿过公路前，肥料坑正在冒烟。

埃利亚斯警长说："紧接着，你们就开会了。"

"紧接着就开会了。"美娜说。或者说，会议已经开始了。她把钥匙插进门锁的时候，他们三个人就已经围坐在桌边，建筑师蹦过来告诉她一个消息："伽马，伽马·伊·萨。伽马·伊·萨，他打电话来了。"

她先去换了衣服，然后下楼到客厅，天知道她有多不情愿。不过对她而言，事情变得稍微容易了一些，因为丹塔斯·卡斯特罗正在滔滔不绝，几乎没停下来过。他只是示意她坐下，继续说，"准将"是那天上午十一点半打来的电话。如果埃利亚斯没有弄错的话，这意味着她第二天同一时间应该在黄金大道的办公室里。对吗？

美娜说："难道不能把这地板弄干净吗？我怀疑哪里有只死老鼠。"

她的印象中，刑警队长回答问题时皱着鼻子。他叫她讲下去，最重要的部分，他说，是她和建筑师之间要说的话。这一部分，刑警队长要她说得清楚明确。

"还要更清楚明确？"美娜问道。

她从木板床上滑下来，走向手提箱。她往肩上披了一件罩衫，袖子在胸前交叉打了个结。那件罩衫又重又长，几乎可以说是质地粗糙，埃利亚斯觉得这像是男人的罩衫，罩衫的蓝颜色和高领头，让人想起水手的大外衣。

美娜紧贴在后面的墙上。她的脸对着门，床在左边，警察在右边。很远，离那边很远很远的地方，开始勾勒出阁楼的轮廓。

阁楼。还有那封信。沿着墙壁的角度往上延伸的横梁之间，看得到建筑师泛白的嘴唇。"我整个下午都待在阁楼里，"美娜若有所思地说道，"我没法出去面对别人，"她解释说，"电话闹剧之后，我只想走得远远的。"丰特诺瓦找到她时，她就是那样，独自一人，待在宅子最角落的地方。她摊开四肢，躺在草垫子上看书、听收音机，同时也听着老鼠的动静，因为，你看，即使在这个牢房里，老鼠也不让她清净，她感觉夜里它们就在那里，在木板床的脚边，或者是厕所管道附近的某个地方。阁楼上，老鼠就在她的头顶，成群结队地跑来跑去，一片打斗和交配的嘈杂声响，那就是乡村房屋天花板和楼顶之间隔层里老鼠的活法。有时它们会安静下来，但那不是真正的安静，它们在等待，迟疑的间歇，好打探是谁在偷听。嗯，当建筑师丰特诺瓦出现在她面前的时候，她就是这副模样（疏离的，就像是在这间牢房里一样）。

"我一直在想，美娜。"他伫立在撑起天花板的那一片混乱的横梁之中。"那个电话，"他说，"我一直在想。"那是伽马·伊·萨给他的最后一锤，美娜能看得到。那个混蛋证实了少校从别人那里听来的消息，还告诉他们这帮乌合之众，要撇清和他的关系，一劳永逸。一只老狐狸，臭不要脸的。他知道他们被孤立，知道他们没有机会，没法向谁求助，一点儿机会都没有，他却想说明白，要划清界限，不想卷入混乱之中。不是吗？那她就等着坐以待毙好了。

可就算不是这样，就算律师曾经表示过反悔，现在又愿意合作，结果还是一样，他什么都没做。丰特诺瓦不相信他会带着一分钱、一点支持的意向或任何东西过来。空头支票，是的。开好空头支票，又故意欺瞒，那家伙可是好手，臭不要脸的伽马·伊·萨。

建筑师面向着门，低声说道："今早的电话打过来以后，美娜，你脑子里有没有想过，如果丹塔斯发现那家伙还在搪塞推托，会做出什么事来？"

"最好不要去想。"美娜咕哝道。

他接着说："所以无论如何，我们都不能让他知道这件事。"

当时已经是傍晚时分了，美娜开始担心少校会现身。"每到傍晚，那座宅子里几乎总是一片寂静，让人想到最糟糕的事情。"她补充说道。

不过建筑师也没多做停留。他走到门口，注意看着楼梯，递给她一封信。

"你看一看。这很讨厌，但我找不到更好的办法。"

美娜凭着记忆，又把那封信读了一遍。那是一封写给母亲的告别信，信中请母亲为他准备衣服以及路上要用的钱，两页信纸，着实让人感动、充满了童年气息。写这封信时，他仿佛预感到死期将至，她边看边这么想。而站在门口的丰特诺瓦却想要说清楚：衣服是要给下士的，他的解释是，已经找好了存放的地方；钱是让她交给丹塔斯·卡斯特罗的，就像是律师送来的一样。"母亲立刻就能认出这封信上的字迹，但保险起见，美娜，你拿我的手表去，这样好证明你的身份。"

埃利亚斯警长问："衣服和钱。但衣服是为了什么，背着少校偷偷穿吗？您没想过这一点吗？"

刑警队长站起身来，灵光一现。因为这就是他嗅到犯罪征兆的地方，就在这一点上。按照不幸发生的正常逻辑，他不知道，如果出门闹革命时下士穿着新装出现在少校面前，下士该作何解释。明爱慈善组织或某某子爵夫人给予不知名战士的捐赠吗？还是壁炉灰里圣诞老人留下的纪念品？埃利亚斯没有头绪。更糟的是：他甚至可以说是见得太多了。建筑师叫人买衣服给下士，是已经准备好要把他送去法国的某个棚户区；又或者是，他猜到在下士穿着新衣闪亮登场以前，少校就已经闭上了眼，非此即彼。

埃利亚斯警长："这个建筑师诡计多端，非常狡猾。刚要被我抓住点什么，他就又消失在迷雾之中了。"

卖鸡女人、业主暨基督徒的证词

进办公室以前，刑警队长经过了探员办公大厅，里面有一个来报案的女人，带着书面写就的情况说明，在打字机前亲口解释自己的情况。那是一个丰满的女人，披着挂满金链的披肩，听她说话的探员将手指摆在键盘上方微微勾起，准备随时开动。

这位某某女士从事家禽及其衍生品贸易，其店铺位于本市 7·24 菜场内，她发誓说，这份情况说明书一直被遗忘在抽屉里未能处理，报案起因是丹塔斯·卡斯特罗少校，他是这位女士名下罗马大道大楼 9 层 D 座的租户，期间破坏屋内设施，使用不当，寻衅闹事，坏事都做尽了。通过接下来的细节描述，埃利亚斯了解了大概情况，但不打算细细追究，因为算不上什么惊天动地的大阴谋。像进去时那样，他开始悠闲地往外走，没跟任何人打招呼。

键盘前打字的警探问："这里写着'道德'遭受创伤。'道德'是指什么？"

"丢人的事，警探先生。是对基督教道德的冒犯。"

"你不能这么回答问题。基督教道德可以指所有的一切。"

"不幸的是，确实如此。有许多人自称基督徒，却利用教会把坏事遮掩过去。我知道那是什么，警探先生，我是耶和华的证人，您一定听说过。"

"就证人而言，警方只遵循刑法的规定，其他什么都没用。"

"警方这么做只有好处，但愿能一直这么坚持下去。"

　　警探又回头看起了情况说明。她说，租客未提前通知就搬离了她的房子，还有租金未付清，房门和内墙上都留下了淫秽的句子，报案人将其归为对他人的不敬和侮辱，她还一笔一画歪歪扭扭地签了名。

　　"什么淫秽句子？"警探问。

　　怨气冲天的报案人脑袋颤抖了一下，她的脸上毛发浓密，神色庄重。"是粗话。"她含糊地说道。

　　"比如说？"

　　"这里一句不要脸的，那里一句不要脸的。"卖鸡女人回答道，声音更加含糊不清了。

　　"不要脸的？就说婊子，女士。笔录要求用词精确。"

　　透过大厅的玻璃墙，可以看到埃利亚斯坐在办公桌旁。按探员们的说法，他进入了"变色龙状"，双手静止不动，思绪在云端飘荡。他的脖子从领口里向前探出，像是一根带有骨感的粗绳，眼镜是两个漂浮着的茫然反射点。当他那个样子的时候，有时会有苍蝇在他身上爬来爬去。

　　可这时，他却伸出长指甲呼唤。"来，来。"正在打发卖鸡女人的警探迅速对此信号做出反应，带着她走了过去。美利诺披肩像翅膀一样拍打着，金链和耳环叮当作响。警探把卖鸡女人放进埃利亚斯的笼子后，就静静地离开了："打搅了，头儿。"

　　现在又是一阵咯咯乱叫。埃利亚斯双手插在裤子口袋里，大衣的后襟翘着，在怨气冲天的报案人身边踱来踱去。他来回走动，时不时地伸手，抓起些什么东西；接着放回去，整理好，然后再打散；在如此反复四五次之后，便搞清了事情的来龙去脉，可以叫人来把母鸡带走了。

　　他是从一句极不道德的话开始的，"我是个肮脏的臭婊子"（"不要脸的东西"是他为了礼节起见与卖鸡的耶和华女人共同达成的翻译），这句话的背后，这句罗马大道公寓门上和墙上粗暴地宣之于众的话语背后，他发现了美娜和少校的秘密，他们同居在一起。他们深夜回家，关起门来狂欢；全裸晚餐（都这么说），颠鸾倒凤；夜间争吵然后以甜蜜爱抚告终。任何能想象出来的东西。

总而言之："恣意放肆。"卖鸡女人叹息道。（恣意放肆？她的意思是，纵欲无度。）"什么样的人都有。"他补充说。一个去那里打扫卫生的小姑娘说，不检点的行为是一个接一个。甚至还骂粗话。有一次，她刚把钥匙插进门里，就听到他们在床上互相辱骂。小姑娘说的那些脏话让他们更加兴奋，因为，当然，在此期间，他们还在做别的事情。

卖鸡女人非常坦率，她所知道的一部分内容是看门女人传给她听的，还有一部分来自菜场收她摊位费的看门女人的兄弟。

埃利亚斯警长点头称是。看门女人，哦，多么尖的耳朵。哦，多么长的舌头。许多看门女人都嫁给了警察，通过夫妻财产共有制也成了警察；还有一些则像蜜蜂般忙碌，从东家到西家，打扫时还刺探收集秘密；但她们几乎都是农妇，鬼鬼祟祟的土狗，以看家护院为重，见到穷人就露牙齿，看到富人便摇尾巴。都是些什么货色，看门女人。但有迹象表明，这位看门女人是极其谨慎的，因为，房东太太担保，她在索布雷拉的家禽饲养场里干过好多年，与人结下的只有友谊。

好吧，很好。继续挖料。挖着，挖着，卖鸡女人得出一个结论，即使在租房之后（1958年5月7日，参见上述报案记录），丹塔斯·卡斯特罗仍在某处保留着与合法妻子的家，这里说的妻子就是那个跟他在教堂里正式结婚的妻子。"从那个时候开始说起，我们继续往下说。"房东太太还是宽容的，因为无论是出于信仰还是道德的原因，婚姻都是神圣的。然而，对埃利亚斯来说，却另有缘故，可他不愿摆出来：1958 年那年，美娜父亲在葡萄牙待的时间很长，所有的父亲，一旦发现女儿和他的男性朋友滚床单时，总是会愤怒得迷失方向。更何况，还是跟他一起寻花问柳、到处鬼混的朋友，所以老天保佑这种事情不要发生在自己身上，这是所有人的耻辱，丢脸至极。

对于大楼和鸡的女主人来说，这种两处为家的问题最终让她感到某种违和。少校有两个家，他的情人也有两个家，最后那个女孩把在罗马大道上的所有时间都花费在坐等和抽烟这两件事上。她的小腿上还戴了个金脚环，埃利亚斯给自己脑补了很多内容，腿上戴着链子，被烟味和男人的离去围绕着，就是他在那房子里看到她的样子。再见了，光明大道；再见了，日落余晖之中能见到动物园里鹳鸟的公寓。再见了，昔日的女孩，长发高高梳起的孔雀女孩。房东太太叹息道："我觉得那个姑娘是被他迷住了，真傻。"

据她所知，看门女人和马可尼电信公司的接线员跟这对男女住在同一楼层，他们都听倦了他俩的争吵之声。其实，他们之间是在相互辱骂。少校有雄狮般的肺活量，一点小事情就开始咆哮：在那扇门外，各人有各人的自由，她不需要为任何所做的事情向他解释。就是这样，如果这也算有什么意义的话。当然，女孩也对他反唇相讥："我厌倦了自由，"她喊得大家都能听见，"每个人都想给我自由，去他的自由。"（"该死！"卖鸡女人说，"请原谅我这种表述。"）她还顺便加了一句："长官先生，据说那个傻女孩想要一个孩子，那精明的男人要她打消掉这个念头。"

"孩子？"埃利亚斯询问起细节，以便把情况了解得更清楚。在内心深处，他确定，孩子才是独身女人骄傲的顶点，是盖"章"定论，是在肉欲和爱情之间神秘地平息而重获新生的女人，就像有人在

《家庭年鉴》里如是写道，文章的边框装饰着一圈小鸟。"我就一直这么说。"埃利亚斯一直这么说。至此，他已能勾勒出这幕二重唱的悲剧：少校提醒美娜，情人应该独立自主，墨守成规的爱、放弃念头、约束限制都是无聊之举，这一大堆说法都以求欢者的甜言蜜语收尾；而她，是的，"我了解我自己，"她抗议说，"爱是享用，是占有，根本不在乎什么自由。"与此同时，大楼的看门女人和电话接线员耳朵贴墙，就像发生在连载小说里的倒霉客栈那样，咬着嘴唇，记下来："去他的自由。"

"这种事情只能跟警察说，因为这牵涉到司法的利害，"卖鸡女人又解释道，"但事情很混乱，的确很混乱。打扫卫生的小姑娘说，她，那个情人，第一个就不想让少校抛弃合法妻子。"一切都很古怪，如果我们能去看清楚的话。她想要那个男人，却又把他留给妻子，为什么呢？为了骄傲自尊？有这个可能。卖鸡女人也这么想过，但又觉得不合情理。总之，报案记录里可以看到，那为人不齿之举确实发生了。

那一次，不仅看门女人能证实所发生的事情，连电话接线员、楼下的租户也在半夜被吵醒了。房东太太对事情发生在哪一天没有非常精确的概念，但用两个手指捏捏嘴唇，认为是圣诞节前后。"就在那段时间里，"她说，"是圣诞的前几天，一个大清早，因为有人震耳欲聋地大喊'我就是这个'和'我就是那个'时，看门女人的丈夫刚下夜班回来，探长先生您知道她叫的是什么。"房东太太叹着气说。

她坚持认为一切都很古怪，一切总是非常古怪。但他说，各人有各人的活法。电话接线员保证说他们是因为嫉妒而产生了误会，里面还牵扯到另一个男人，对的，第二个男人。怎么听到的，什么时候听到的，最好不要深究，因为电话接线员都是按时计费的。有的日子里，她们除了拔插电话交换机上的电线之外，什么也不做，于是，一切都毁了，她们知晓所有人的秘密。"让我烦躁的不是谁怎么过日子，这我都能接受，让我烦躁的是我的损失，"卖金鸡蛋的女人总结道，"这太难了，队长先生，有人受到损害，可没人为他做主，这真的太艰难了。"埃利亚斯用几句"我们会看着办的"，把她打发到了探员办公大厅。那里的所有人都在损耗指甲，猛敲着打字机。

他躲回书桌边消化，如巨蟒般慢慢消化。带着磁带般的记忆、警觉和不良居心，他被卖鸡女人留在办公室里的阴影和话语包围了起来。他几口下去就能把毛啄光，很简单，就像小麦颗粒，外壳给弄得干干净净，现在，他独自一人，把卖鸡女人走后仍在飞舞的鸡毛拼了起来，这样才能理解得更加全面。经验告诉他，调查就像在电影里一样，只有透过银幕，只有在所闻所见之后，反反复复、拼头接尾，才能看全、看透片子。

国家安全警备局
调查处

报告副本：CN-14-01 号车辆检查。

车型：轻型客车，福特陶努斯品牌，金属灰色。已正式注册登记；投保车辆损失险及人员责任险；底盘与发动机编号一致。

车主：路易斯·丹塔斯·卡斯特罗，前炮兵部队少校。

备注：该车辆被扣押并交由本局保管，因为与军事叛乱未遂的调查相关，前少校军官曾参与此次叛乱，该调查正在进行之中。

现在，埃利亚斯的双手就放在这份文件上面。他没再多看，不需要多看，里面向他充分展示的信息与卖鸡女人记忆中的内容完美地叠加，一切都联系了起来，就如同是在电影之中。他不久前才亲历了那部连载小说：看门女人和邻居们在罗马大道上的一栋楼里，张大嘴巴，吃惊地偷听着美娜说话。现在这个男人被记录在案了：车辆描述，包括里程数、配件等，毫无遗漏，一一细数。记录里甚至还提到了巴塞罗那阿里斯托宫酒店的贴纸，还有地毯下面发现的硬币、一支口红，手套箱内的一个迪奥牌化妆包，里面装了六颗阿诺夫拉避孕药和一片野猪指甲。检验报告的最后：国家安全警备总署的报告显示，没有血迹。

完美。可是，虽然没有血液，却有：精液。停顿。精液残留，又一次停顿。这里该轮到魔力指甲闪闪发光了。"前方座套、右前门（所以，是美娜坐的那边）以及手套箱把手和前面提到的化妆包上，检测到人类精液残留。"少校又一次失去了形体，只省下线索、痕迹。精液或是血液的痕迹，辱骂的风暴，战士的传奇。总是这样，永远就只会这样。即使他被发现时已经腐烂，被狗撕碎，也只不过是一丝痕迹、一份记忆。因为，埃利亚斯又想到，那不幸之人把自己的真实形象带上了死亡之船，留给这边活着的人一颗从眼眶里流出的愤怒的眼球，还有一团附着在头骨上模糊的肉和肌腱。他真实的面貌，现在只有圣佩德罗才能给予，即便如此，埃利亚斯也怀疑起不了多大作用，因为少校在敲开天堂之门的时候，已经千疮百孔，支离破碎。

是的，我们看到闪亮的指甲就在警方记录的正中。美娜也在里面，她在字里行间也留下了无法磨灭的印记，正如那些在罗马大道墙壁上入木三分的句子一样。"忏悔之夜她会怎么样？喝酒吗？"埃利亚斯问道，"像马戏团里的大天使那样，张嘴把点燃的烟圈吐向空中？""她身后有一个影子。一定有，一定是有另一个人。"卖鸡女人说。另一个人，第二个男人，一对让家族盾徽更加耀眼的犄角。但那另一个人是谁？某个知识分子？一个开保时捷"零级"方程式赛车、从一家酒吧喝到另一家酒吧的家伙？大学时代的某个旧爱？

那一天，已经挺晚了

刑警队长带着耶和华女士的报案记录回到了美娜的牢房。他必须和犯人谈一谈，用卑微、耐心的警察的一面来软化她，好攻破她的防线，揭晓故事不为人所知的部分，埃利亚斯私底下称这种故事为"赎罪之墙"（这源于他对圣经电影的狂热），但其实故事里全都是床笫与忏悔之事。他会边听边记录。最后，不得不用海绵把连篇脏话和其他人间惨剧挤干净，因为涉及如此私密的话题，交代时必须坦白，但书面上却不宜出现。现在看到的就是这样。

可美娜看了报案记录后，把它还回来时却说："是的，是真的。"

埃利亚斯警长说："这样的话，你算是承认了。"

她说："那上面写的东西吗？啊，那当然。"

刑警队长杵在门框那儿；犯人在牢房最里面，抱着双臂。

现在呢？现在，一切终于都变简单了。被告供认不讳，警察盖上钢印，利益受损的卖鸡女人在鸡窝边上歌唱，到法官的翅膀下面寻求庇护，让法官自己去承受吧。一切都简简单单，一切都有根有据。然而，按照埃利亚斯的意见，如果有从轻处罚情节的话，美娜可以提出来，她就应该提出来。

美娜耸耸肩说："从轻处罚的情节。"

她穿着的大毛衣像个袋子一样，一直垂到大腿上，让她看起来像是刚从乡间散步回来似的。"在乡间漫步。"埃利亚斯心想；可与此同时，他还闻到了一种罕有的香味，一种添加出来的东西，一种肌肤的回响。

美娜昂着头，非常直接地说："除非喜欢一个男人是从轻处罚的情节。或者是会从重处罚的情节吧。你可能有兴趣查清楚，自己决定吧。"

她脸上闪烁着某种光芒，看不见，却能感受得到，这是埃利亚斯不了解的。他忽略了一些东西，却不知道是什么。然后，这种香味，真的极为罕有，而且非常私密，恰如黑暗中的一道划痕、夜晚里发光的水晶。"这种香味，"埃利亚斯心想，"是她的痕迹，是她所属世界的痕迹。"

埃利亚斯警长说："从重或是从轻处罚，这都是你自己的事。"

美娜靠在墙上，一直抱着双臂。好像在问："那又怎样呢？"

她凝视着他，几乎是凝视着他把房东太太的报案记录按照原先的折痕叠好，用两个手指把边缘捏平，如档案管理员一般细致。他一边说："正如你所见，一切都简单明了，一切都有理有据。"一边用食指尖调整着眼镜——不过他是为了看清美娜，而不是那张纸。可她，正以那种百无聊赖的模样站在墙边，看着世界流逝，她不知道，但这让刑警队长想起了美国电影里某个叛逆的少女，等待着在码头当搬运工的情人。现在她没让他想起田野，现在的她是误入歧途之人，走在通往声名狼藉的海堤上，身上穿着那家伙的大毛衣，为的是不让他的气味溜走。"她就是这样的女人，还能更甚于此。"埃利亚斯这么认为。

埃利亚斯警长说："希望你别摊上个难对付的法官。说到底，这里所提到的也就只有物质损失而已。"

美娜不为所动。法官？对她来说全都一样。但埃利亚斯想让她明白，永远都不能相信法官。他了解所有这些人，尊敬的大法官们。他们脸上的胡子刮得干干净净，汗毛却会从耳朵里钻出来，每个毛孔流出来的都是坏水。所以他才会这么说，所以才会提醒她。尊敬的、为人不齿的法官们。落到他们手里的人有什么伤风败俗之事需要他们来裁定，他们便会变得疯狂。

"伤风败俗之事，"美娜险些没笑出来，"至于如此吗？"她说，"可我不介意告诉他们，那些伤风败俗之事。如果有必要的话，还可以写出来，能有什么害处？"

她就在埃利亚斯面前，在两道墙交汇而形成的角落里。"伤风败俗之事，就是墙壁上面那些愚蠢的话吗？"她问道。

她继续说着。既没抽烟也没想起来要抽。埃利亚斯发现，她是通过那些问题来讲述，在讲述那个令人绝望透顶的夜晚，1958 年的圣诞。"法官真有那么低级吗？一个女人承认和另一个男人上床会让他们如此害怕吗？另一方面，'情人'这个词会引起他们的不适，又是为什么呢？"

用提问的方式对着不特指的某人讲述，埃利亚斯从未见过此种方式的坦白。当她用跳跃的句子，仿佛是乐此不疲地一直往下讲、一直往下讲的时候，他尽可能地竖起耳朵、擦亮镜片（自己还一边填补着空缺的内容）。她即将抵达赎罪之墙，就差一丁点儿了。她已经向少校宣布过："昨天我和一个家伙上了床"，而且现在在那个牢房里也说了，虽然这是题外话，可她用的是同样的语调，听上去满不在乎。香味。香味时不时也会出现。埃利亚斯感觉到它贯穿整场叙述，有一种高傲的随性，高高地凌驾于警察和地牢的气味之上。

"蠢事一桩。"他听到她这么说。但这并非此时的一吐为快，而是酝酿已久，是她对丹塔斯·卡斯特罗说的，想借此打破坦白之后二人之间的沉默。当意识到一生中从未如此深爱过那个遭到背叛的男人，意识到能爱他到毁灭的地步时，"蠢事"是她能说出口的唯一的词。过了一会儿，丹塔斯问："我认识他吗？我能知道你是和谁吗？"

埃利亚斯整个人挂在大衣里面，站在门框正中，试图想象少校跟着他一起，平静地审问她：和谁，什么时候，在哪里，做过几次，怎么做的，用什么姿势。直到内心深处所有的坚决和自尊再也无法承受，她冲过去拥抱住他，泪流满面。"我做了什么？亲爱的，我做了什么？"

美娜说："我知道，人们热衷于后悔，我知道得很清楚。如果我决定把发生的一切都说出来，也许我应该多说点，为什么不呢？自然，没人会不做让自己后悔的事。然后，他们都会安静下来，那么，一个后悔的女人难道不会让他们重燃激情吗？从轻处罚的理由，甚至还不止。但这些话我永远都不会在法庭上说，你可以打消这个念头。"

"我可以吗？"她说"你可以打消这个念头"，在这场讲述的任意一点中，他都能成为被击中的目标，埃利亚斯已经不是第一次想象了。他，"老坟头"，立刻沉下了脸。他听到发狂似的抓住少校的美娜在说，"亲爱的，我做了什么，我做了什么"，却开始用另一种眼光来审视她。当心点，兄弟，要小心行事。清纯孔雀姑娘未能成功的冒险之旅，接下来他会按照这种思路去听。另一种眼光，不一样的镜片。他面前的她，在那里撕开表皮，露出里层，性感美人故作可怜，祈求宽恕。就是这样，我们谁都用不着装模作样。美人鱼的眼泪和被戴了绿帽子却善解人意的男人，世人都会犯错；我们都在这个层面。

但是先停一下，这部连载小说好像有了转折。听完刚才所述，根据他的理解，少校听了她和别人滚床单的秘密及美丽淫妇的忏悔以后，突然灵光乍现，他那善良牧羊人的大掌狠狠地挥到了离群绵羊的身上。啊，是猛虎。他如此激动、如此忘我地一巴掌下去，毫无戒备的她失去了重心，一头栽倒在地上。

"不要脸的臭婊子，"他最后来了一句，"和别的男人上床，还告诉我一切，看我是不是咽得下这口气。"

如果不是一字不差的话，也八九不离十了。婊子，脏货，少校肯定是这么说的。

"很显然，如果他没如此残忍地对待我，我就不会那样绝望。侮辱、殴打，其实，从那个小女人的报案记录里，就能推测得出。可对人们来说，令人震惊的是墙上乱七八糟的话，留在那里的是胡作非为的恐怖结果。其余的，我可管不着，只会让他们更加困惑。"

她总是说得很含糊，结果却带出再分明不过的真相，关键是要竖起耳朵，思路清楚。话里有话，就是她那副牌的花色。所以为了用词到位，把事实和情况进行适当的重组，埃利亚斯运用他所了解的丹塔斯·卡斯特罗的风格，再加上自己理解到的言外之意去分析，这就是生活经验。婊子，不要脸的臭婊子。就算不是一字不差，也是差不多可以这么说的。

因为无需神机妙算，就能知道墙壁上的呐喊正是从这些话中来的。当发现自己受尽羞辱，被孤零零地留在客厅时，是这些话让美娜头晕目眩，是这些话，不是别的；房间里，少校的情绪已经缓和下来，钻回床上的干草堆里去打磨头上的绿帽子，可那些话仍在美娜耳边轰轰作响，而墙壁、家具、物品，都在那里望着她血流不止。然后就是我们知道的了：美娜，攥着圆珠笔向墙壁冲去，心碎欲绝地在门上、玻璃上，在所有一切代表限制和障碍的东西上，在所有能被人看见、能被人读到的地方写下"我是个肮脏的臭婊子，肮脏的臭婊子，一个，我是一个……"，客厅、门厅、走道，最后，她趴在卫生间的台盆上，气喘吁吁，上气不接下气，上帝啊，她都成了什么样子。

"她是在镜子中寻找自己。"埃利亚斯性格中最苦涩的一面总结道。事实却并非如此。相反，美娜是想逃离自己。她失去了理智，在墙与墙之间跑来跑去，乱涂乱写一气，羞辱自己，当她抬起头，看到镜子里的人时，已经认不出来自己是谁了。她拒绝接受那张流血的脸，为了不可怜自己，她怒不可遏，开始用圆珠笔去遮掩。但玻璃却不配合，笔尖在光光的镜面上滑动，发出痛苦的吱吱声，如同磨牙一般。

美娜说："墙壁，问题就在于此，而不是其他东西。好几面被涂花的墙壁，我觉得还有一扇门，但不大确定。难道这就是法官，或者是其他什么人，要刨根问底的吗？"

埃利亚斯说："我不知道，我又不是法官。"

美娜说："至于房东太太，至于那个小女人，你看，也没办法了，她想怎样就怎样吧，我根本就不想知道。早晨刚下床，我就用尽一切办法想把那些乱七八糟的字擦干净，我甚至还光着身子，都没想过要穿上衣服，我想的是要摆脱那一切，只有天知道。我没能成功，不是吗？也没办法了，只能到法庭上才能清理干净，那个女人还想要怎么样？"

"连衣服都没穿"，这是她自己的话。她浑身赤裸着，就像刚离开少校的怀抱那样，无比绝望地洗着墙。而少校却在她身上把体力消耗殆尽，平静得不能再平静，沉沉睡去。当然，她没说到这一点，但无需明示，埃利亚斯就能从她这类人身上读出这种秘密。每个人都知道，嫉妒的风暴过后，床笫之间的风暴就会来临，小夫妻都是这样冰释前嫌的。就像埃利亚斯说的，我们需要的是信仰上帝，发挥男根的力量，其余的，顺其自然即可。

但美娜说完了，正望着他。她点起香烟，甩灭火柴，一直望着他。

"满意了吗？"她问。

埃利亚斯心想："狡猾的贱人。"他整了整围巾。接着，他说，"这次的报案很简单。财物损坏，不需要任何其他细节。"

美娜听他说，目光没有移开。贱人，狡猾的贱人。对埃利亚斯来说，那整个床上的故事以及讲述的方法都带着精心算计好的鄙夷，这显而易见。来自荡妇的鄙视，连那婊子养的香味都是这样，轻蔑，用婊子的作践行为来羞辱他人。所以她才会在警察面前如此不拘小节，一丝不挂。

埃利亚斯警长说："我再说一遍，报案的诉求只是因为财物损坏。你有罪还是无罪，这才是关键。你是不是没听明白？"

美娜说："太好了。既然这样，你就写我有罪，这样最后能更省事些。"

她用指尖捻弄起头发来："真烦人，而且我还来月经了。脏死了，你又不懂。"

黄色的高墙

"'老坟头'，律师今天的那番话，你绝对想不到是怎样的。在这种事情上，我跟别人一样，慢慢松掉手里的绳子，但会考虑到说话人的立场，切身为他考虑，如果我能这么表述的话。可是今天他孤注一掷了，是的。更重要的是：我确信那家伙由内而外都是跟少校唱反调的，对他的厌恶可不是闹着玩儿的。

"就是这样，该死的，又来一辆救护车。这才是一堆臭狗屎，五分钟不到就来了三辆救护车。照这样下去，我要么就换间办公室，要么就哪天出去鸣笛求救。但我刚刚要说的是，刚刚正要说的是，你可能不知道那家伙已经认识少校好多年了。律师和他是老相识了，建立了友谊，有共同的关系网。那家伙认为少校是受到我们称之为'毁灭性冲动'的情绪驱使，而正是毁灭性的冲动让他如此无所畏惧。"奥特罗督察说。

埃利亚斯说："我在下士读的一本小说中发现了一段话，说'他领导着一项注定失败的事业，却并不惧怕上帝投来的电闪雷鸣。'这让人有点困惑。一个下士，在一本小说的句子下面画线，还把那些话安到了另一个人的脑袋上面。"

"这种毁灭性的冲动或情结，"奥特罗督察继续说道，"表现为一种傲慢（律师称之为着魔），在全身心投入和最走投无路的残酷之间摇摆。基本上就是两个极端相互碰撞的故事，耳熟能详。这个男人应该认为自己是一个复仇天使，恐怖主义事件刚开始时被派往印度，他做的第一件事是把负责伙食的中士送进监狱，还惩罚了一个少尉。此举被称为从家庭内部发动战争，但他就是这么做了。不止如此，老坟头。还不止如此。除了担任复仇者之外，丹塔斯仿佛就是埃加斯·莫尼兹转世，我发誓，转世的埃加斯·莫尼兹，脖子上也套了根绞绳，一模一样。到了某一天，因为某个无关紧要的规定，他去向指挥官报到，并拼命要求他当场对自己进行惩罚。"

"历史上从来都不缺这样的葡萄牙人榜样，那边那个人也不允许我瞎说。"埃利亚斯说。

"那边？"奥特罗问道。接着，他立刻说："你和你那即兴发挥的疯病。"

他开始撸起自己的胡子，胡子两边像海象那样下垂，颜色橘红，和玉米须一样。他在椅子上舒展开身子，一副在空中做算术的神情：

"一个五十岁的家伙，'老坟头'，一个爱喝酒、喜欢找麻烦的家伙，此外还非常聪明、看上去人也不错的一个家伙，这样的一个家伙在自寻短见，而且知道自己是在自寻短见。"

"他让自己死在那女孩手里。"埃利亚斯说道，手里把玩着一块橡皮，商标是 101 大象牌。他是从督察办公桌上拿来的，大象牌，这是什么鬼牌子，大象和橡皮有什么关系，比如，巴西就只有和鳄鱼相关的。

督察说："你，也是一样，就只能看到少校在床单里干仗。不过，好吧，"他接着承认道，"是有这么一个女孩。"像美娜这样的年轻姑娘对任何一个男人来说都是一种证据。奥特罗在推理中总是紧抓着证据不放。首先，那身材可不是闹着玩的。"那可以让人大饱眼福，我们要能有那该多好，他们要能有那该多好。"如此惊人的美貌可不是每天都碰得到的。它要求的是优良血统、绿眼睛、黑头发，要命，上哪儿去找？只有在激烈的基因竞争获得成功以后的混血，才能达到那样的效果，才能生成那样的品种。"是优良血统，"奥特罗归纳道，"这正是我们葡萄牙女人所缺少的，她们都像驴子一样，腿短，还多疑。"

埃利亚斯说："至于我嘛，我做祷告时总会为她们祈祷的。"

奥特罗继续发表对葡萄牙女人的看法。他说："她们本身就是一道遏制纵欲的宗教赦令。"按照他的理论，一切都与饮食习惯及历史所赋予的障碍相关，并非偶然。与之相反的是，美娜却像一份充满诱惑的协约，只要看一眼就能明白。以他非常私人的直觉，美娜一定是那种挖得越深、就能抽出越多水的井，落入她爪中的男人该有多么不幸啊。这个画面会有些许牵强，水啊，井啊，诸如此类，但可以阐释得非常清楚。

"从逻辑上讲，"他接着说，"少校已经五十多岁了，见多识广，从逻辑上讲，他一定是和那个女孩有过一些不和谐。"埃利亚斯提到床第之战是有道理的，到那一点为止，大家都能达成共识。但不能认为他们争执的起因就是那方面不行，或者那方面不行可以用来解释一切。"那方面不行的话，要他承认也没什么难的，奥特罗；如果真是这样，就更好了，那他就死也不放手了，这点才是人们通常会弄错的地方。""那方面不行，"奥特罗怜悯地笑了，"那方面一开始就不行的拈花惹草是要出人命的。不行的男人会一蹶不振，我们全都经历过，谁没有呢，但女孩们却满怀母性情结和保护的本能，还有其他各种衍生的情感，永远都不肯放手。你会问，难道这是定律吗？事情就是这样发展的吗？"

埃利亚斯说："我可没问。"

奥特罗说："你没问，可我还是要说。如果那方面不行，'老坟头'，不是男性的尊严束缚着男人。在那方面不行的情况下，男人会因为在上开胃菜的时候就吃下了太多的绝望，以至于不去计较传统观念里男人应有的尊严。接下来怎么样都行，就这么说好了。如果怎么样都行——你有没有明白我的想法——那便是迈向'伟哥'的一大步，没有女人会愿意离开他。"

埃利亚斯把橡皮放回到桌面上："也就是说，根据督察您的理论，丹塔斯·卡斯特罗一开始是那方面不行的上尉，后来却变成了床上功夫一流的少校。"奥特罗："为什么不行呢？这可以让你看清那年轻女子遇到了多大的麻烦，别忘了还有精子报告，证明少校这个男人可以用五档不同的速度，勇闯禁行标志。""关于报告，那是国家安全警备局用来搅乱人心的低级手段。"埃利亚斯评论道。就在那一刻，外面传来一阵救护车的哭嚎，蓝灯闪烁。又过去一辆后，督察抗议说，"只有在这个国家，才会有人想到把警察局总部设在医院的区域内。"

接着，他又说："如果哪天有囚犯跳窗户从我们这儿逃走，我们要追的话都会一头撞在那些救护车上，就像我现在看到眼前的你这样真切。"

"在葡萄牙，交通就是为了制造混乱，小偷就是为了让人放松警惕。这话我是从一个绝对值得信赖的交警那里听来的。"埃利亚斯说。

"少了手臂的那个？"

"斗鸡眼那个，不过他肯定要变成色盲的。"

"啊，"这让奥特罗心里更不是滋味了，"啊，好吧。"他在椅子上把身体伸展得更长了。

这间办公室里总有哪里不对头，看上去一点儿都不像是刑警的办公室，埃利亚斯一边审视着屋子一边琢磨着。要么是因为里面布置得太空旷，要么是因为这两张单人皮革沙发过于高贵，让人怀疑它们是否好用，反正埃利亚斯就是觉得，有什么东西、有什么地方不对头。单人沙发和红胡子控制着整个空间，让人联想到风月场所的接待室，里面摆放了文件，还挂了萨拉查的肖像画，欲盖弥彰。而奥特罗本人，用做作的方式，慢条斯理地打开了香烟盒，仿佛是在打发时间，等待着某位丰乳肥臀、浑身喷满香水的女士走进门来说，"先生，抱歉来晚了"。

奥特罗一副无所事事的样子："如果，比方说，'老坟头'，我是说如果，比方说，就只当作是信息，没别的意思，我告诉你少校和国家安全警备局的人有关系呢？"

他往嘴里塞了一支烟，"现在他不会把烟点着，"刑警队长想，"烟会一直叼在嘴上，像提线木偶一样在他的胡子里跳上跳下，直至堂·塞巴斯蒂昂归来。"

奥特罗说："如果我告诉你，'老坟头'，律师去探望少校时，发现囚犯中混了一个'卡西米罗·蒙泰罗[1]'之辈，我不知道你是否听说过，这个卡西米罗是他在印度时就认识的老熟人吗？对不起，我只是在转述事实，律师是在政治审判中认识那个家伙的，毫不怀疑地说，他是国家安全警备局的打手。"

督察嘴里插着一根烟：宝丽来偏光眼镜让他看上去一副轻松随意、见多识广的样子——他至少是在塑造这种形象。这个故事里让他不解的是，卡西米罗到底是怎么混进去的，他是这么说的。这样一个惹人注目的大块头，看上去体型跟金刚一样的大猩猩，他是怎么混入囚犯堆里而不引起怀疑的。"我知道了，知道了。"埃利亚斯说。

1　卡西米罗·泰勒斯·蒙泰罗，后来成为杀害温贝托·德尔加多将军的凶手之一。

督察说："我怀疑，在这样的一次交易里，不管是什么，都不容易看清。"

"我指的是金刚。我看他在印度把恐怖分子的脚割下来，但也会把施特劳斯的华尔兹放进唱机里。"埃利亚斯说。

"是吗？"奥特罗停顿了一下，继续这个话题，"但少校的生活中还有另一个金刚。另一个金刚来自其他原始森林，这个迥然不同。莫桑比克，"为了一开始就把人物的出处定好位，他补充道，"莫桑比克，夜总会，走私集团，律师说洛伦索马尔克斯出租车有一半归他管。"一头夜行的狮子，鬃毛一直挂到牙齿上，心被汗毛蒙得死死的。"啊，"督察想起来，"他还是个种族主义者。可奇怪的是，他有种族歧视，却又已经和一个混血女人共同生活了好多年，对她绝对忠诚。很让人困惑，是不是？混血女人，混血子女，还能找到比这更糟糕的种族主义者吗？"

"不用多说了，接下来是少校带着那混血女人跑了，把孩子留给他，好在漂白剂里漂漂白。"埃利亚斯说。

奥特罗叼着烟，厌恶地说："你且把玩笑话打住，'老坟头'。这件事情跟哪个女人的裙子都没关系，现在是为了两个混血儿，有个家伙来找麻烦。正如律师所说，丹塔斯少校注意到班达拉的时候，班达拉的脸就已经出现在柜台后面，拿着把32毫米口径的枪，兴奋地扣着扳机指向他了。"

"是金刚。"

"是金刚，他叫班达拉。他紧贴着少校，用枪顶着额头正中，看上去一副百发百中的样子。可少校似乎没有意识到这一点。他没当回事，简单纯粹地没把他当回事。当然，他不会像德州列车厢里的牛仔那样行事；可他知道急中生智，这就是我们能得出的结论。所以，他镇定地坚持着，用两个手指从柜台上的花瓶里取出一朵花，插到了纽扣眼里。就是这么干净利落，我只不过是在转述律师的话。'老坟头'，那是入骨的冰冻三尺。他们两个，四目相对，手枪对着花，很漂亮，是不是？于是，他们僵持在那里，大家都说，少校挺起了胸，指着纽扣眼，用那种轻蔑的声音说：'朝这里打，你个该死的奴隶贩子。朝这里打。'这就是所谓的'借花逃生'，此举深深触动了班达拉，他放下了枪，没开枪。"

"我以为在丛林里的一切都是速战速决的。"

"速战速决个屁。事情还不止于此。"

督察终于点燃了香烟，狠狠地吸了一口，好细细享受其中的滋味。正如他所承诺的，还有更多的情节。

"事实上，"他说，"就在事情发生的同一天晚上，发现了一具尸体，死者是一个经常喝醉了酒在附近闲逛的流浪儿。光天化'月'下，一整匣子弹都打在了那个黑人的肚子上，一命呜呼，干净利落。是谁干的？"当然是班达拉，还会有谁。话说回来，法院在举证时也没遇到任何困难，就算是这样也没人提出质疑。班达拉杀掉那个本地人的时候应该也喝得酩酊大醉，这是奥特罗或其他任何人都会忍不住做出的假设。能让人理解的是，醉生梦死在甘蔗酒和其他唾手可及的酒精里的时候，一个被花儿感动的金刚会有扪心自问的倾向。可是，即便是这样可以减轻罪名的理由都不需要，什么轻判理由，什么酒醉失手，因为在审判当天，两名证人从西部内地赶来，作证说那个黑人一直都是偷鸡贼，对家禽痛下杀手。法官听进去多少就算多少，宣判的锤子一落，给班达拉判了好多年缓刑，送回了家。"明白了吗，老坟头？"

"如果这个伽马·伊·萨把其他知道的故事讲出来，班达拉可不是靠缓刑就能逃脱得掉了。"埃利亚斯说。

督察的嘴像鱼一样，开始喷出一股烟圈，一个个的小环，慢慢地垂直向上升去。"好吧，好吧，"他说，"但是伽马·伊·萨是要放出去的，必须动起来的人是你。"

"我？"埃利亚斯问道。

督察对此非常肯定。他吹出更多的烟圈："释放律师就必须让美娜的被捕公之于众。所以，'老坟头'，你得发力踩一下油门。"他边说边看着烟圈上升；埃利亚斯也盯着烟圈。"发力踩一下油门，在犯人被国家安全警备局带走以前，你得让她把死结解开。全都一动不动，看，这里面一点风也没有。我可以用手这样，烟都不会颤动一下。"

的确，白色的烟圈镇定地从督察的嘴里冒出来，看起来仿佛是圣人的光环，白云做成的小王冠，其中一个还停在萨拉查肖像的前面。埃利亚斯就只等着圣灵附体的鸽子从地毯里破土而出，直冲上那烟圈如繁星密布的天空，散落下一片片羽毛。

奥特罗噘起嘴巴，在两股烟之间说道："那小姑娘要速战速决掉，'老坟头'。这只有好处，你知道的。"

埃利亚斯知道：只有好处。司法警察局局长下令把她送到女子监狱，越快越好，国家安全警备局意在把她和所有的犯罪材料都弄过去。埃利亚斯知道，埃利亚斯知道。但他想到的不是国家安全警备局；只要还没抓到下士和工程师，他想到的（他听着又一辆救护车鸣鸣的警笛声）：黄色的、高高的围墙。不是医院的黄色围墙，而是用作监狱围栏的高墙，里面是正在改造的女人，做针线活的女人，改造中的女人，交换小纸条的女人。事情快要水落石出的时候，他们要把他的孔雀姑娘带走吗？

"那报案呢？那个报案到底进行到哪一步了？"奥特罗问道。

"没多少东西，醉酒闹事。墙上划痕太深，所以必须要重新涂上灰泥把它补平。"

"事实证明，这个女孩有当清洁女工的潜质。难道不是吗？她一丝不挂就迫不及待地要去洗阁楼，就像要擦写满脏话的墙壁那个时候一样。'老坟头'，你手里的可是一个色情清洁女工，此番特色还没人发现过。"

"噢，噢，别让我发笑，我还正在哀悼之中。"

"你那是在摆弄留声机呢，转着转着卡住了。你围着那小美人转了又转，永远都没有星期天可休息。"

埃利亚斯对着光，审视着大长指甲。黄色的高墙，全是女囚犯的院子；看守犯人的修女之一是女演员海尔加·林内，他在一本配有插图的小说中看到过她扮演玛丽安娜·阿尔科福拉多嬷嬷一角，就是写情书的那位。但这位只有远观才能看出相似之处。同样的优雅，是的，但这位嘴唇坚硬，眉毛浓密，好似一个樵夫，管理图书的嬷嬷，臭名昭著的图书管理员嬷嬷，据说，她喜欢两个人一起看书，边看边用手指教。是她，就是她。一个与书中描述相反的玛丽安娜嬷嬷，一个蹲在初来乍到的犯人身上的玛丽安娜，她给犯人涂抹上油膏，沿着大腿往上散播祈祷。如果美娜落入她的手中，便是她的饕餮美味。

督察继续在办公室里制造一个又一个难以形容的烟雾皇冠。

"又一辆救护车。"

第六章

　　那时应该是晚上十一点左右，大教堂的屋顶上那十一只布谷鸟一只接一只从大钟里弹出来的时候，埃利亚斯正坐在变色龙所在客厅的桌旁，向外可以看到特茹河的景色。

　　在那之前，他在柠檬树之星酒馆洒满月光的餐厅里吃了烤鲷鱼，从他坐的地方可以看到柜台和通往外面石子路的大门。在那个幻想破灭的时刻，埃利亚斯只有两个老妇人作陪，她们把餐巾围在脖子上，坐在角落里的一张桌边，假牙敲得如同响板，另外还有挂在木天花板上三只笼子里的金丝雀。餐边柜的顶部有一张巴塞洛斯公鸡的海报，那是葡萄牙形象的代表。

　　埃利亚斯的公文包里装了一些与丹塔斯·卡斯特罗一案有关的东西。吃完后，他倦意朦胧，一边思考流感的坏处，一边注视着鲷鱼骨架，那鱼骨完整地躺在盘子底部，好似博物馆的一块化石。他时不时会用两根手指去碰碰眼镜，垂下眼皮，打个盹，一分钟后醒来，再想想流感。大衣压在他身上（闻起来有衣橱和樟脑球的味道），让他觉得自己好像一只有着小小脑袋的甲鱼，从盔甲里探出头来。他记起美娜描述将军之夜的晚上。还有其他的夜晚，牢房里的香烟，韦雷达大屋里烟雾缭绕。他又打了一分钟的盹，当他睁开眼睛时，立刻又回到了离开美娜的地方。美娜双膝张开，腋下露出一簇毛发，好似黑色的火焰。美娜的嘴唇仿佛长在一副石膏面具上面，"我今天来月经了"，

婊子。那一刻，她似乎是把血从头到脚溅了他一身，故作高傲的
贱人。

每当有轨电车沿着石子路往上爬的时候，酒馆的餐厅都会颤抖，
睡在笼子秋千上的金丝雀也开始摇晃。但是它们不会醒来，甚至都没
从翅膀下面抬起小脑袋来。角落里的桌旁，老妇人们不停地上下敲着
假牙。埃利亚斯注意到她们从家里带来了一罐果酱，正偷偷地舔了一
勺又一勺。

"从道德上来说，我不欠道德什么，道德才亏欠我一切。"这是酒
馆老板在柜台边上和两位客人说的话。埃利亚斯远远地示意他把账单
拿来，然后大口大口地对着熟睡的小鸟喷水。当他垂下眼睑，角落里
的老太太们正拿着各自的哮喘喷雾器向他挥手，还抛来同道中人的微
笑。她们仿佛在说，"我们也有，我们也有"——但是，要命，她们
那是哮喘炸弹，巨大无比，好像20年代老爷车的喇叭。

"行板。"他说。就在柠檬树之星酒馆出口处和再往上走的主教堂
广场，他发现有军人在往墙上贴《一统葡萄牙》《葡萄牙在印度》的
海报，拿刷子蘸着铅皮桶里的胶水，匆匆弄上去。他们在无人出没的
夜晚行动起来，如同秘密的影子，也许是在为自己所做的滑稽行为感
到羞耻，埃利亚斯是这么设想的。

海报上的葡属印度、军队、葡萄牙，都让他想起放在公文包里
的一张传单，里面的说法正相反，打击高官、打击萨拉查、腐败和冒
险主义，诸如此类的东西。那些内容似乎就在埃利亚斯眼前，标题
是《军队中的腐败》，军队的荣誉和传统被靠私下交易致富的高级指
挥官员出卖。埃利亚斯肯定，传单上用的确实就是这些词和这些标点
符号。如果有必要的话，他都愿意把手放在火上来证明。于是，东一
句，西一句，他大步踏在街区的石子路上，从一家接一家的电视机声
音里穿过，靠记忆把那篇离经叛道的文章重新拼凑了起来。

直到回到家，把公文包里的东西倒在客厅的桌子上，那张纸才完完整整地跳出来，

《军队中的腐败》

上面是他一路上重拼的内容，连字体也包括在内。还有版面，还有格式。啊，记忆。

他还站着，就扫了一眼那张传单的开头；他几乎没怎么读，没有必要。记忆，是小小的记录。在脑海迷宫般的阁楼里，埃利亚斯自豪地收藏着最珍贵的文件夹，因为它们没有成文，而且无法传输。他活着的时候带着这份文件夹，他吐出最后一口气的时候，文件夹会随他一起删除。但在那一刻还没到来之前，"老坟头"就爱逐字逐句重温那些内容；在过往的暗室里，解读手势与表情，就是那样；边前进、边看、边描述，就像是在播放电影带那样，这样更好，还要好。记忆，是警察最好的一张王牌。创造记忆（他总是这么说）是一门艺术，难道不是吗？他是在打牌中学会这门艺术的。通过自己缺了什么牌、通过触感，从没法看到的纸牌背面猜测牌面；通过计算被吃掉的牌和花色；通过总结对家的习惯性动作（他认识一个玩家，输牌的关键时刻会散发出尿骚味），就是这样，是的，他学会了记忆，学会了做小记录。

"与此同时"，传单上这么对他说，这里值得用指甲在下面划一下，

"与此同时，一位匿名行动派最近从埃尔瓦斯堡越狱成功，他一直在招募平民与军人，期待发动冒险性质的武装政变。必须立刻举报此人。这人拿着政府官粮，却唆使大家参与政变，打着有组织的军人运动的擦边球，准备打造一场机会主义叛乱，以扼杀注定要来临的

对抗。"

从这几行字里，中规中矩的《城市早报》，编辑都隐藏在面具后面的《城市"草"报》，华丽丽地展开一个大标题：

反对派军人指控

"一伙被军队唾弃的叛徒冒险家！"

就这样，没有其他那些句子，剩下的都被删去，因为与国家的实情不相称，职责所在，报纸只能唯命是从。国家安全警备局送来附在传单里的剪报就是这样，案件审理中也会这样引用。已核实。

但埃利亚斯的指甲却指向了那份秘密宣言，而不是《城市"草"报》。指向那张在人们手中传来传去的小传单，就是指向它。手手相传的小传单具有严谨的形状和厚度，可以像毒液一样从市民的门缝里渗进去，在焦虑的情况下，能被立刻吞下，或在一根火柴棒的尖头上灰飞烟灭。葡萄牙艺术，这就是我们达到的境界。话就得这么说。

这份东西，埃利亚斯回忆起，是司法警察局长亲自拿到局里来的，据说第一份令人叹为观止的油印件，是一名幡然悔悟的排版师送到国家安全警备局的（见公章），送达的那一刻还热得烫手，还能闻到墨水的味道。据说是这样。这些东西从来都没被证实过，那是自然。也还是据说，国家安全警备局非常谨慎地读了一遍之后，就假装还有更多事请要做，注明入档日期，秘书处，1960 年 2 月 9 日，然后那份传单便被束之高阁，等待着好日子的来临。

可另一只手，另一名传递人，却把这张毒纸交给了声名显赫的大律师。什么时候？这正是刑警队长想调查清楚的。他知道，传单在大律师手上还没捂热，就被传给了美娜，美娜又把它转交给了丹塔斯·卡斯特罗。在这条幸福链的尽头，它最终落入了壁炉的火焰之中。其余的，没有多大的跌宕起伏。丹塔斯·卡斯特罗读了一遍，眼睛都没眨，就断定这不是共产党人的忌恨，就是国家安全警备局的挑衅。烧掉它。

可为什么这不是律师的一种手段呢？埃利亚斯来到变色龙跟前，从上边观察散落在沙子上的昆虫残骸。爬虫兄弟，爬虫兄弟，如果你能有律师一半足智多谋，早就变成鳄鱼了。

他又回想起国家安全警备局公章的日期。据他所知，三天之后，大律师才把他手中同样内容的小传单交给美娜，兄弟，这一点发人深思，能让任何一个警察的对讲机响个不停。难道是那个律师命人把小字报印出来，好把少校赶到国外去吗？"还不至于到这个地步吧。"他最后大声总结道。

[他给我的时候没做任何解释。我曾认真地想过是否应该转交给他（丹塔斯·卡斯特罗），不过我认为还是要给，最好还是给他。——美娜，笔录。]

还好，丹塔斯·卡斯特罗没有气急败坏，就那样，他把举报传单扔进了壁炉，事情就在两个情人之间用火解决了。说实话，美娜也没把跟律师谈话中最重要的部分告诉少校，不然，少校就会露出另一副面孔了。但是没有。她不只是隐瞒了逃亡到国外的提议，还多亏了建筑师那亲热过头的母亲，带着一捆钞票出现在他面前。因此，埃利亚斯进行了警察式的扪心自问：丹塔斯·卡斯特罗怎么会想象得出，律师神经紧绷，迫切希望看到他们所有人都离开，走得越远越好呢？升降式窗户里浓缩着的一个夜晚，一条谜一样的沉默变色龙，看着他提出了这个疑问。

他回到桌边。现在研究一下笔录和笔记，试图找出答案。12日，他读道。2月12日上午11时，美娜离开韦雷达大屋，出发去见律师。

上午十一点，十一只布谷鸟，此时，照在院子里的是太阳，而不是老教堂上空的月光。同样地，口供里还提到有鸟儿飞来飞去，因为雨已经停了（并不是细节能给口供带来很多好处，而是作为一年伊始的冬季已经结束），少校走到屋外，和女孩告别。房子和松林。两人沐浴在阳光之下，鸟儿低语；他们闻着松针和腐烂树叶的气味，几周后它们就会被警察翻得底朝天，被狗鼻子闻个遍（少校，丹塔斯少校，是在这里……）。美娜就这样上路了，铂金色假发闪耀着冒险的亮光，她从山谷爬到灌木丛那边，后来

［"……12日13时左右，犯罪嫌疑人来到了位于里斯本黄金大道68号伽马·伊·萨律师事务所。律师见到她时，立刻表示出惊讶与反感，于是声称正在与几个客户会谈。他还进一步提到，关于所谓的'未决事宜'（金钱与身份证明文件），他一件都无法办到，因为一个名叫德韦扎还是贝莱扎的商人被逮捕，此人也参加了运动，他的被捕极大地限制了同伴们之间的联系（原文如此）。犯罪嫌疑人充分感受到伽马·伊·萨律师当时的情绪极度紧张，因为他站着接待了她，而且显示出不耐烦的迹象。她提到和律师在一起的时间不超过十五或二十分钟，而且一直都在一个内部的单间里，看起来像是一间档案室或储藏室。此外，她还说，律师没有向她提过任何从北方或别处军营挪用武器装备的事情，她对此事完全不知情，现在也还是一样。她没有带任何书信。在见面过程中，伽马·伊·萨律师离开过两次，前面提到的《军队中的腐败》的传单是他第二次回来时拿给她的。"笔录。］

大律师喘着粗气，唠叨着"情况复杂，情况复杂，少校得自己去

想，少校得自己决定"，美娜被推到了门口，却还想再进去；而他说："出国吧，出国吧，我们可以提供方便，让你们逃出国。你跟他解释一下，去吧。我们在国外有朋友，可以跟他们一起继续斗争。"

埃利亚斯一边往下读，一边组织着看到的资料。将军之夜即将到来，律师就是在那一晚被少校列入了死亡名单。但我们马上会讲到这个，我们马上就会讲到这个，此刻刑警队长还沉浸在往事之中。

［"当被问及是如何向建筑师丰特诺瓦叙述事件经过的，她做了如下声明：出于缓解紧张气氛的正常考虑，她对建筑师隐瞒了和律师的部分谈话内容，出于同样原因，她对少校也是这么做的；因此，她没有提到逃亡国外的建议，在她看来，这会让大家人心惶惶，同样，依照丹塔斯少校的决定，她对下士和建筑师也完全隐瞒了上述宣言传单的内容。然而，在对少校的叙述过程中，她曾试图委婉地让他知道律师兴致索然，接着才告知他那个叫德韦扎还是贝莱扎的人已经被捕。"笔录。］

埃利亚斯要去厨房热一点儿牛奶。在走廊里就能听到冰箱很响的嗡嗡声，这让他想到，这么大的声音在客厅里怎么会没注意到。他打开灯，整个冰箱剧烈地摇晃起来，好像是受了长期酒精中毒引起的震颤性谵妄的侵袭或被闪电击中，埃利亚斯看都没看一眼，径直去打开了煤气炉。

在等待牛奶煮开的时候，他拿起一张纸条，是清洁女工留在厨房桌子的秤盘上的，上面还有一张五十埃斯库多的纸币和一把钥匙："桑塔纳先生，我星期一不方便来，因为得去医院，以后再跟你解释，露辛达。"

他在烟囱口的一张长凳下发现了一个松掉的捕鼠器，可他甚至都没靠近，为什么呢？因为已经知道它是空的了。他还看到炉子底部的瓷砖花纹上停着一只绿头苍蝇，是苍蝇吗？看上去好像一块厚烟灰。他用指甲碰了一下，苍蝇就沿着墙壁垂直地掉了下去。

当晚由埃利亚斯·桑塔纳保管的文件：
- 一张题为《军队中的挑衅》的油印传单。
- 福特陶努斯品牌 CN-14-01 号车辆检查报告，车主为丹塔斯·卡斯特罗少校，副本。
- 伽马·伊·萨律师证词记录，5 页。
- 与菲洛美娜·若安娜·瓦尼洛·阿泰德相关的卷宗。

老鼠

大教堂顶层的老鼠们在被白布罩住的家具中间穿梭。在一个明亮的房间里，有一本打开的书从床单里露了出来。

"这些年来，我一直在流浪，在一个全是女人的世界里找寻着你……"

在《海狼》第 183 页的这几行字里，埃利亚斯感觉到了韦雷达大屋的回声，让他最为困惑的是，知道如何解读作者信息的人是巴罗卡下士那个粗人。下士，文化程度不过略胜于文盲的他，听觉却敏锐得很，出人意料地在书中画出了那些像是针对少校的警告。"这些年来，我一直都在流浪……"没错。少校完全可以写下那样一句话，并加上一个词：死亡，"这些年来，我一直都在流浪，在一个全是女人的世界里找寻着你，死亡。"这可以成为他最后的告白，不出现在口供档案中，却早已被下士用线画出。

埃利亚斯的手一直放在床单的褶皱里，他想起了被酸烧成灰的一个头骨，灰色的假发迎风飘扬。他还想到：一个孩子。去他的自由，我厌倦了自由（美娜）。

然后，他看到有人双膝张开，像两个船头一样朝上指向空中。房间漫延开来（只有墙壁），融在水泥粗糙表面里的是她那张脸。她的脸，谁的？美娜的？仿佛是，可是他没有时间看得真切，因为她把穿着的睡袍解开，赫然露出一具丰腴的酮体，华丽耀眼，黑色的私处，铂金色的头发。迷迷糊糊之中（或者不是？），他感觉到皮肤上有几个手指在呼唤他。一股气息从他整个身体里穿过，缓慢却执着地穿过，在腹股沟周围扩散、游荡；他知道，有一张女子的脸靠在一根专注孤独的阴茎上。然后便任由其上升、下沉、再上升，眼神坚毅，再下沉，如此坚毅的眼神，凝视着虚空，都快瞎了。就像小时候，盯着圣心修女图片上那四个点一样。埃利亚斯在自慰。他的眼神总是纹丝不动，望向内心，目光无法聚焦（那是任由自己信步漫游的人的眼神），与此同时，她的手、脸和嘴巴在他的下面动着，一切都集中到一起，埃利亚斯进入了一个封闭的空间，一个装满镜子的盒子里，脑袋放空，与他本人断了联系。他的身体紧绷着，整个人呈弓形。一连串美妙持续的节奏不停地抚遍弯曲的阴茎，他目光停滞，在一块玻璃前面（不再是镜子，而是透明的玻璃），一块挡风玻璃前，一张汽车贴纸、一面后视镜，上上下下，他双手放在方向盘上，往下再往上，座椅弹簧在不变的机械运动中发出吱吱的声响。永不停歇。

巴塞罗那阿里斯顿酒店：最终在床单上休憩许久之后，是这行字幕在他的上空徘徊。一张汽车贴纸或菜单封面上的金色字母。阿里斯顿宫。美娜，梅兰妮。"这是一个下作的故事，如果我能如此表述的话。"但这却已经变成了奥特罗的声音，埃利亚斯回忆着，后来便丢盔弃甲，坠入了梦乡。

到了老鼠在家具被布蒙上的房间里活动的时候了，它们都直起身子，嗅着黑暗与沉默，找寻最微小的震颤，鼻子定位方向，精准异常。最后的决定是，这个夜晚属于它们。于是大家一下子都闯入走道，攀爬到墙壁上（攀爬的方式和高度都让人惊叹，仿佛有生命的影子），沿着踢脚线滑行，攻入了变色龙利利德在玻璃沙漠中保持着神秘的客厅。特茹河上空如气球般的圆月将可疑的光芒撒落到窗框上，桌子和橱柜扭曲的轮廓越拉越长，与一排草编椅和脚凳混合在一起；石膏雕花装饰的天花板已经变成了亮白色，如月色般皎洁，正中央挂着一盏大吊灯，如同一个上绞刑的犯人。在隔壁的房间里，有人沉沉睡去，呼吸的波浪翻滚：那是埃利亚斯。

次日清晨，当在逝去的姐姐和逝去的父母遗像前醒来时，当检查如岗哨般遍布整个家中的老鼠夹、看到它们毫无用处、颜面尽失时，当发现祖传的家具上散布着侮辱性的粪便颗粒时，当最后他走近蜥蜴的小小领地、特茹河迎面而来向他问候时，埃利亚斯那晚留下的唯有睡衣上手淫过后的污渍，一滴收干了的泪水，他要在水龙头下洗去。

将军之夜

美娜描述了将军之夜。烟雾缭绕。

至于笔录，她确认了先前所说的证词，并补充说，虽已无法确定具体日期，但肯定是去年三月第二或第三周的周六，同伴（更正：少校），少校说，要离开韦雷达大屋去参加一场政治会面，入夜之前回来。他是那么静悄悄地走进屋子，出现在客厅里，这种方式都让她感到惊讶了，当时她正在厅里一边听收音机，一边和建筑师交谈。

"你们继续说，我也想和你们一起聊聊。"这是他对他们说的话。

那是少校第三次或是第四次与人秘密会面，美娜无法确定具体日期，不用白费力气，她已经想了好几天了，仍旧想不起来，但她知道是一个周六，仅此而已；那个周六，那个晚上，他进了房子，说了那句话，然后开始用一种奇怪的方式环顾四周。接着，自然是去了电话旁边存放白兰地的柜子。

他走到柜子边，边喝边问起下士："那个家伙呢？"

用的就是这样的字眼，"那个家伙"。

他们回答说在房间里。"很好，"他点了点头，"很好。"接着，他又开始环顾四周，发现美娜的化妆包放在单人沙发旁的地板上，便发表了以下评论：

"啊，好吧，看来，今晚会有派对。"

他开始逐一检查化妆包里的用品，基本上就是那些放在牢房洗脸盆上方、和埃利亚斯看到的同样的东西。所以说，没什么特别的。但是少校却很起劲，他对一管斯坎代尔牌的美容面膜特别感兴趣，是斯汤代尔牌吧，要么是斯腾代尔牌，他小心地打开盖子，然后继续查看，似乎想通过气味和手感来识别里面是什么东西。接着，他又读起包装上的说明，用某种带讽刺的口气把"面膜"这个词念了好几遍。读完后，他边把面膜的盖子盖好，边说："如果用硫酸，效果会更好。"

"如果哪天有人给你做一张真正的面膜，那人就是我，"说这句的时候，他开始在客厅里打转，"面膜就是面具，会永远贴在你脸上，这一点你可以确定。"

他一旦开始陷入那种状态，就只能随他去，美娜让大家都得知道这一点。他走啊，走啊，没有任何力量能让他停下脚步。等他想起来什么的时候，他会把一口烟吹到天花板上（他针对的是下士），并用脑袋做出威胁的动作。他有一次甚至还说："盘算得不错啊，先生。把他绑在书上，比让他在这下边更舒服。"但是，她和建筑师都没有回应他。

丹塔斯·卡斯特罗内心的烦躁在膨胀，无法抑制，他忽左忽右，迈着困兽的脚步，忽左忽右。美娜还试图以准备热水袋为借口离开客厅，因为她感到不舒服，是真的，她确实觉得不舒服，可少校不让她走；他认为她没什么，马上就会好的，只是因为他回来得太早，她才会感到不舒服。

"你太不公平了。"这时，建筑师提醒道。对此，丹塔斯·卡斯特罗回答说，他、丰特诺瓦，才是不公平的，他已经欺骗了下士很长一段时间，隐瞒了他命中注定的结局，就是不能离开这个小组（"当逃兵"），除非是被埋进墓地。但下士根本不值得关注。下士不会让他担心。"此刻，让我担心的是面具。"他说。

建筑师很惊讶："面具？"

丹塔斯·卡斯特罗说："面具，面具，这房子里所有的人都在准备着面具，难道真的没人看见吗？那个人（他指的是美娜）什么其他的都不去想，只知道面膜和骗人的把戏，我心里明明白白，而我，有一天也要给自己准备一个面具，有什么问题吗？"

他边走边喷着烟："我会准备好的，是的。而且，只要她惹我不高兴，兴许也给她弄一个。"

那一瓶白兰地下肚后，他把瓶子扔进壁炉的火焰中，立刻又打开了第二瓶，急匆匆的样子让旁观者侧目，同时又畏惧于他粗暴的动作以及发表的高见，犯罪嫌疑人无法理解他说的是什么意思。"谁见到他都会说他不知道自己在干嘛。"她这样声明道。所有的动作和同时说的话都是机械性的；"面具，"她说，"少校咬牙切齿地说到面具和变脸，让人不明就里。"他靠近她，凑到她脸上说："别的面孔，别的面孔，我也需要这个，不是么？"到这个时候，美娜才明白他是在说自己的脸，而且已考虑再三，绝非一时兴起的威胁。

［律师伽马·伊·萨在法庭上："他确实向我提出了做整形手术的可能。我觉得他只是想测试一下我的反应。" 1960 年 11 月 9 日庭审记录。］

"换一副面孔。"少校一边嘘气，一边捏扯着自己的五官说。他的脸压在美娜头上，时不时喷出一股带着金属味的口气，让她眩晕发热。可紧接着，他又把她推到单人沙发里，跟靠过来时同样粗暴。"然后，他又开始了来来回回的踱步。"美娜说。犹如地狱一般，那种有节奏的踩踏声落在地板上，在屋子里敲出一片听得到的寂静，能从她和建筑师的脸上看得到。他走过来，走过去，出客厅，进客厅。突然，他停了下来："该死，丰特诺瓦。你为什么不把所有的事情都跟下士说个一清二楚？为什么？丰特诺瓦？真有这么难吗？"

停顿。不管困难与否，建筑师都有他的理由。"现在我可以说一下吗，丹塔斯？"接着，他说了理由。而且他还提醒说，不是他丰特诺瓦把下士招来并承诺把他送到国外的，在他看来，这是对那个男孩的愚弄，不管是出于有意还是无意。一直到那一天，什么行动也没有，所以那也不是说服他参加革命斗争的最佳时机。相反，丰特诺瓦害怕下士会感到被人出卖，然后，是的，会消失不见或鲁莽行事。

美娜把"出卖"一词改回了丰特诺瓦用的"强迫"，他在跟少校对话时特别注意某些词的用法，尤其是在那天晚上。

丹塔斯·卡斯特罗一边迈着大步，一边听着。没人能说服他，这不是建筑师再一次保护巴罗卡，这不是建筑师再一次展现少校称之为垃圾道德主义的东西，大户人家的垃圾道德主义，就是这个，让他难受，让他作呕；他，作为军事长官和此次行动的负责人，无福咀嚼消化这些垃圾，"都是放屁"，这是他自己的说法。接着，他说得就更加明确了：

"这是另一回事，丰特诺瓦。内心深处你觉得有希望，内心至深处你仍然相信那家伙能够逃脱。不是吗？你觉得我有那么傻吗？不然你为什么还要继续帮他学习狗屁法语呢？你觉得有意义吗？我就问你，这是否有意义，丰特诺瓦？"

建筑师一言不发地拿起香烟和正在阅读的书本准备离开时，少校用清晰响亮的声音宣布：

"我得告诉你，今天下午我去见'准将'了。"

完了。美娜感到天崩地裂，被抓了个正着，这就是她的感受。哦，是的，被彻底揭穿了。在见过那个畜生以后，丹塔斯·卡斯特罗什么都知道了，不可能不知道。关于钱的谎言，被她隐瞒的口讯，逃亡出国的建议，所有一切，太惨了，所有的一切。

事情说到了这个份上，美娜想要回忆却做不到，她就听少校在说，头晕目眩。"准将"，他知道了"准将"会暂时和他们保持距离。暂时？这听上去仿佛相隔遥远，她一直都担心看到斥责的手指落在自己身上：你。现在轮到你了。

可这并没有发生，原因也可以理解，她解释道。丹塔斯·卡斯特罗做梦都不会想到建筑师也参与了策划，因此不会在他面前把事情提出来。绝对不能让战友没面子，这是不变的真理。上帝啊，一连串的事情一桩接着一桩，永无休止。

而少校在谈政治，更多的政治。他谈到了联系被中断，运动领导决定雪藏（似乎用的是这个术语）一些人。出于安全原因，他不得不接受。被雪藏的人中有"准将"，也就是律师，他是亲自来传达这个决定的。还有一个将军之流的，美娜记不起名字，可不管是谁，他就是坑害大家的人，因为拒绝给其他军官开绿灯。

那个将军之流的所作所为也不算出人意料，丹塔斯·卡斯特罗憎恨将军，他们全都是一丘之貉，众所周知。但"准将"谈话的方式，以及那些用来给他置身事外做借口的高度机密并没有太大的说服力。

于是少校便逼迫他，让他看清楚，让他害怕。来回数次，以至于乌龟律师答应会重新考虑。

"我很怀疑。"建筑师说。

"我也是，"丹塔斯·卡斯特罗说，"但那家伙必须讲清楚，要么好，要么不好。要么跟我们一起，要么就消失。"

建筑师说："好吧。现在我们是任何外部联系都没有了。"

至于"消失"一词，当被问及少校提到律师时是否真的用了这个词，美娜几乎能保证是真的。不是当时，就是当天晚上晚些时候用的。他紧咬着伽马·伊·萨那个魔鬼不放，用所有能想到的词把他骂了个狗血喷头，太监、卖国贼、见钱眼开的小人，骂个不停。"而我却还一直在往那个绿头乌龟的事务所跑"，每迈出一步他都后悔不迭。

[律师伽马·伊·萨给出的证词："这是假的。他断然声称，丹塔斯·卡斯特罗少校提到的碰面只有一次，而且完全是由那位先生主动提出的，那位先生自说自话，在未事先告知或约定的情况下，出现在他办公室，并自称是从非洲回来的传教士，要告诉他一个他们都认识的朋友的情况。他还进一步声明，该次见面自然是简短且不愉快的，并导致两人的关系决裂，此事发生在三月中旬（见 X 页），但根本不可能是星期六，因为他通常会在拉马尔杜里巴特茹自家的庄园里过周末，他的妻子病得极重，在那里休养。这和其他所有事情一样，都是公开的，而他、声明人，可以做出证明。"]

"那我们呢？"

"我们，丰特诺瓦？"少校咬牙切齿，脸上的肌肉都鼓了起来，"我们活着，他将受到应有的惩罚。那种惩罚，你明白我的意思吧？"

这里，是的，美娜能肯定，"那种惩罚"，她听到过不止一次，特别是那晚结束前他讲到将军的片段时。"将军，或者准将，都是从同一个猪圈里出来的"，这是丹塔斯·卡斯特罗过去常说的；或是"将军的星徽只能用来帮瞎子照明"，那次他也是这么说的。

就这样，房间里烟雾缭绕，她感到自己被困在一群惊慌失措的将军、一帮性情暴躁的司令、指挥家禽的元帅和罹患风湿病的要人之中，他们是被丹塔斯·卡斯特罗唾弃的小矮人。有时，在混乱中能听到一两声大笑，但美娜立刻发现不是，最终，那是种类似呕吐的声音，是少校嘲讽的嚎叫，和什么都像，就是不像笑声。

（将军们的背信弃义：

a）胆怯：共和国总统卡莫纳元帅下令发动政变，罢免独裁者萨拉查，但第二天却否认了此举。

胆怯：在战争行动中，指挥官阿布朗特斯·席尔瓦下令停止行军，把众人召集到身边，强迫他们跪下并下令祈祷："祈祷吧，我的孩子们！"

b）腐败：佩雷拉·洛伦索将军与其担任国家安全警备局局长的兄弟，买下了里斯本的费尔南德斯文具店，并将其变为警察和国家机构的大供应商。

腐败："只有给我一千五百康托，我才会答应干革命。"拉米雷斯将军对费尔南多·奎罗加上尉说道（1945 年）。

c）举报：费尔南多·德·奥利维拉将军，除了军队津贴和国家肥皂公司经理的工资外，他还以政治警察（国家安全警备局）线人的身份每月收入五千埃斯库多。

举报：空军上将阿尔弗雷多·辛特拉，希特勒外交部线人。

举报：加尔旺奥·德梅洛将军，萨拉查认可的阴谋家。

"葡萄牙将军们贪图安逸，这让他们成为大家嘲笑和侮辱的对象。"温贝托·德尔加多将军,《致将军书》。

"将军,或者准将,都是从同一个猪圈里出来的。"

"将军的星徽只能用来帮瞎子照明。"丹塔斯·卡斯特罗,笔记本。)

当美娜终于上楼回到自己的房间时,仿佛是把两个男人留在了身后的失眠战线上,面对一群将军而挣扎。她钻到床上,可仍能听见少校在远处咒骂,声音越来越远,因为她自己也在噩梦与夜色之间越陷越深。她躺在黑暗中,眼睛睁得大大的,就这么躺着不动。

突然,丹塔斯·卡斯特罗的脸出现在她的正上方,她感到有一只爪子箍住了她的脖子:"钱是从哪里来的,贱人?"

此刻,就是此刻。他把床头灯对准她的眼睛,咬牙切齿地低声说:"快说,你是去哪儿弄来的钱,一共多少钱?你自己藏了多少?钱在哪里?我要知道一切。快说,不然我就把你弄瞎。"

褪色的镜片后面,埃利亚斯追随着这一幕的上演,但他那双警察的耳朵把这一场景永久记录了下来:*因为无法挣脱,犯人就在那里把事情的原委一五一十地供了出来。*

她确实供认了,现在也是一样。她供认不讳,这便是记忆应该起到的作用。关于建筑师,她当时和现在都提到,他去问母亲要钱的意图不为其他,只是为了维持租房和生活的开支,缓解大家当时的紧张情绪;她没有为了自己而保留、私藏或花费这笔钱里的一分一毫;建筑师可以证明一切。天知道,事情变得更糟了。"证明?"他对她咆哮道,"你们全都完了,你以为我不知道吗?"他把灯贴到她的皮肤上,怒气冲天,面目狰狞,那样子简直无法用语言来形容。

然而,有那么一刻,少校怀疑自己听到了什么动静,飞奔到卧室门口,以为会抓住正在偷听的下士或建筑师。这样,便有了逃脱的机会。美娜猛地跳起来，跑过他身边，冲进了卫生间。她说当时没穿衣服，关在里面大概有半个小时，因为觉得自己就快要晕倒过去，所以一直坐在马桶上。她的两颊发热、肿胀。

就在那个时候，枪响了。真真切切。枪声。一闻枪响，她就在冲动之下跑到了过道，以为是少校自杀，或者是他去找建筑师算账。她承认，没有想过少校杀下士的可能性，只想到了建筑师。可当她打开卧室门时，便感觉上当了：一团烟雾之中，丹塔斯·卡斯特罗躺在床上，手枪仍指着五斗橱上的假发套。子弹擦着陶制猫飞过，穿透了墙壁。

"我不会杀你的，放心吧，"他冷笑着说，"你么，倒一瓶硫酸在这张小脸蛋上就有你好看的了。"

此时，下士和建筑师刚到卧室门口，但他们一言不发地退回去了。

"这就是事实经过。"美娜最后说道。她纠正了"斯坎代尔牌""斯汤代尔牌"和"同伴"三个词，接着没做其他补充，把香烟捻碎在小金属盆上，说自己已经准备好在笔录上签字了。

埃利亚斯用手挥开积聚在自己周围的烟雾。

母亲们也到妓院去

埃利亚斯·桑塔纳回家时，司法警察局大楼上空已经明月高悬。戈梅斯弗雷尔街上已经看不见电车，只有穿着防护衣的工人手持自动手枪钻，把轨道打得火星四溅；他们的周围，一片寂静。在这夜阑更深的时刻，街区也变了模样，没有妓女出来，警察更少。

正是在此番夜幕的笼罩下，他走在每天的必经之路上。司法警察局、马尔丁莫尼兹、疯狂的骨科医疗用品遍布的玛达雷纳街。路的尽头是大教堂。蜥蜴所住的客厅。面向特茹河的风景，还有已逝的父母和已故的姐姐，埃利亚斯，我们到了。

可最近，他的路程起了变化。最近，快到索科罗区的时候，刑警队长都会去博列罗酒吧坐坐，入口处歪歪斜斜，门卫一脸凶相。那地方的门一打开，迎面扑来的一阵啤酒雾气会让人视线跳动，唯一能看见的就是一排六角手风琴上下起伏，还有上面亮银色的"和谐"商标。

督察说："博列罗酒吧？我从没听说过。"

埃利亚斯说："我也是碰巧经过。那可是个能让人满足欲望的地方，花柳病不可避免。"

今天，人们知道，在丹塔斯·卡斯特罗一案的调查过程中，刑警队长所到之处远比记录在案的要多，很多去过的地方从未出现在正式文件上，其中就有博列罗酒吧。按照他与督察谈起诺拉时的说法，是碰巧走了进去，诺拉是美娜的朋友和同学。为什么是碰巧呢？

庭审第一天，诺拉·德·阿尔梅达便把他指给辩护律师看："那边的人，就是博列罗酒吧里的间谍。"她认识埃利亚斯，是因为他在司法警察局给她录了证言，根本没有想到会再次见到他。只不过那个男人开始出现在她晚上和一帮朋友出没的酒吧里，就这样，真要命，诺拉没觉得这样很好玩。很明显，他跟踪她，但还不知道是出于什么目的。那个白痴以为美娜会那么天真，躲在博列罗酒吧里（诺拉不知道美娜已经被捕），还是纯粹来找麻烦，就因为她是美娜的朋友？

按照酒吧桌子之间传来传去的版本，刑警队长应该是带着近视眼那种迷迷糊糊的神情进去的，他跌跌撞撞地到了吧台边，先找了个被淹没在超级博克啤酒泡沫里的风尘女子。该名女子曾因不记得何年何月的一场持刀斗殴与司法警察局有过不快，一直无法释怀，怀恨在心，于是便通知了其他的卖笑女子和相关人员。埃利亚斯明白，却佯装不知。他耷拉着眼皮，继续从远处用暗淡无光的瞳孔打量着诺拉和她那桌花天酒地之人，尽是些被逐出家门的不肖子孙和衣着随意的女孩。按照惯例，他们会邀请一个大胆的妓女作为特邀嘉宾，还有那两个卡拉马佐夫兄弟，都不知道哪个更坏。磕了药的管弦乐队，挂着严肃的泪滴演奏着《Only You》，六角手风琴用闪闪发光的字体叫嚣着"和谐"这个词。

奥特罗督察说："这些作死的女孩之所以觉得妓女如此有趣，是因为要报复家里亲爱的妈妈们。"

在威士忌闪烁的光芒中，诺拉很快就在这误入歧途者肮脏的聚集地里发现了刑警队长。她看见他出现了一个晚上，看见他出现了两个晚上，到第三个晚上，她朝他丢去了轻蔑的目光。"可怕。"她的眼睛如此说道。

埃利亚斯从吧台上滑下来，面色如土，昏昏欲睡，好似一只垂下翅膀的蚊子。他的身边，两个风尘女子正在相互爱抚（是为了挑逗他？），一个怀了孕，另一个摸着她的肚子："会是一个女孩，她会长得像我，亲爱的。"孕妇低着头，非常严肃地说："我知道，亲爱的，我知道。""哦，该死的生活。"埃利亚斯心想。

从诺拉桌上射过来的蔑视眼光真是高高在上。对于那帮人来说，他不过是个臭警察、傻瓜、对美娜紧追不放又前来窥视的告密者。他们想用恼怒的神情把他赶走，就好像他是个臭气熏天的家伙，尽管他离得远远的，还一副人畜无害的样子。诺拉和其他年轻女孩的巴尔曼以及迪奥旷野香水（说到底，是美娜的气味）和妓女们的止汗露友好共处，愉快地跟醉汉的体味交织在一起，妓女和醉汉，是的，至少他们算人，还有点意思，至于埃利亚斯，只不过是个按部就班、受道德约束的仆人。兄弟，这就是训诫，这就是叛逆青年的目光传递给普通办案警察的信息。磕了药的乐手们仍然继续拉着六角手风琴，"和谐"

的祝福随着手风琴上下起伏，那已不再是乐器的牌子，而是一种呼喊。是门徒们聚集在高台上的呼喊，他们死气沉沉的眼睛望向永恒。

埃利亚斯对奥特罗督察说："诺拉·德·阿尔梅达，这个愚蠢的姐妹，白天为人师表，晚上醉生梦死。这就是所谓的一场接一场的文化。"

"那是在清洗，'老坟头'，哪来的文化。这些傻妞是在用放荡的生活来洗净慈父慈母不知羞耻的行为。"奥特罗说。

督察从未去过博列罗酒吧，但他知道德州酒吧和格莱高酒吧，情况都差不多。同一伙电影俱乐部的成员，同一帮小娼妇开了计价器来讲故事，甚至还可能是同样的故事，你还大惊小怪。"重要的是，要妓女干什么都行，"他说，"那个抹大拉不就是死后成了圣女么？"

埃利亚斯若有所思："我也这么认为，问题是怎么清洗。用污秽肮脏的方法来清洗，你看那个诺拉说的，'这个国家需要的是从头到尾用屎来杀一遍菌'，这是她做证的时候说的。用屎。别以为她会被噎到，或是找人来代办。"

督察大笑着最后说了一句："母亲们也到妓院去，因为女儿们已经在那里了。这是不是大实话，'老坟头'？"

5月2日11时30分，雷纳托·曼努埃尔·丰特诺瓦·萨尔门托，民兵中卫，25岁，单身，建筑师，被关入了里斯本劳改所，同时被关押的还有贝纳迪诺·巴罗卡，3976/57号，一等下士，22岁，单身，二人均为葡萄牙军队逃兵。陪同他们前往监狱的有司法刑警大队副队长西尔维诺·萨拉易瓦·罗克和该大队的两名探员，他们出示了犯人的逮捕令。按照规定，犯人上交所有衣物和财产，在剃了头发和分到监狱服后，进入安全室单独禁闭。

逮捕行动发生在当天黎明阿尔加维省蓝沙滩的船坞汽车旅馆内，

洛马中尉指挥一支国家警备队包围旅馆并切断了所有的进出通道。罗克和他的两个手下坐在一辆面包车里目睹了整个经过,当时天色渐亮,一切仿佛发生在以南方大海为场景的电影里,灰蒙蒙的天空中有一颗苍白的小星星,沙子泛着蜂蜜的金黄色,水面上没有一丝褶皱;能听见田野里的公鸡正在打鸣。

汽车旅馆绵白色的石灰墙开始显现,接着便马上能看到上了清漆的木制百叶窗,全都放了下来。(空的)游泳池铺着瓷砖的底部闪烁着蓝宝石般的璀璨光芒,矮小的棕榈树在日光下展开了扇形的叶子。此时,罗克意识到了这风景间的秘密:他看到乱蓬蓬的仙人掌堆里有士兵爬行,一个手拿对讲机的身影在角豆树丛里晃来晃去,还有一只警犬露出了耳朵。

汽车旅馆的门关着,那时是五月,对于星级较低的酒店来说,仍处于旅游淡季。可随着一阵机关枪向天空扫射,进攻的命令一下达,门房就跑到前门来,高举双臂,后面还跟着个女人。之后,一切都进行得极为顺利。只听到一个声音说,"我们没有武器",然后两个坏蛋就出现在了露台上。他们穿着衣服,和衣而卧,这也是在意料之中的。

这,就是所发生的事情。历史不张扬是非背后之事(按照埃利亚斯警长的说法),它们是司法警察局的秘密,也是被它藏在裙子下保护起来的人的秘密,谁要是多嘴可要倒霉了。据我们所知:建筑师正等着里斯本的一个朋友寄钱来。据我们所知:汽车旅馆警卫是一个走私网络的成员,早已有案底。据我们所知:他还涉足货币兑换、土地买卖和边缘旅游产业(他有一队驴子,用于提供郊游服务)。据我们所知:他为下士和建筑师提供了庇护,让他们假装成打扫房间和清理花园的临时工人。他和逃犯们一同被捕,并受到了审问,可二十四小时之后就被无罪释放了。我们全都知道,我们知道那么多,主要是因为在五一劳动节，工人的节日，国家安全警备局和国家警备队大帮大帮的人正围着渔民和鱼类加工厂团团转。推论：警察太多，钱太少，事态很严重。

由于走私活动不涉及祖国利益也没有那么明目张胆，罗克跟某人谈了一下，司法警察局卖了人情，那人又跑去一锤定音，汽车旅馆便从坏人住客事件中全身而退。所有这一切都通过口头授意，建立在信任的基础上，因为警方的承诺不需要公证来保障。

"走私犯说的话，说完就等于敲上了钢印。"罗克补充道。他这一生的座右铭就是放长线钓大鱼，为忏悔者提供庇护，跟走私码头和海滩上的业余皮条客打交道，还没有人发明出比这更有效的办法。效果还是看得到的。罗克踏遍了整条海岸线，从西班牙入海口到葡萄牙地图的另一端，那里，"陆止于此，海始于斯"，正如那位只把目光投向一边的伟人写的那样；他踩着阿尔加维省的轮廓线，穿过重重海浪，在卖大麻的小酒吧和充斥着白粉黑眼圈的精品店里喝着啤酒与人搭讪，这当警察的工作也能丰富精神生活、让人外出放风看世界。简而言之：他走过了，展示了自己。而且，再说一遍，最后还是有效果的。一段时间以后，就有人把下士和建筑师放在托盘上给他送来了。

"放在托盘上。如果说哪句葡萄牙语有道理，那就是它了。"罗克回忆说。因为实际上，真的就是旅馆的小女佣把那两个晕头转向的东西连同一周的账单放在一个仿银的圆形托盘上一起送来的。就是这样。得来全不费工夫。他，罗克，在阿尔加维筛查了这许久，看着海浪，看着日子过得一天不如一天，然后，一个美丽的下午，他在旅馆的阳台上，不就有人把告密信给他送来了吗？

"尊敬的司法警察局长官们"，信的开头是这样的。

像两只蝴蝶标本一样被压在一封匿名信的相框里，他们就是这样来到小旅馆里他的手中；他们被盛在那个圆托盘里，不管怎样，对于有文化的人来说，那都算是个精致器皿。

"这是在胡诌呢，兄弟，"埃利亚斯警长从铺满办公桌的一堆文件里探出脑袋说道，"谁这样讲话都是为了要发泄情绪。我有没有说错？"

"从信件的语气来看，"罗克继续说，"可以感觉到举报出自走私网络成员之手，而不是某人在寻私仇。有尊严的袋鼠从来不会自己跳到边境的另一头，就算要跳，也会把另一只袋鼠装进育儿袋里带上。"罗克知道的就这些，他对走私的买卖也不是非常在行。可现在，让他困惑的是，既然身边就有稽查人员，他们为什么来找司法警察局。

埃利亚斯一边整理着文件，一边说："那有谁对你说过，头脑简单的探员，那帮家伙在冲你努嘴之前没去征询过稽查的意见？"

沉默。罗克突然说："现在才五月，田野里就已经长满了三叶草。"

"三叶草？怎么又说起了三叶草？"

"是下士。在来的途中，他什么都没做，只是重复了一遍又一遍，'现在才五月，田野里就已经长满了三叶草。'"

"我已经说了，这是在说胡话呢。你的犯人被人带走，所以你浑身的刺都竖了起来，现在你开始拉肚子，但拉的都是胡话。"

"拉肚子，我吗？头儿，我要拉就把屎拉在国家安全警备局和它那帮臭婊子头上。"

"可臭婊子那么多，兄弟。看你都说了什么。"

"我只希望国家安全警备局见鬼去，目前，先让我留在那儿的两个好好利用他们一番。"

"放在托盘上，"埃利亚斯说，"你也是把他们盛在托盘里送去的，别忘了。"

罗克耸耸肩，说："管他呢。"埃利亚斯说："但你一路上赏心悦目了一番，就已经是赚到了。"罗克说："每一个阿尔加维女人，头儿，每一个阿尔加维女人。"他说南部那边杏花开起来是从未见过的美景；各种小吃和野莓酒，要找到更好的都难；因为旅游业，一切都在想尽办法赚外国人的钱，连驴子的大便都是金光闪闪。在阿连特茹可不是这样，这在阿连特茹根本看不到，他承认；下士在他经过的地方只看到三叶草。"他那话可印在我脑海里了，"罗克喃喃地说，"戴着手铐都在想着种地，要命的灵魂。"

埃利亚斯手里拿着陶努斯车内少校的精液报告，不过久久都没看上一眼。相反，他却在镜片后面研究起罗克来，至少看起来像是在研究他：

"那罪行里掺杂着嫉妒的成分，"他深思熟虑后，缓缓地说道，"那我问一句，你怎么会觉得建筑师是在嫉妒？"接着，他又问，"你来的路上听到什么了吗？"

当日晚间，22 时 30 分

埃利亚斯正在梳理案件概要，最后的收尾工作。尽管如此，一些日期仍存有疑问；搞清楚各种日期一直是警察的大事，就像一场舞会，能从中看出假神父与失足女孩是否步调一致。他心想：搞对日期，再查一次，趁着双手空闲下来有时间的当口，在日历上下一番苦功。

第一个存疑的日期：星期六，将军之夜。

将军之夜就在这里，横在他面前。那一天，少校没有见到大律师，因为大律师得充当丈夫的角色，在里巴特茹自家的庄园里过周末。可与此同时，少校却一下午都不在韦雷达大屋里。到了晚上，他说的确是，是和律师在一起。有什么不对劲，当中有什么地方不对劲。越狱以后，他也只跟律师谈过一次，却说谈过好几次（一直在往那个绿头乌龟的事务所跑——书面记录，他的原话）。事实上，他每次都穿成神父的样子，口袋里揣上左轮手枪，所以是出门执行任务——可他去了哪里呢，埃利亚斯问，又是与谁见的面？结论：丹塔斯·卡斯特罗离开韦雷达大屋的下午，是去了不可告人的忏悔室找神父忏悔去了。

第二个存疑的日期：丹塔斯·卡斯特罗少校与大律师的真正会面。

他们见了面，这是事实。但那天，少校并没有开口，没有向同伴们透露被大家反复提起的他在高级律师那里遭遇的不快。他隐瞒了一切，天知道是为了什么，可就在那个星期六，他决定清算总账，律师、将军，那一大帮人都算在内。他把他们都装进了叛徒的口袋里，猛揍到火星四溅。号称军营豺狼的桑托斯·科斯塔、波泰略·莫尼兹、克雷韦罗·洛佩斯，每个人都吃了大苦头（参见笔记本，里面有名单，记录了每个人的罪行）。

埃利亚斯扯了扯怀表链子，把它拉出来：十点半，迈亚公园的姑娘们接第二波客人的时间到了，很快，他就要躺到自己简陋的床上去见孔雀姑娘。他心想：罗克关于嫉妒的直觉有多敏锐？

第三个存疑的日期："那里就是她要待的地方。"

的确如此。毕竟，他为不再亲爱的情人也挖好了坟墓，这是她后来才知道的，因为建筑师告诉了她。"那里，那里就是她要待的地方"，她一听到这话就害怕得浑身颤抖，是两人在松林里散步时，少校透露给丰特诺瓦的。但是，什么时候？在谋杀前夕，建筑师是怎么告诉美娜的？而如今，美娜本人也心存疑惑，丹塔斯·卡斯特罗最后几天都关在有壁炉的客厅里独自玩牌，此番谈话基本不可能发生在松林里。他独自一人，在玩比大小，耐心，是扑克牌所能给予的世界。既然如此，不禁要问，根本就没有挖好的坟墓，难道一切都是丰特诺瓦的臆想吗？那么这个谎言是出于什么目的呢？还要为罪行寻找更多的理由，是这样吗？"独自一人，他最后都是独自一人在打发时间"，这就是美娜能给出的所有回答。

埃利亚斯关上了办公室的门，又遐想起开了窍的罗克探员，还有他那关于嫉妒的直觉。

空荡荡的走廊，清洁女工推着吸尘器，从一间办公室行进到另一间办公室。正人君子入睡之时，他，刑警队长，去往忏悔室，他就这么去了，这次，他摊开手迅速地敲了一下门，好像是带来了什么紧要口讯。"穿好衣服。"他命令道。然后就等着。他张大嘴巴打了个呵欠，以至于下巴的关节都发出了"咔"的一声松动。接着，他瞄瞄左边的牢房门，再瞅瞅右边没有人，便透过监视孔往里面张望。

他看到了她。美娜穿了条短裤，裸着身体，跪在没有叠好的毯子中间，用拳头卷起睡衣的下半部分遮住胸部（因为所有囚犯都习惯性地怀疑会被人监视）。她还是用一只胳膊遮住胸脯，同时，伸出另一只胳膊去抓一件毛衣，把头套进去穿好，动作迅速；然后，她坐起来，把腿伸出床外。她睡眼惺忪，想努力醒过来。

现在，她站了起来。她站着，赤脚站得笔直，她确实有着结实高贵的大腿，臀部轮廓明确，生动灵活，不死板。她弯下腰，此时：头发向前垂下，露出了挺拔的颈线，协调地前伸。她侧着身子，接着：她把牛仔裤举到眼前，仿佛想对准光线检查一下，背脊线条从容地伸展开来，柔韧流畅；翘臀（腚，监狱里是这么叫的）丰满有型。

埃利亚斯紧贴在门上注视着她，目不转睛。她就在那里，真实完整，被关在一个玻璃圆圈里，就在那里。用那样的一副胴体请求某根坚硬的武器一路闯进，让她被一团沸腾的精液倾泻炸开，又厚又沉，灼烧着皮肤，从眼睛到臀部，从上到下，完全湿透，她想要的就是这个，被人顺着背脊上，被折腾得呼天抢地，这就是那个婊子想要的，

"用劲，啊，用劲，再用用劲，就这样，就这样，对，就是这样"。即使被监视孔的广角玻璃拉开距离而缩小了尺寸，这也是一种挑逗，一种对人性的侵略，不要脸的臭婊子。

她刚穿上牛仔裤，从牢房角落里过来。走近后，她的身体也变大了（埃利亚斯在门的这边往后退了退）；接着，她坐到板床上，一只脚搁在毯子上面，看上去好像在挤一个水泡。就这样，坐在那里。于是，刑警队长把钥匙插进门里，进了牢房。

"嗯，"他一边说着，一边坐到了水斗边一直坐的位置上，"那些人被抓住了。"

美娜紧紧抓着自己的腿，下巴搁在膝盖上。

"他们没做抵抗就投降了，"他又说，"我只能说，他们现在归国家安全警备局管了。"可以听到水斗里有水在很慢地流动，非常微弱的声音。刑警队长拧了一下水龙头，但没有用。

"自然，你的案子也会转到国家安全警备局，"他再坐下的时候又开始说，"这是规则问题，"他澄清道，"案子必须遵循一定的程序。"

"程序，"美娜朝后伸出胳膊去找香烟和火柴，"最愚蠢的词，程序。"

"我希望到那里后，您能准备好回答某些问题。"

他跷起二郎腿，立刻就能看到厚袜子松松垮垮地从鞋子里鼓了出来。袜子接近灰色，衣服泛黄的样子。埃利亚斯把腿放了下来。

她呢？她，美娜，嘴贴着膝盖在抽烟。

"并不是说会起多大作用，实际上只不过是有关个人的问题，所谓的私密性问题，但能让人不自在。我想说的是，那些问题是为了挫败人的锐气。"

他从衣服口袋里掏出一张带来的纸："比如说，这个。少校的车。"

"少校的车？"

"他们发来的一份报告。从这份东西里你就能知道他们会如何进攻了。"

"天哪，但少校的车跟这有什么关系？"

"精液残留。他们找到了一大堆对您不利的证据，在这里，请看。"

她用手把纸推开，把腿抱得更紧了。接着，用非常轻的声音缓慢地说："我和少校是，你听好了，我们是情人，可以了吧？"

香烟缓缓地燃尽，长长的烟灰。美娜像是石化了一样，紧紧抱住自己不动。

"我们是情人。"她又重复了一遍。

可突然，她放开了腿，身子在板床上往后退，靠墙直直地坐着。"从现在起，一切都变了。那又怎么样呢？"她好像是在问监视她的那两块镜片。

刑警队长掏出他的宠物指甲，是时候给它认真打磨造型了。"有一个叫诺拉的，"他改变了话题，"诺拉·德·阿尔梅达，您认识，还是不认识？"

"她是我的朋友。为什么，她也在报告里吗？"

"有可能，有可能。如果她坐过少校的车，就肯定会在报告里。她坐过吗？"

美娜的声音很疲倦："报告。好像他们不知道我和少校的关系似的。"

她凑到警察面前，想好好看看他，也想让他看到自己：

"我们是情人，你就这么告诉他们。少校和我是情人，如果这是他们想听的。我们什么都做过，你也可以告诉他们。在车里做过，在车外也做过。一切都很值得，你根本就不会想知道。"

她话里一副无所谓的态度，仿佛身在远处，旁边还有一个无关紧要的证人。"什么都做过。"她用轻蔑的语气低声重复，然后继续。埃利亚斯想起那张以孔雀为背景的照片，她面对世界的那种高傲恣意。她，曾经的孔雀少女。但现在，可怜的少女，沦落到了自食其果的地步，随她去吧。可最匪夷所思的是，她这么说的时候那波澜不惊的声音，还有眼中纯真的光芒。

刑警队长在座位上挪动身子：他会打断她吗？但现在美娜有发言权，她是不会放弃的。"你报告里的那些人，"她继续说道，"不知道是从哪个世界来的，永远无法想象在这座城市、在这些汽车里所发生的荒唐行为。电梯，发生在电梯里的放浪形骸。他们做梦都想象不出。还有，在餐馆里，我也不信，但是确实有，餐馆桌子旁边真正不知羞耻的行为。既然餐馆里有，那么博物馆里也有，楼梯间里也有，我认识的很多好人都这么做过。他们都是最正常不过的普通人，可这又算什么呢。甚至在海滩上，在海滩上，我是说，周围有人的时候。不可思议，不是吗？海滩上到处都是雾气、人，渔民就在身边，他们就在漫到腰际的水里做爱。等等，耐心点，马上就能轮到你的问题，现在我正在对这份报告做出回答，也就是您带来的这份东西。"

"继续。如果你觉得这些是有关系的话，请继续。"

"啊，可这确实有关系，至于我这边，一点儿问题都没有。我可以告诉你一切，地点、方式，天知道，这些东西可能对报告里的小人来说至关重要，难道不是这样么？比方说，有一次我们把一个妓女招进车里，能想到吗，一个妓女。而且，还是沿街卖笑的那种。我就戴着墨镜坐在后面，我是否加入了他们，是最不要紧的，但在我看来，这一切都有助于澄清报告的内容。"

从冷冰冰的镜片后面，刑警队长看到了同谋配合、秘密游戏、手淫自慰：在电影院、在餐馆、在巴塞罗那的皇宫酒店。一只脱了鞋子的脚，在桌子下面试探；嘴巴，这边还被酒精浸润得软绵绵的，那边就利用餐巾落到地上的机会直接凑到已有先见之明的聪明阴茎那里，只需桌布下一个暗示，但精准无误，那种碰触，这样那样的暗示，美娜没有全部细说，却说到了，情人追逐毁灭的那成千上万种方式。

他就这样听着，她用彬彬有礼的方式和温柔嘶哑的声音像婊子那样诉说。直到后来，他才意识到，从这个美娜、梅兰妮，梳着高耸发式的孔雀少女身上，少校的样子也正脱离显现出来，所有那些爱的狂热都是他在赞誉自己大男人形象的终结，他说这么做，她就这么做，他说那么做，她就那么做，一场贪婪无度的欢筵。可美娜沉默了下来，非常平静地盯着刑警队长。

警长问："说完了吗？"

她环顾四周，似乎在找什么东西，然后问："你能把水斗上的药片递给我吗？"

刑警队长犹豫了一下，但最后还是把那罐阿司匹林给了她。他等她道谢。她却什么都没说。"谢谢。"于是，他对她说。

"哦，对，谢谢。"

她抱着双臂，环顾四周，目光扫过墙壁，扫过天花板。然后，她把手放在额头上，跳到地上：

"我现在得请你出去一会儿，我要上床躺一下。我的偏头痛犯了，疼得动弹不了。"

埃利亚斯开始一边摸头发，一边盯着她看，心想："偏头痛这招，这招她也用在少校身上。"但是，好吧，他出去了。那晚，他做了一个永远都无法让他忘记的梦。

埃利亚斯：梦

长长的走廊、极强的冷光、一墙又一墙的货物，超市？苍白的静寂。反光的地面，如医院一般。一大群人正缓慢而庄严地行进，推着购物车；但那不是购物车，是婴儿车，里面空空如也。仿佛是一支由悲痛的父母组成的送葬队伍，穿过博物馆长长的走廊。

埃利亚斯四处走动，却不太清楚是为了什么，但他发现自己正跟在一位蓝发女子的身后。这位女子对买任何东西都不感兴趣（毕竟，没有人在买东西，大家都昂首挺胸，有秩序地踏步前进），手上拿了个袋子，上面写着"机场"（这就是能把她从发亮的手推车游行队伍中认出来的原因）。她走在两面放满包装盒的墙壁之间，墙壁似乎没有尽头，最后融汇成一道圆弧，就像超市屋顶的那种镜子一样。包装盒全都一样，**"布朗基特洗涤剂""布朗基特洗涤剂""布朗基特洗涤剂"**，真蠢，埃利亚斯甚至在梦中想，这个牌子根本不存在。此时，走廊已经变成了一个地铁站台，一边是超市货架，另一边是开过去的地铁车厢，有人把脸贴在窗户上。那些脸上，表情非常僵硬。他们被框在玻璃长方形里，一张接着一张，如同一排通缉犯的照片，没完没了。

她，那个女子，在地铁和不间断的商品陈列架之间迈着平静的步子。沿墙摆出来的东西是猪头。一排又一排的架子上，都是猪头，笑眯眯，颜色泛黄，都和埃利亚斯在一部侦探片里看到的摆在中国肉店橱窗里的猪头一模一样。当然，上面还涂了一层蛋黄液（埃利亚斯有一种感觉，他在另一个梦里见过这个地方）。突然，女子停了下来。她靠到了摆满猪头的墙上，埃利亚斯往边上稍稍退了退，因为知道她会转过身来。同时，他发现她的头发不是蓝的，上面满是钢铁反射出来的光，金属的光芒，月光的色泽。注意，她正在慢慢地转过身来。她往左转了一丁点，又往右转了一点，想看看是否被人监视，同时假装从塑料袋里拿出什么东西来。然后她挺直身子，退回到来的路上。

埃利亚斯弯下腰假装是在擤鼻涕，不想被认出来，但那女人扬着脖子经过，脸是美娜的脸，露出知道正被人跟踪的微笑。这一发现并不让埃利亚斯感到惊讶。

于是，他跑到她留下东西的地方，甚至不需要寻找，因为他在一堆猪头中间立刻就发现一只陶制猫的额头上有一簇女人的卷发，他碰了碰，是真人的头发。他没多浪费时间，继续循着美娜的足迹而去。

他没看见她。而且，越是寻找，那明亮寒冷的世界里便越显得渺无人烟。没有人，只有走廊和如镜子般亮得刺眼的地面。在这样一个充满亮光与反光的迷宫里，他失去了方向和距离感，却没有停下脚步，一直在走，直到进入一个空无一人的中庭。那里有一座盘旋转动的自动扶梯，还有一扇光线暗淡的窗户、一个自助照相亭。此时他才意识到，而意识到的时候，他才发现美娜正坐在里面。她在镜头前面纹丝不动，好像假装在摆姿势——但她膝盖上却放着一本打开的书。

埃利亚斯走过照相亭，继续往前。他上了那部几乎垂直的自动扶梯，尽头是月光下的一片矮松林，树枝上垂着破布条。一道栏杆，一家烧瓦作坊。门开着，露出一件金色家具，上面有一只陶制猫。"这样的家具上不可能放这样一只猫。"埃利亚斯推断道。

烧瓦作坊的里面全都铺上了发亮的瓷砖（仿佛一个巨大的公共厕所，或类似的地方），正中间有一个桶，里面的烟蒂都溢了出来，像虫子一样蠕动。是吗？真的是虫子吗？他想靠近一点，但他感觉到身后有人。他转过身来，发现自己的姐姐在盯着他看，神情非常严肃。她赤身裸体，庄重肃穆，全身上下一丝不挂。他从未想过她会如此高挑。她的头发没了颜色，闪耀着铝片的金属光亮，私处是乌黑的，如漆黑的火舌在蜡塑的身体上颤动。

"你可以看看，"姐姐极其平静地说；同时她开始转过身来，向他展示一段灰色的鳞片，从脖子一直延伸到臀部，"我们在博列罗酒吧里都是这样的。"她说。

埃利亚斯被她背上从上到下那段结痂的硬皮吓坏了。是疣还是死疮，他无法分辨。那仿佛是一种诅咒，一种酷刑仪式，却得听天由命地承受。面对如此的宿命，如此的惨白，埃利亚斯感到浑身冰凉……

……与此同时，他意识到自己已在一种陌生的羞耻和悔恨中醒来。他如同死去一般，被遗忘在床上。可姐姐坚持着，在夜里监视着他，这个梦在迷茫的时刻不断重复（或继续），杂乱无章。"我们在博列罗酒吧里都是这样的"。自助照相亭又出现了。"都是，都是这样的"。现在，门玻璃是一张（无限放大）照片，照片上是门里面镜头前的人脸，是姐姐，甚至在走到那份温柔之前，走到那簇被手指粘在额前的鬈发之前，埃利亚斯就知道是她。

这时，门开了，姐姐从照相亭里走出来。她又一次一丝不挂，腾空迈着大步，仿佛是在跳舞。埃利亚斯讶异于她身体的尺寸（它变得很庞大，巨硕无比），宽阔的背部上下起伏，好似一排竖起的鳞片。她让他想起一位前往丛林的女武神，一位狂野华贵的处子，驭光影尘埃而驰。

最后，他也突然停在了一个璀璨夺目的空间里。那又是一条敞开的走廊，偏僻却满是点点光亮，那些亮光，那些摇曳闪烁的光芒，来自一排又一排镶嵌在墙上的六角风琴和琴键，以及它们绽放出的耀眼强光。除了六角风琴，埃利亚斯什么也看不到。琴上都写着"和谐"，仿佛一个尖声嘶扯的签名。

突然，就在一个清晨

国王命令一下达，即可备马上路。命令上是这样说的："立即转移犯人。局长的决定。弗·奥特罗督察签名。"

那张命令执行单是什么时候放到埃利亚斯的桌子上的，不值得去深究，现在还早着呢。大家都还没上班，奥特罗也不会这么早就让自己的胡子坐到萨拉查的肖像下面，让呼啸的救护车把他包围起来。不管怎样，埃利亚斯感到事情有点复杂，"姑娘，帮我接一下督察家里。"回答他的是惩罚性的电话嘟嘟声，他说："我就料到是这样。"

电话里传来接线员的声音："督察已经出门了。"

"他出了门，却还没到，我已经知道得太多了。"刑警队长边放下听筒边想。这么说吧，他应该是在偷情早场之中，一个活色生香女人的身体里，如果可以如此表述的话。"他肯定是在干这个，但愿上帝让他一早就硬不起来。"这是"老坟头"心里盼望的。

他从抽屉里拿出死亡之书，翻到末页，最后一份记录，最后一些尚未签名的供词。美娜要换换环境了，不知道去哪里，至少他是不知道的，他只知道必须结案，立刻结案，现在是时候把犯人叫来了。

他在电话里下了命令，走到窗前整理了盖住发亮秃头的巴洛克发型。他双手插在口袋里，领带夹上的珍珠疲倦不堪，仿佛胸前的一滴泪珠。下面的街道就是一个集市，而他似乎是在主持集市的开张。商店的橱窗帘还下拉着，国家警备队的马匹在做例行的列队操练，有轨电车开在路上，上班途中懒洋洋的手拿着折叠起来的晨报。对面人行道上有两辆囚车：一晚上都停在那里，埃利亚斯想象着车里坐满了女人，拍打着私处，羞辱看守。

他转过身去，刚刚走进办公室的是美娜，看守长陪着她，那是一个满脸麻子的胖男人，闻上去一股大锅饭的浑浊味道。他指了指办公桌前的椅子，"你回去吧，长官。"警察与被告面对面，让我们把问题理清楚。

看守所的头儿出去了，他跑到玻璃墙的另一边，在警探的桌子中间晃来晃去；身上那件工作服的臀部有两块被磨得发亮的圆形印子。他一边逛，一边搓着双手。"他的日子好像过得无比精彩似的。"刑警队长心想。但他移开了目光，因为第一批来上班的探员已经开始到了。

美娜。她才是正题。她就在面前一览无遗，穿着大开领罩衫，抱着双臂。嗯。

他开始宣读笔录，在必要的地方停顿并重复。他知道一切，却要做出像是不知道的样子。嫌疑人这么说，嫌疑人那么说，里斯本，某月某日，本警察局总部。读到某段某行的时候，刑警队长还停下来，提醒自己要另做修改。美娜知道。快进。不过，他告知她说，这次是最终版本，是最后的证词记录。"最好把一切都整理清楚，因为您将会被转移到别处。"他解释道。

"转移？"犯人问道。

埃利亚斯警长说："当然。我认为，这也是在您意料之中的。"美娜用胳膊按压胸口，好像是觉得冷。"她是想到了国家安全警备局。"刑警队长估计，可那一刻，他脑子里冒出来的却是停在街上的囚车和里面一帮疯子般撕扯着私处毛发的嘈杂妓女。他说："最说得过去的，就是把您关押到女子监狱里去。"

"关押？"犯人看着手掌，"那我至少可以看得见人。"她小声补充道。看看那只手，把它翻过来，又开始看。"好吧。"埃利亚斯嘀咕了一下，又开始读起来。

笔录，无意义的陈述。某某说，已确认，已修改。可以重复听到"美娜"，还被修改过。"你能把那部分再读一遍吗？"她问。

"……案发后，建筑师告知犯罪嫌疑人，少校早有杀她灭口的打算，甚至还带他去看了要埋她的地方，犯罪嫌疑人认为此举是少校在间接警告建筑师本人，而不是她。"

"不对。仔细想想，我觉得他是真的想杀我。"

"仔细想想？为什么要仔细想想？"

美娜咬了咬嘴唇才回答。"是折磨，"她说，"他越陷越深，最后必定会把我弄死。"

　　然后，她站了起来。"看。"她转过身，把罩衫后背拉到胸罩肩带上方。于是，埃利亚斯看到了。他看到，却无法相信。

　　从腰到颈部，她的背上布满了被香烟烫伤的印子，灰色，鼓出来的印子。一个又一个，密密麻麻，看起来就像是一根用鳞片做成的脊柱，遍布整个背部。

　　"他那方面已经不行了。"美娜边说边把罩衫放了下来。

案件还原

1960 年 8 月 8 日

埃利亚斯几乎没有审问建筑师，也几乎没有审问巴罗卡。他接手的时候，他们已经供认不讳，在国家安全警备局的一份卷宗里都整理清楚了。

"国家安全警备局总部"，他如此念道。笔录、逮捕令、传票。一位姓摩尔塔瓜的探员担任书记员，一位督察签下了"法尔康"，这两个名字甚至都不是特意寻来的。没有拷打，没有罚站，也没有不让睡觉，这能猜想得出来，卷宗里除了最基本的内容之外什么都没有，而且在可能的情况下，甚至还省略了政治材料，这是他们的事，以后走着瞧。"那些危害国家安全的犯罪事实已经被清除"，笔录上已有防范。

一切都有条不紊，娴熟老练，他是如此解读犯人的。然后，埃利亚斯跟他们谈了话。更确切地说，他核实过了。他分别和他俩见了一次面，然后把他们交还给了送来的人。"让国家安全警备局和他们一起醒来好了，再见，改日再见，让我回到我的日常工作中去。"埃利亚斯说。

很久之后，他才再次见到了他们，那是同一年的 8 月 8 日，在谋杀案发生的韦雷达大屋。那天下午两点，丰特诺瓦和巴罗卡下士从囚车上下来，神情呆滞，双手在前（也就是说，戴着手铐），站到太阳底下。剃了头的下士穿着囚服，另一个穿着花呢夹克和法兰绒裤子。

"看，是谁来了。"站在院子里的罗克探员喊道。

地点（一）

"这就是少校想把她埋掉的地方。"

埃利亚斯和建筑师站在一条从松林当中穿过的山沟边上，很难估计沟壑的深度，因为一根根拱起的荆棘盖住了它，荆棘上长满了指甲一样的倒刺；黑莓随处可见，闪闪发亮，有些还很瘦小，但已经长出了茸毛。

"你相信他真会杀了她吗？"埃利亚斯警长问。

建筑师扭动身体，想把铐起来的手伸到装香烟的口袋里，刑警队长帮了他一把；亲自给他点上了烟。

"谢谢。"建筑师说。他狠狠地吸了一大口，胸部鼓了起来，仿佛是把松树的香味吸了进去。接着，他说："他是不是想杀她？有可能，我不会说不。对少校来说，我们所有人中，她是个大问题。"

埃利亚斯面向灌木丛说："那个性无能的问题，我就知道。"

那里附近，起了一阵拍打沉沉的翅膀的声音，可能是松鸦。刑警队长在枝叶中找了找："这样的地方会有松鸦吗？"

建筑师丰特诺瓦说："他是特地把我带过来的，'看，丰特诺瓦，那里就是她要待的地方。'"

埃利亚斯想到，丹塔斯·卡斯特罗独自一人在客厅里打牌。桌子上摆满了人头和花色，而他，正在布局——他站着，查看地形。他还看到少校穿着睡袍穿过松林，后面跟着建筑师，"那里，那里就是她要待的地方"，可此时，他意识到丰特诺瓦在谈自己的父亲和军事教育。他父亲？"所有的军人都有一种走极端的倾向。"那一刻，建筑师这么说道。

置身于上校大刀阔斧选中的坟冢之前，他那讲述的样子带着一种莫名耳语出来的演说色彩。埃利亚斯就听着他说。回忆。军事学院。他的父亲，似乎是以军医上尉身份参加了第一次世界大战，获得过三枚勋章和法国荣誉军团成员称号。他也是一位运用武器的大师，从军校学生时代起就一直是花剑冠军。"当获得奥运会奖杯时，"丰特诺瓦说，"父亲应葡萄牙政府的要求，穿着上尉军服走上了领奖台。"

荆棘丛生，就像真的铁丝网，缠在他们脚边。还有黄蜂，不知道它们在哪里，却能听见嗡嗡的声音。"看，"埃利亚斯打断了建筑师的话，"岩石地，"他用鞋底刮蹭着地面说，"这里只有岩石，可不是理想的埋人地点。少校应该不可能没有注意到这一点。"

在那片地方，松树长在覆盖了一层松针的石块间，饥饿的根须往外窜出，像蛇一样舞动。当刑警队长又开始四处走动时，看到一些树根延伸到了很远的地方。

"性无能这种事情，真是要命，"他边说边对着一颗松果踢了一脚，"没有比性无能的家伙更疑心重重的了。"

他轻松地走着，外套披在肩上，衣领敞开；他甚至都没转身，因为知道建筑师就紧跟在他后面。

（调查过程中，刑警队长埃利亚斯·桑塔纳与被告方丰特诺瓦在松林里讨论的问题：

——埋葬美娜；

——少校对她施加的折磨（除了殴打和香烟烫伤之外还有没有其他行为？）；

——提到曾任海军上将的祖父，冠军兼武器大师的父亲——出于什么目的？

——有关画线内容；有必要探究建筑师是否在美娜之后读过《海

狼》，阅读时是否发现了那些画线的部分。"没有"，是他对这两个问题的回答。"哦。"刑警队长表示。）

回去的路上，他们在一片蕨类植物丛生的草地上迎面遇上了罗克探员和下士。"这就叫不期而遇，"埃利亚斯说，"你的向导怎么样？"

"能将就着用。"罗克回答。他补充说，下士那时正要带他去少校的藏身之处，如果还记得路的话。（微笑）

"啊，藏身之处。远吗？我在问远不远，你哑巴了？"

下士意识到他是在和自己说话，脑袋微微一动："就在那边下面。"

"那边下面，那边下面。"刑警队长一边重复，一边把他从头到脚打量了一番。（他看起来像块大石头，这个倒霉蛋。被理发器剃到短得不能再短的头发是毫无光泽的一片，钢制手铐，粗布监狱服，那兄弟身上的一切都暗淡无光。）"好，让我们去看看。"

他们越往坡下走，松林就越稀疏，树木都朝着同一个方向倾斜（是风的作用，埃利亚斯这么推断），灌木丛越来越多（还是风，它把种子吹来），石楠和岩蔷薇到处都是。再往前几步，就会看到地平线一直延伸到大海那边。

看得出来，下士认识路。在少校第一次出去与人秘密会面的下午，他偶然来到这里，便爱上了这个地方。他一定是厌倦了被围在四面高墙之中。

"他爱上了这个地方"，这个说法让刑警队长微笑起来。下士有足够的理由这么做，爱上这个地方。第一次沿着他们现在正走的这条路下坡时，他永远也想象不到会发生什么。他是来这里放松一下心情的，经过刚才那堆木材，朝下面那堆石头走去。是一口井，还是别的什么？他们走得越近，就越确信那真是一口新打的井，周围都是从井底挖出的砾石。还有一道门廊，其实就是插在石堆里的一块锌皮，在阳光下闪耀。可下士止住了脚步，注意力被吸引到稍稍靠右的第二堆木材上。正是从那个地方，他看到了令他震惊的一幕：少校在门廊下。当然，他装扮成了神父的样子，而且独自一人。

"是的，先生，"刑警队长点头示意，"那么，少校就是到这里来独自策划一切的。"

在他们的周围，岩蔷薇丛生，岩蔷薇和石头，没有树木。还有太阳。阳光在岩蔷薇好似上了漆的叶子上闪耀，叶子散发出温暖气味，一股浓重的体汗味。"而你就在那堆木材后面，"埃利亚斯警长说，"漂亮，毫无疑问。少校主持政治会议，你却在那里把一切尽收眼底。一共是三次，对不对？"

"两次，"下士回答，"有一次他真的是去了里斯本。"

埃利亚斯走开去小便。"那一次，"他背过身去，边尿边喊，"那一次你知道是真的，但其他几次你什么都没说。可你，什么都知道。"

他边扣门襟边往回走，"让同伴们蒙在鼓里，你干得可不错，确实啊，先生。"

下士直视着那远方的平原。

"罗克，这起案件就是一出阴谋家的华尔兹舞。（空洞的笑声）一会儿是你撒谎，一会儿是我撒谎，一切都是谎言，所有人。"

地点（二）

公路上停着两辆路虎，国家警备队的警员身上挂着步枪。也有好奇的人在张望，他们能看到的，最多就是一隅屋顶或者通往院子的小路，从上面就只能看到这些。

美娜还没到，奥特罗督察也没到，他一定是和司法警察局长在一起，对一切都点头称是，照单全收。更糟糕的是，也许被国家安全警备局的"黑手套"叫去接受秘密指示，埃利亚斯对此一点儿也不感到惊讶。完全没有。埃利亚斯永远都不会忘记"刑警们应该在职权范围内予以合作"（这是奥特罗的话），没什么值得大惊小怪的。"就这样吧。"他心想。现在他随身带着笔录的卷宗，只穿着衬衫，在院子里闲逛。

罗克也在院子里，用小刀削一根岩蔷薇的枝条自娱自乐。囚犯们坐在边上的松树下等待指令；他们离得远远的，显然，每个人都沉浸在各自的阴影之中。在他们不远处，法证摄影员正在跟一只坏脾气的小狗打闹，它让人过目不忘，因为患有白化病，看不出年纪。它的头发是白色的，好似一团棉花般柔软，眼睛暴露在外，没有颜色；笑起来的时候就像一个老小孩，露出小小的犬牙。能听到一只黑鹂在唱歌，声嘶力竭。

看到自己站在小路正中，手拿笔记本，埃利亚斯想起了总彩排之前舞台上的漫长等待。斯黛芬妮俱乐部，业余戏剧表演，那是多久以前的事了。拉玛达·库尔托先生的《回报》，大段大段的泪水和动作，埃利亚斯上前，表演了一段奥芬巴赫的《船歌》，是被编导以迅雷之速突然插进去的：

<blockquote>
噢

短暂的 / 爱情

极度 / 痛苦

激情，
</blockquote>

记忆在对他吟唱，随时候命。

他走进别墅，下到曾经存放尸体的车库，然后进入客厅——犯罪现场。根据卷宗里附录的房型布局图确认了家具的位置，又来到放在桌上的武器旁边：最终的工具。帕拉贝伦手枪，7.75 口径，另一支是沃尔特牌的，6.35 口径，还有一支史密斯左轮手枪，0.32 口径，那屋子里不缺弹药。看完后，他坐到了烟囱边的单人沙发上，是的，那个位置很凉快。他把外套挂在一张椅子的靠背上；电话机就在面前的柜子上。

"他被少校的尖叫声惊醒了，声音是从下面客厅传来的，"刑警队长又重温了一遍卷宗，有一页没一页地看下去，"我要告发他们所有人！我要告发他们所有人！"（下士，对质笔录）

"少校第一次向他毫不含糊地明确提议，处决某些政府官员和反对派人士。"（同上，建筑师丰特诺瓦）

即使是大致翻看，埃利亚斯也能把这些片段找出来：将军之夜。他一页页翻过去，内容有重复，但更具体、更详尽。"我要告发他们所有人！"少校又一次放声大叫——可这次，是通过美娜之口来叙述的。再往后几页，是建筑师："他说准备袭击落单的探员和警察局，这样能抢一些枪支弹药，还准备袭击枪械工厂和其他没有明说的设施。"

埃利亚斯停下来看了看时间，开始承认，此环节已经延迟了。他心想：管理层的命令，计划安排可以因突发原因而改变，真是太讨厌了。出于本能，他朝电话机看去。

之后：

"当被问及受害者所做计划的性质与目的时，他回答：是在谋杀案发前夜才得知的；那次会议在客厅里举行，少校坐在正对电话机的单人沙发上，并故作神秘地望着它；他膝上放着帕拉贝伦长套筒手枪，他最近一直枪不离身，犯罪嫌疑人将这种态度和做法归为恐惧的表现。"（建筑师丰特诺瓦）

"他疯了。他会把我们都害死。"（同上，3 月 25 日晚，他将下士叫醒。）

"当时，少校告诉他，他们首先将在全国范围内进行鼓动，引发一系列他所谓的'政治火灾',放火的行为总能引起关注,而且容易实施,因为不需要训练有素的人员。他回忆说,在选定的地点中,曾听到过圣路易斯影院(因为毗邻国家安全警备局),还有《晨报》大楼和军事法庭大楼,前者是因为里面有易燃材料,后者是因为建筑陈旧,而且楼里大部分区域都存有档案。关于要暗杀的个人,少校没有提到方式或提议使用的方式。"(还是建筑师丰特诺瓦)

翻页的时候,埃利亚斯又扫了一眼电话机。昏昏欲睡的下午,外面连一辆车的影子都没有。一切都停滞着,除了那只黑鹂。它又飞了过来,此时正无休无止地疯狂歌唱。

"没有理想主义,丰特诺瓦,要么他们跟我们合作,要么我就到警察那里把他们全都告发了!"刑警队长读着读着,黑鹂幻化成胡乱的字迹消失了。"要么跟我们合作,要么我去告发他们。"正是这样,少校和他的新细节。少校用轻蔑的眼神瞥了一眼电话(威胁说他所要做的"就是发一个信号"),丰特诺瓦试图劝阻,尽管他看着丹塔斯少校越来越抽搐的脸,已被搅得心烦意乱。"犯罪嫌疑人拒绝接受",证词是这么说的。

他拒绝接受吗?埃利亚斯之前曾在这段记录下画过线。"我要告发他们所有人!所有的人,名单上的人也一样,别以为我会把他们漏掉!"犯罪嫌疑人证实道,他感到愤慨,但还是以寻求和解的方式表示,他拒绝接受是出于对少校人品应有的尊重,也不愿辜负把名单交给他之人的信任。

埃利亚斯知道如何判断言外之意:他手中的卷宗是对外版本,最好别去搅动,免得泡沫冒得到处都是。提到要暗杀的个人,但就戛然而止,对少校的笔记本只字未提(那些名字都在里面,只要抄录下来就行)。卷宗里提到了建筑师的友人名单,却一个名字都没列出来,一个都没有,只告诉大家,丹塔斯·卡斯特罗敲打着帕拉贝伦手枪的枪托，叫喊着要他们接受考验。"我有他们的名字，丰特诺瓦！所有人的名字，你别忘了！"好吧，卷宗一旦涉及政治，就会被翻过去，而且越快越好，能让人看得见的只有子弹和鲜血。

于是，三名犯人以普通案件谋杀犯的身份，即将登场，在犯罪现场还原那出已事先编排好的谋杀表演。

开拍

"注意。"督察一落座，刑警队长就说。

他环顾了一下客厅：国家警备队的警员把守着大门，罗克正对着史密斯便携式打字机，坐在靠窗的桌边，患有白化病的摄影员调整好了镜头。囚犯们戴着手铐，一字排开，站在壁炉的墙边。"我们现在是在 1960 年 3 月 26 日的晚上。"刑警队长宣布道。

司法警察局的司机进来了（他的衬衫因为摘黑莓而被染红了）。"你站到死者的位子上去，"罗克探员命令道。看到他污渍斑斑的衬衫："要命，还没被子弹打到，你怎么已经在流血了？"

埃利亚斯手里拿着打开的卷宗：

"1960 年 3 月 26 日。前一天，在同一间客厅里，您（指向建筑师）与被害人（指向司机）因政治分歧发生了冲突。对不对？"

丰特诺瓦犹豫了一下。"要命，我们这就要开始了。"埃利亚斯嘘了口气。他了解这些迟疑，都是细节，无意义的吹毛求疵，只会造成拖延。在这种时候，罪犯关心真相的所有细节，并非出于什么顾忌，不是这样的；也不是虚荣心在作祟，尽管有过这样的情况。不。那个男人现在希望的是把犯罪的点点滴滴全部埋葬，就在这个亲身经历的地方。算清总账，不要留下任何遗憾。他能接受戴上手铐，却想从犯罪中解脱出来，这是他最后的机会。"请开始吧。"埃利亚斯警长说。

除了从未真正发生过争执以外，建筑师所说的没有太多可纠正的地方，因为丹塔斯·卡斯特罗情绪紧绷，只要一有反对意见就会随时爆发。建筑师说话时，侧身对着同伴，同伴们也同样侧身听着。

埃利亚斯警长说："没有别的了吗？好，我开始读了。经建筑师雷纳托·曼努埃尔·丰特诺瓦·萨尔门托签名确认的 5 月 15 日的供词：'我们必须杀了他，他疯了。如果不把他杀掉，不知道会有什么不幸降临到我们身上。下士对此表示同意，他表示，早就意识到了这一点，而且少校活着的时候一直都在羞辱他。'"

"活着的时候。"埃利亚斯在卷宗里寻找另外一页。对下士而言，说这句话的那一刻，少校已经是个死人了。"活着的时候。"

他读道："犯罪嫌疑人和对质的巴罗卡还研究了他们与犯人菲洛美娜一起向某个大使馆申请政治庇护的可能性。他们之所以没有使用这个办法来解决问题，是因为他们确信，出于报复的目的，少校会向本局（国家安全警备局，埃利亚斯解释说）告发数位反对派人士，特别是犯罪嫌疑人托付给他的名单上的人，而他，少校，则以要挟的口吻将其称为黑名单。本口供内容经巴洛克对证核实，认为内容一致，并签名确认。"

刑警队长如此说，或者，更确切的是，他如此读道。接着，他跟督察俯身在卷宗上交谈了几句，然后让督察一个人翻阅卷宗，自己站到了罗克的桌子后面，罗克坐在那儿，史密斯便携式打字机啪啪作响。罗克起身：走到房间另一头去给囚犯打开手铐，给他们分发犯罪武器。在打字机上，可以读到官方正式文件的开头几行：

《案件还原记录》

1960 年 8 月 8 日，韦雷达大屋的住所内，本局尊敬的督察曼努

埃尔·弗·奥特罗博士、一级警探西尔维诺·罗克及法证摄影员阿尔
比诺，对被害人路易斯·丹塔斯·卡斯特罗少校的谋杀现场进行了案
件还原。

为此，在警方看管下，本案相关记录中提到的犯罪嫌疑人均已到
场。在场的警局司机西尔维里奥·巴埃塔被指定扮演被害人。案件还
原开始，被害人坐到"那边那张单人沙发"（埃利亚斯命令道）的位
置上，把纸牌铺在地上玩接龙游戏。他独自一人，穿着屋内的拖鞋，
身上裹着一件羊毛睡袍，衣袋里藏了一把手枪（罗克把 7.35 口径的帕
拉贝伦枪递给司机）。

"应该放在另一边的口袋里。"巴罗卡声音低沉地纠正道。埃利亚
斯立刻从客厅的这一头说："下士说得有道理，罗克，少校是左撇子。"

"他一个人玩，"刑警队长看着司机坐在丹塔斯·卡斯特罗死去的
位置上，心想，"他从这张桌子开始（站着，像埃利亚斯一样），从这
里开始移动牌的位置，最后到了单人沙发上。因为地上的空间和手上
的牌越来越少，他转而用更少的王牌和有效牌发起进攻，少校'完善
了计划'。"埃利亚斯对自己总结道。

当"完善"这个词从脑海中掠过时，他发现督察刚刚用那只肥大
的手把案卷翻完了，他总是用这只手来翻阅文件，任何文件都这样。
罗克把卷宗拿给埃利亚斯，埃利亚斯把它摊在桌子上，翻到客厅平面
图的那页，上面标着相应的距离和人物。

移动路线，标记。右前方是少校中弹的位置，他坐着，一个没
有搭档的玩牌的人。再往前，犯人们排成一行，身后是壁炉。少校拿
着纸牌独自战斗时，这些人最终也吓得僵在原地：下士和建筑师关在
房间里，美娜则在屋顶阁楼的笼子之中。现在，他们三人的手臂都垂
下来，两个男人的手指勾着枪，美娜在中间，她穿着亚麻西装、高跟
鞋，没穿袜子。一排杀人凶手在等待还原罪案的指令。"好了，"埃利

亚斯对罗克探员说，"我们来还原案件吧。"

接着，他伸开双臂，撑着桌子的边缘大声说道："现在，两个男人下楼到餐厅来吃晚饭。被害者还在玩着纸牌自娱自乐，他们进来的时候甚至都没抬眼去看。您（他指向美娜）在厨房里，桌子（对着桌子扫了一眼）还没摆好；而且看样子，它是摆不好了。按供词所述，现在是 19 点，是晚上，灯都亮着。下士和您（指向建筑师），你们每人的口袋里都有一把枪，走到事先说好的位置。"

巴罗卡穿过客厅，站在桌子和窗户之间，在被害人左侧四十五度角。（没错，要在左边，因为受害者是左撇子；他接下来要从那里靠近，控制少校持有武器的那一边。）而建筑师则径直走向柜子，假装在找饮料。过了一会儿，下士把手插在口袋里，握住枪，离开窗户，好像要走出客厅的样子，靠近了少校。少校的注意力仍在纸牌上，全然无视他们的存在。他没能预料到的是，巴罗卡会突然转弯，从不到一米远的地方用枪指着他的脑袋。

当然，等他发现时，为时已晚。当他发现的时候，建筑师已经从另一边过来，也用左轮手枪瞄准了他。（刑警队长发出信号，摄影员按下快门。司机的眼睛眨了一下。闪光灯 1）

埃利亚斯警长现在选择了另一个观察点。他站在壁炉墙的角落，离美娜两步远的距离。

于是，第一声枪响了（下士开枪，子弹穿过左顶骨），接着是另一枪（也是下士开的枪，因为丰特诺瓦的左轮手枪卡住了）。"左轮手枪卡住了，"刑警队长喊了起来，"现在您怎么办？"

建筑师迷茫无助地环顾四周，看到壁炉的铁锹，就冲过去抓起来，铁锹落在了少校的头顶上，一次又一次敲在他的后脑勺上。闪光灯 2。

接下来，我们来看闪光灯 3：尸体前的美娜，这是供词里她自己的话，埃利亚斯现在正在现场进行比对。

　　"枪声吓到了女犯罪嫌疑人，她跑进客厅，眼前那一幕让她惊恐得逃到了屋子的后部；她无法肯定，但觉得应该是在那里待了十分钟左右，也就是说，一直待到下士前去找她，把她领回到客厅里；进入客厅之后，她看到建筑师跪在地上听尸体的动静；一见到她，建筑师便缓缓地站起身来，用胳膊搂住她的肩膀，说'必须得这样做，必须得这样做'；那一刻，在相互怜悯与彼此支持的冲动下，女犯罪嫌疑人拥抱了他。"

　　"就在那个时候，您从建筑师的肩膀上方看过去，发现少校的身体还在抽搐。"

　　美娜点了点头。"天哪，他还活着。"她喊道。丹塔斯·卡斯特罗口中喷出一股股鲜血，脑袋上是一团头发和碎肉，上面垂着一只失去光芒的圆眼睛。

　　立刻过去的是下士的枪管，在尸体的头部和胸部之间徘徊。此番查看持续了几秒钟，因为建筑师冲过去抓住他的手腕说："不，巴罗卡。我们大家都有份，我还没开枪。"（闪光灯 4。照片显示，丰特诺瓦用下士的手枪对准了司机的心脏，司机眼里满是戒备，看着枪管。）

　　闪光灯 5。"美娜，你来。"接着，建筑师边说边把枪递给了她。拿起手枪时，美娜既没感到厌恶，也没感到奇怪。也许是出于相互扶持的本能她才会这么顺从，这很难解释。或者因为已经习惯了死亡，她自己都不知道。最终，她要朝一具尸体开枪，为的是让两个活着的人安心；是三个活着的人，她自己也得算上。建筑师托着她的手腕瞄准，另一只手把她的手握住，压住扣在扳机的手指。美娜永远都不会忘记那只柔软的手上散发出的丝丝凉意，永远都不会忘记那只手与她手指配合时融为一体的默契。所以，开枪的时候，她望着那只手，而不是射击的目标。那完完全全就是一只男人的手，却又那么无力，那么失败，几乎带着讽刺，仿佛一只手套，制作材料是从我们手上偷走的皮肤。

奥特罗从椅子上站起身来说："这好像就是全部了。"司机都不敢相信，"要命。"他跳起来冲到客厅外面，匆忙得连帽子都忘了拿。

但埃利亚斯预感到有什么事情不对劲。他往嘴里塞了颗瑞内牌消化片，一边咀嚼，一边想着。这时，督察正在罗克的桌边，看他刚在打字机上敲出来的那几页纸。字里行间，还偷偷扫了一眼美娜的臀部。

"确实有什么不对劲的地方。"刑警队长又大声说道。

督察正在阅读打出来的东西："怎么不对劲？"

埃利亚斯用手摸了摸自己的发型，具体解释起来："她（美娜）说过，当她拥抱建筑师时，看到了被害人的嘴。这记录在我们的档案里，她看到被害人的嘴在嘟囔着什么，一边还在喷血。但这只能从这里看到，从这一边，不可能从她那边看到，因为身体是往反方向倒下去的。"

美娜说："是往这边倒下的。"

建筑师说："确实是这样。"

"往这边？这可奇怪了。"埃利亚斯轻声说道。他擦了擦眼镜，对光仔细看了看。然后问："那个司机跑哪儿去了？"

罗克回答说他出去透气了。"被血的味道熏晕了。"他说。

身处这林间大屋，在这黄昏时分，连亮灯都不合时宜，更何况是罗克不温不火的玩笑。既然司机不在，埃利亚斯就自己占了死者的位置，倒在地板中间。"靠近点，"他对美娜和建筑师说，"到你们拥抱时的位置上去。"

他躺平，就像描述的那样，胸口贴着地板，脑袋悬在肩膀上，好像脖子断了似的。他的脸那样挂着，看上去有一种被宰杀动物的戏剧化表情。

躺在平坦的地板表面，他看到美娜和建筑师的脚在小步移动，直到选好了合适的位置才停了下来；接着是美娜的脚踝（赤裸的，没戴以前那条金链子），看上去特别清晰，无可挑剔。美娜的脚踝几乎就在埃利亚斯的上方，他从未如此接近过它们，从一条优美线条的高处延伸下来，出自酮体的芬芳，脚背平滑的曲线上提，与鞋子开口搭配得天衣无缝。更何况还是蜥蜴皮的鞋子。"拍下来，"埃利亚斯的嘴搁在肩上，命令道，"他们的位置，我要按离开尸体的距离好好区分清楚。"

（按下快门。闪光灯 6，将被命名为"女罪犯之版本"。）

当刑警队长从地上爬起来，双目回到正常的水平方向时，美娜的余香也被带了过来，那是她身上散发出的一丝粗犷的香水味。他感觉到了，但怀疑这只不过是记忆，在最让人绞尽脑汁的迷宫里绕来绕去的结果。现在，他单独和囚犯们在一起。奥特罗和罗克探员到院子里透气去了，他刚看到他们从窗户外边经过；患有白化病的摄影员也出去了，他脆弱、忧伤，一直都很脆弱、忧伤，被那团漂浮在脑袋周围的棉花云带走了。

埃利亚斯来到桌边，把手放在打出来的纸上："犯罪的经过终于被描述出来了。认罪的罪犯和办案人员都在现场。"办案人员，扣上了领子。他把铅笔、小刀和橡皮拿起来，又按罗克之前摆在纸上的顺序放了回去。客厅仍然由国家警备队的队长看守着，似乎被浸在一片血腥的沼泽中。扑克牌散落在地板上死者的周围，而死者已死得彻彻底底，鲜血却不断喷涌。"他们不得不把毛巾塞进他的嘴里来堵住血。"罗克在其中一张纸上写道。

透过玻璃，他看到摄影员吹着口哨向松林走去，因为亮光的缘故，他的手遮在眼睛上方。他在找刚才那条小狗。刑警队长第一次有了这样一种感觉，岁月从未在那个哥们身上留下痕迹，他记得刚开始在司法警察局工作时，他就是如此苍白，如此苍白，那几乎是一种背光下的透明。"糟糕，他们给我配了个底片上的摄影员。"埃利亚斯当时这么说过；而今天，他仍是那个样子，底片上的一个身体，被与我们同在的明亮曝了光。

那黑鹂呢？你闭嘴了吗，歌唱家黑鹂？

"现在验尸。"
奥特罗督察说

于是，在成功还原凶杀案之外，罪犯们被带到了楼上被害人和情人平时住的房间里，处理完尸体后，两人在这里见了美娜。

之前，他们三个围着死者转了又转，用毯子把他包好，用客厅里的塑料桌布把头裹起来（还用绳子紧紧绑住以防鲜血流出），甚至还给他穿上了鞋子，是美娜去楼上房间找来的。至于为什么要给他穿鞋，为什么对埋葬只穿袜子的人感到恶心，没人的脑袋里想过这个。但他们就是这么做的，就是这样。美娜和建筑师都找不到这么做的理由，下士则低着头，更是不解。在那样一个烂摊子里，事情一桩接一桩按照自己的方式发展，独立于他们的意志。就像被忘在脑后的物品冒出来，一切已然混乱，它们却要求物归原地，当前的局面是如此让人难以相信，他们只能当机立断，速战速决。所以美娜拿着少校的鞋进来，说"看，这是鞋子"这句话时，就必须给他穿上鞋子。他们费了九牛二虎之力，汗流浃背，不得不使劲塞，因为（按他们的逻辑）尸体开始变得僵硬，鞋子穿进去很困难，不好对付。后来才从报纸上得知，他们还是把鞋穿反了。

可有那么一刻，美娜感觉再也无法承受，离开了客厅。"那是在什么时候？"埃利亚斯警长问道。

"再晚些。"这是建筑师估算出来的。当他们擦洗地板时，看到尸体又开始流血，美娜一定是绝望了，或因为别的什么原因，逃回了房间。大概一小时后，下士和建筑师离开客厅，在刑警队长正坐着的这张床上找到了她；她看上去心不在焉，仿佛被掏空了。"一种彻底的麻木"（美娜）。

窗外的光从前面照到了两个囚犯，一双影子投在衣柜门上。衣柜很高，边角呈圆弧形，是从旧货店里淘来的庞然大物。下士剃了军事犯的板寸头，另一个却是一副城里人的模样，的确是奇怪的一对。虽然两人之间没有眼神交流，但埃利亚斯能感受到他们的生死与共（好像被铸在了一起），也没人表现出紧张。

可案发当晚并不是这样的。案发当晚，他们如岩石般冷酷无情，脸上不带表情，唇边屏住呼吸。他们俩走进房间时，美娜背过脸去对着墙：她不想看见他们，甚至也不愿想象自己当时的脸是什么样子。下士和建筑师不敢作声，在房间最里面坚持承受着，如同显灵穿透了衣柜门。他们两个泛光的苍白脸色让人毛骨悚然。

过了一会儿（一段模糊的时间，没有记忆），他们感觉到有个声音在说："他才是罪魁祸首，是他自己造成了这一切"——是美娜，嘴巴埋在枕头里，她自己听到这个声音都感到讶异，她以为自己只是在这么想而已。"是的，"建筑师说，"我们是走投无路了。"美娜又说："也许，可以把他毒死。"

把他毒死？刑警队长开始盯着她看：她趴在窗台上，一副完全漠然超脱的样子；穿着西装，双腿微微分开（因此更充满了挑逗性），足弓高高的脚套在蜥蜴皮鞋子里，真是天生的尤物，埃利亚斯承认。他看到她点燃了金色的打火机，在那个吉卜赛人扎堆的早上，他去菲格拉广场当铺时也曾拿在手中。他想起了美娜的父亲。父亲急匆匆地赶去，从当铺老板手中把少女的精美之物赎了回来，更准确地说，除了打火机之外，他也赎回了金链子。但她没把链子戴在腿上，不再这么做了。

奥特罗督察站在那里，笔记本放在五斗橱上："你们在这个房间里大概待了多久？"

就在这时，有人说："那天晚上的时间是模糊的，记不清。"时至今日，他们仍能感受到有些片段，一件事一件事、一个字一个字在回荡。可在那间屋里的时候，一切都沉浸在一种松散无助的阴霾之中。美娜从空洞中回过神来，是的，这个她记得。她缓缓直起身，靠在床上，于是每个人都开始说一些当时冒出来的话，刚开始有点费力，接着便是不断地嘟囔低语，好像都要对彼此有个交代似的。他们一直都在说死者，一直都在说他。那是一种为了相信自己还活着才去说死者的意愿，应该就是这样；不是为自己的行为辩解，而是为了让自己相信终于得到了解脱。丰特诺瓦讲述了前往松林的经过，"那里，那里就是她要待的地方，"巴罗卡透露了丹塔斯·卡斯特罗编造出来的会面，"井边没有任何人。"美娜谈及所受到的恐怖折磨，之前不愿声张之事。就像跟警方坦白的那样，他们彼此相看，却认不出彼此，大家都已面目全非。

埃利亚斯似乎是在阅读杰克·伦敦小说中被划出来的片段，关于被死亡解放了的世界。"把世界从这样一个怪物中解放出来是道义之举"，就是这个盯着他们，膝盖上放着长筒手枪的怪物，这是其中一段做了标记的内容，他读后，便无法忘却。而他们，却忽略了这道早已预言的审判，将亲身经历、少校反反复复的谎言和施加在他们身上的威胁积累起来，直至将他变得越来越退缩到自己的世界，越来越疏离（到了某个程度，他们已经很难再想起他的脸），于是丹塔斯·卡斯特罗便成了一个曾经，一个几乎成为历史过往的人物。

他们从未像那天晚上那样亲如手足，彼此感激。

　　埃利亚斯对情况进行了小结："然后你们下楼去了客厅，为的是给建筑师的母亲打电话。"

　　打电话？不，他们先来到了厨房里，甚至都没想到要把建筑师的母亲叫来一起。尸体会被埋在松林里。在松林里，松林才是适合的地方。下士和建筑师从一开始就想到了，但美娜反对，知道死人就在房子边上让她感到毛骨悚然。他们跟埋在两步之遥的少校要共处多久？这是她提出的问题。天知道要在那四面墙里等上多少天、多少个星期以后，他们才能逃出这个国家？此外，没人想过一个细节，工具。啊，没错，那屋子里没有可以用来挖坑的铲子和镢头。

　　接着，他们找到了解决办法。海滩。沙子。开始行动，建筑师抓住一端，下士则抓住另一端，他们把尸体裹在毯子里抬到了车库。美娜跟在后面清理淌下来的血。

　　"你们把尸体留在了乒乓球桌上，然后回到厨房里。"

　　正是这样。丰特诺瓦和下士抬着尸体从屋内的楼梯下去，可那楼梯偏偏又陡又窄。他们没能发觉，在车库角落的松果堆下，落下了少校的笔记本，上面有丰特诺瓦名单上的所有名字。

　　"很好，你们回厨房去了。"

　　他们回厨房去了。

　　"你们吃了晚饭。"

　　是的，但是他们先打了电话。或者，更确切地说，是美娜先打了电话。然后，他们自己也不知道为什么，就吃了晚饭。也许是出于日常作息的需要，是出于对恢复正常生活的渴望。建筑师还记得：他们在厨房的时候，美娜动作不大，却一直不停地整理东西。她一边说话，一边无意识地打开抽屉，换个玻璃杯，拧紧水龙头；这里扫一扫，那里用布擦一下，诸如此类的事。甚至当她给建筑师的母亲打电话的时候，也在不停地擦拭柜门，把电话机周围的物品摆放好。

"你们是用法语说的。"

是用的法语。其实，打电话的时间很短。美娜说有一场朋友聚会，并解释了路怎么走。电话线的另一端沉默了一会儿，然后是"好的"，就挂了电话。一小时后，老太太就把雪铁龙车停到了韦雷达大屋前的第一个十字路口处，她儿子从围墙后面跳了出来："你得把车借给我，出事了。"

"大概是 11 点 30 分，笔录上是这么说的。"

差不多就是那个时间。他们记得很清楚，当时下着大雨。建筑师的母亲没有见到尸体，她立即进了客厅，待在那里陪着美娜，直到雪铁龙车返回。

埃利亚斯警长："也就是说，那是在两个小时以后。根据她本人的供词，她直到凌晨三点左右才返回里斯本。"

凌晨三点？没有一个犯人知道确切的时间，但有可能。在冬天，要找到一个潮水不会把尸体从沙子里冲出来的地方并不容易。而大雨，一方面提供了方便，因为路上没有车，被人认出来的可能性极小，但另一方面却模糊了他们的视线。他们到了岸边，尸体被强行塞在后座上，第二次开过马斯特罗海滩时，他们下定了决心。但他们仍在距离浴场约三百米开外的地方转来转去，差不多到了公路边上葡萄牙航空公司的大型海报处。他们把尸体从那里抬到了沙丘中间。一周后，尸体被饥肠辘辘的狗群发现，这就是全部经过。

督察正自娱自乐，在速记本上画自己的签名。"奥特罗""曼努埃尔·弗·奥特罗"（花哨的字体），"罗"字上面画了好几个圈。他嘴上叼着一根熄灭了的香烟，脸也被偏光眼镜古铜色的阴影抹去了。他全神贯注地签着名，脑袋几乎要碰到陶制猫。看不到他的脸，也看不到脸上的表情，他就这样沉醉在帕克笔的一笔一画之中：

"从那时起，从那天晚上起，您就开始和建筑师一起睡在这个房间里了。"

此话脱口而出，仿佛是他在大声地书写、签名。

美娜正视着督察；然后说："不，那天晚上我留在了阁楼上。我连续睡了十个小时。"

沉默不语，埃利亚斯沉默不语。记录是这样的："睡了十个小时。"直落而下的打击，惊恐之后袭来的倦意。当她醒来时，另外两个弟兄已经发现了喷到天花板上的血迹，已经用刀刮掉了，当天早上，就是在那个时候，他们疯狂地寻找起少校的笔记本来。他们烧掉了少校的所有东西，衣服、证件、私人物品。埃利亚斯记得曾经在《图影世纪》杂志上读到过一份警方报道："他们向杰克逊维尔警长自首，因为在一心想摧毁被害人记忆的执念中，他们达到了筋疲力尽的地步。"

奥特罗继续用帕克笔任性地给签名添加装饰：

"你们那时就睡在这张床上，"他又说，"但那边衣柜里还挂着神父的长袍，看看这事做的。能知道这是为什么吗？"

犯人们没有吭声，所以他就自己回答起来，但他从头到尾都没停止过涂涂描描："留着长袍是为了提醒你们自己，那个人已经死了，死透了。"他，奥特罗，看不到其他的理由。

刑警队长一时没了兴致。教士的衣服早已发臭，已经物尽其用了。司法警察大队刚进韦雷达大屋的时候，那可是个重大发现："哎哟，我的妈呀，"他自己都万分惊讶；到了楼下后，他悄悄对督察说："衣柜里吊死了个神父。"可那是第一天。之后，神圣的苦难，谜不再是谜，太阳底下没什么新鲜事。案发后，丰特诺瓦应该想到在逃跑时可以使用这套装扮，正如他本人所供认的，这其中并无特别之处，除了（根据埃利亚斯的分析）建筑师在这种情况下戴了双重面具，神父的装束，少校的身份，也算是有他自己的趣味，既然少校已经被解决掉，那么这位建筑师会套上的就是少校的第二重身份了。不过，行吧，就算是这样，就算这是为什么长袍和罗马领逃过了地狱的火舌吧。除了笔记本，它们便是丹塔斯·卡斯特罗剩下的所有东西。其余一切都消失在了壁炉里，既然人们常说，火焰能起到净化和启迪的作用，甚至连那副牌都没能逃过一劫——说到牌，埃利亚斯一直记得一幅旧的卡通画，那是一帮邪恶之人在玩扑克赌豆子：一旦红桃 A 落到开膛手杰克的手里，便会马上开始滴血。

奥特罗把速记本放到一边，盖上了在不停揣测的帕克笔。现在，他亮出了警察的眼神，也就是说，他在每位被告面前停下来，先一言不发，然后突然抛出一个让人意想不到的问题。

他问道："逃到旅馆里，让我们来看看这是怎么回事。"

丰特诺瓦往前走了走说："没有人要逃。美娜离开韦雷达大屋是经过大家讨论以后决定的。""经过大家讨论？"督察表示怀疑，"不过，好吧，我们接受这个说法吧，现在和你相关的，是要把当中缺少的每一步都说出来。"别忘了，那个时候，离尸体被发现还有一周，他们正呼天抢地，寻找出境的突破口。钱是有的，问题是找谁来帮一把，好跳到另一边去。

"完美，"埃利亚斯警长说，"照这个思路想下去，给莫桑比克发封电报就能解决所有问题。"

"是的，"建筑师说，"不管是好是坏，能解决所有问题。"但是，他仍然坚持说，"这个决定是经我们三个商量后做出的。"

奥特罗开始在指间转起烟来。"发封十万火急的电报给身在非洲的父亲，只有不知道警方耳目有多厉害的人才会想得出来：在电报上的线线点点发到目的地之前，姑娘的双手就会被链子铐起来，送上通往囹圄之路。若是不发电报而是打电话，情况会更糟，她都没有足够的时间来挂断电话。就这一点，仔细想来，若非国家安全警备局更希望漂泊在外的父亲回来，并利用他顺藤摸瓜找到这些走投无路者的巢穴，那也是可行的。"

可美娜坚持说，看不到别的出路，这是必须冒的风险，愿意自己来承担。她会在一个不起眼的旅馆等待父亲，好让同伴们更安全。他们约定好，她每隔一段时间就给韦雷达大屋打电话，作为信号；如果在此期间电报被警方截获，那也没有办法，这就是风险，双臂交叉是永远也解决不了问题的。如此一来便只好听天由命了，于是她收拾好小箱子，来到了另一个屋檐下面。"很简单。"她说。

埃利亚斯想象着她坐在诺沃民宿酒店里的情形。父亲在河马岛上混日子，而她则在一个旅馆的房间里，攥着飞机时刻表，穿着凉拖，扎着马尾辫，就是刚被带进司法警察局时的那个样子。她的确也没等太久，因为就在次日早上，奥特罗和辛勤的罗克就送来了司法警察局的问候。可是，能有什么办法呢，这就是风险。此外，一切都在计划之中，韦雷达大屋的电话不再响起，下士和建筑师当机立断，拔腿就跑得无影无踪。很简单，美娜说过。这一切发生在 4 月 10 日上午 9 时 30 分。非常简单。

"是吗？"督察看事情可没那么简单。他继续转着香烟，问美娜跟其他人兵分两路是否有其他性质的原因，若是可以如此表述的话。他明确指出：是只涉及她跟建筑师的原因。

美娜挑了挑一边眉毛。不明白她是装作没有听懂，还是纯粹不感兴趣。

于是，奥特罗说："你们俩都睡在一起了。我问您为什么要离开他时，还有必要说得更明白吗？"

他猛推了一下那只陶制猫，开始以一种出乎意料的方式激动起来（跟所有警察一样，奥特罗会被自己的话激怒），但是他深吸了口气，试图冷静下来。"看，"他边说边把刑警队长手里的卷宗一把抓过来。"就在这里，'亲密无间'，记得吗？"他又激动起来，在美娜面前把文件上下甩得啪啪作响："少校死后，您开始和这个人——建筑师，亲密无间起来。这是您自己的话，您自己是这样对国家安全警备局承认的，难道已经忘了吗？为什么对国家安全警备局承认，您倒是说说看？难道是因为我们逼问得不紧吗？难道是我们配不上您来作答，您觉得我们不配吗？"

他盯着美娜看了好一会儿，连胡子都流露出一种不屑。

"一帮人渣。"走出门时，他扔下了这么一句。

刑警队长坐在床边，房间继续保持着寂静，他脑袋低垂，双手落在膝盖上。时不时地，他的目光在小猫塑像上停留一会儿，听得到有人在轻轻哼歌，是他，那几乎是一阵喃喃低语；音乐在傍晚的暮光下显得凌乱不堪，囚犯们感觉得到却心存疑惑；可那是音乐，如一种阴影般穿越而过。最后，一切趋于安静。他耸耸肩，向囚犯们摊开双手，好像是在说："要命，没什么可做了。"然后，他拖着身子来到房门边，心不在焉地做了个手势，命令他们走在他的前面。

剩余的部分很简单。在楼梯尽头的门厅里，罗克探员正拿着手铐等待着他们，院子里是国家警备队警员，拇指扣在步枪背带上。他们一个接一个地往外走，但轮到美娜时，刑警队长一把抓住了她的胳膊：

"你。是你在下士书上画的线。"他从牙缝里挤出一句，悄悄对她说。

接着，便往前推了她一把。

埃利亚斯站在原地，看她迈着沉稳的步伐穿过院子，跟在其他戴手铐的犯人后面。不远处，罗克探员盯着她走路的样子，提在手中的史密斯便携式打字机晃来晃去。

夜里，沿着特列奥路和托雷尔街一路走，埃利亚斯停在桑塔纳坎

普区的一家乳品店小憩，喝杯奶咖，吃块吐司。他刚去国会剧院品鉴
了一场《帝国紫罗兰》，接着，在华尔兹的萦绕中，埃利亚斯哼着升
了半音的旋律，爬上了他最喜爱的花园。

可他坐下喝奶咖的吧台就像是一个停靠站，灯光昏暗，有一两
个路过赶着去拉客的妓女，还有一个玩彩票的独行侠。他急忙把东西
咽下去，来到街上（在门口，他遇到了一个熟识的线人，但假装没认
出来）。

桑塔纳坎普区，英灵园。埃利亚斯挨着乳品店大楼的门墙，轻轻
地唱着歌，那是一种私密的低吟。在那个时段，四周是一片乡村般的
寂静，贴着瓷砖的石建筑，街角屋顶上的玻璃观景台，茶花和棕榈树
之间的大宅子，皆为已消逝的共和资产阶级的记忆。一股青草的气味
朝着他扑面而来，夜空淹没在花园树木古老茂盛的枝叶之中；从那个
角度，几乎看不到索萨·马丁斯医生的雕像，风云变幻，可他依然坚
持在那里，一如既往地谦逊，雕像的基座上点了几根虔诚的蜡烛，火
光摇曳。

半明半暗之中，风尘女子奇迹般地冒了出来，埃利亚斯从远处跟
她们打招呼，一边继续哼着记忆中的歌："蝴蝶，我周围的飞蛾，我
忧伤的珍珠。"这甚至可以作为《帝国紫罗兰》里诗歌的续曲，但不
是，这只不过是他在与自己对话而已。女子们就这样走了过去，刚刚
破茧而出，晃晃身子舒展开来，都朝着同一个方向走去，她们都走在
去市中心的路上，走在通往灯火喧嚣的途中，在那里，她们会迷失
在街角和酒吧之间的香飘阵阵和亮片点点之中。飞蛾，胸罩在振翅。
噢，兄弟们。

埃利亚斯紧贴着乳品店的外墙，每片云朵穿过月光，他就跟着
忽明忽暗。时不时地，他会摸一摸梳理过的秃顶，可立刻就封闭进自
己的世界里，目光死气沉沉，与墙壁同色的小手垂着，就像一只变色

龙。确实如此。就像一只变色龙，因为事实上，好警察就是要融入沉默和耐心带来的皱纹之中，在最不经意的时候突然一击，带出一只苍蝇。埃利亚斯此刻就是这个状态，就算动，也是干巴巴的短动作，然后立刻停滞下来，发出"咝咝"的声音。那是一种音乐，一种非常私密的吐纳，仿佛墙壁的呼吸，几乎感受不到。

最后，他突然挣脱开那道墙，穿过街道，径直步入花园。他沿着花坛走动，这边停一停，那边绕一绕。现在才让人明白过来：他是在捕猎。这一只手里是手电筒，另一只手拿了个小瓶子，来者不拒。而且来者甚多。他知道如何使用聚光灯在草丛里晃动，引出蚯蚓和金龟子，逮住起跳的螳螂或被惊醒的蝗虫。

所以可以说，有个警察撅着屁股在里斯本的花坛间挪动。最好注明一下，他像一个偷猎者，而非警察。作为一个猎人，尽管只抓小物种，但他才智与毅力兼备，所以在五六圈夜捕行动后，就盆满钵满了，他会坐到花园的长凳上，享受起沉思孤寂中的清凉。随便哪张凳子都行，全都没人坐。

坐下时，他拧紧了口袋里装满痛苦囚犯的瓶子，凝视着外科医生苏萨·马丁斯的雕像，辞世之后，医生还继续在人间播撒治愈疾病的种子。燃烧的蜡烛，还愿品，来自神灵的信息：与其说那是纪念碑，还不如说是一座讲演台。信徒般的医生，化身为一座青铜像，一位地下圣人；被寒酸的祭品和随葬的鲜花所包围。埃利亚斯一边抚摸口袋里装昆虫的小瓶子，一边心中所想的，就是这个。或许，他也可能在想沉睡在玻璃笼中的蜥蜴利札德，他把它留在了一扇能够俯瞰特茹河的窗边。

突然间，一个伞兵从天而降。降落在长凳上，就在他的旁边。没有动静的夜色，没有划破的月光，一切都在寂静之中，树影婆娑，明暗错落，伞兵就这样出现在他的身旁。

"有火吗？"一个叼着烟的声音问道。埃利亚斯回答说他没有，不抽烟；即使不瞧那人，他也能感觉到对方正从头到脚地打量着他，眼睛还扫过他的裤裆。几步开外，纪念碑在提醒他，另一个世界里，有一位智者通过供桌上的神灵邮箱开具药方。雕像周围不乏表示感谢的字条，埃利亚斯站在那儿，看不真切，但他知道有，而且从来都不会少。蜡塑的身体部位（圆鼓鼓的胸部、孩子的小手）之类的贡品，那里都有；还有拐杖，一只边缘磨损的发霉的正骨靴，装有肝结石或胃碎片的罐子，成百上千样见证物。这整座神秘的武器库在智慧先人的脚下更新往复，被一股隐秘的浪潮迎来送往，一切皆来自不为人知的领域，埃利亚斯心想，在无法解释的事情上，他只知道：有谜团存在。而如果有谜团存在，就会有科学来解释，进步的关键就在这场竞争之中。

原来伞兵是有火柴的，他最终还是点燃了香烟，此刻正对着云朵喷出大口大口的烟雾，露出神秘的微笑。他开始一点一点地东拉西扯，侧着身子说话，好像是在通过暗夜的镜子传递信息。他说他有那种无法摆脱的恶习。

埃利亚斯对在这座雕像周遭一年中的任何时节所发生的一切都了如指掌，也知道它被饱受折磨的身体碎片忠实地装饰起来，这让他在此刻想到了变色龙利札德，有一天，他也摆脱了自己的一段尾巴。这种牺牲，让人费解。他自断尾巴的方式很神秘，肯定是用牙齿和指甲，但承受了多大痛苦，只有天知道。事实是，断尾如小丘般插在沙里，在它萎缩黯淡的同时，残缺的尾巴也在逐渐重生，更加强壮，更加灵敏。

"同意。"但侧着身子的伞兵不愿住口。他叹息说，这是一个可以恣意妄为的夜晚，还有诸如此类的话。埃利亚斯，调查死亡的警察，不寻常地剥开了一颗瑞内牌消化片，因为嘴里泛起一阵难受，厌烦得发苦。胃液，对他来说，是胃液在控制着活人的心理，所以，睿智的医者，在那另一个世界里，没有任何药物可以比它更见成效。某某人的苦涩或是愉悦，都取决于起到消化作用的胃液。苦涩或是愉悦，埃利亚斯咀嚼着，还取决于手边治疗疾痛的药片，若是好药，会比圣餐饼更能救赎胃里的罪恶。更不用说好好打一个嗝了，因为如果瑞内牌消化片能让胃平静下来，打嗝则能将体内的烧灼感与恶魔全部驱逐出去。

伞兵继续对着夜晚倾诉。他声称，不是他自己情愿睡到臭气熏天的军营里去，他想要的是躁动不安、纵情声色、床单飞舞，以及发挥一根没有包皮覆盖的直挺大棒应有的全部魔力，只要伴侣懂得如何正确地欣赏，他解释说。"难道不是这样吗？"他问。

埃利亚斯懒洋洋地站起身来："谢了，朋友，下次再说吧。"

接着，他离开了，穿过花园。

回家路上的埃利亚斯就像被赶的驮畜：稳健的步子，固定的站点，苦苦思索着。走吧。如果沿着自由大道朝罗西奥方向，就会停在某几个点上，如果从英丹腾特走，就会停在另外几个点上，总是一成不变。不管从哪条路线走，都会有几个固定的点。然后，便能辨认出是要朝北还是往南。

他把从云端掉下来的伞兵和升上天空的外科医生都抛到了脑后（"人生中总有此类错配"，很智慧的说法），发现自己来到了一家卖扶梯的商店前，店面又大又亮，玻璃橱窗正对街道。里面既没有柜台也没有生意，墙壁光滑平整。中间是四座经过装饰的梯子，四座闪闪发光的金属梯子，面对着面，仿佛在一个陌生的舞台上永恒地扮演着什么角色。于是，埃利亚斯知道他是到了索科洛，停歇的站点。

索科洛，大楼肮脏不堪，停尸房的外墙如麻风病人般千疮百孔。再往下走，就是莫拉利亚，酒吧间里，吊袜带内偷藏着刀，性病泛滥，圣母司法警察局的警车每晚多次突击，把月色中的风尘女子从那里抓出来。埃利亚斯甚至都不想知道这些，他只是远远地路过。沿着开满骨科医疗用品商店的玛达雷纳街而上，看到的都是机械手臂和仿佛要飞起来的轮椅，高处是最古老的城区，玻璃笼子和窗户俯瞰着特茹河，他会看到变色龙利札德正在等待昆虫饲料。没有电车；出租车静悄悄地滑过，不招人厌烦，出租车的绿色标志是萤火虫，一整夜都在城内穿梭。

埃利亚斯轻轻哼着歌。他在一家旅行社的橱窗前停下来，瞅了瞅装昆虫的瓶子。在荧光灯和玻璃扭曲的角度下，那些生物显得阴森恐怖。金龟子披着盔甲，一只螳螂翠绿翠绿的，比不祥还要不祥的预兆，蝗虫长着锯齿腿，眼睛好似铅球。所有的虫子都在蹬腿，嘴巴和关节在封闭的世界里混乱地挣扎。"葡萄牙，欧洲最鲜为人知的神秘之地"，橱窗里的一张海报如此做着广告，"请搭乘葡萄牙航空"。旁边是一只长了翅膀的木屐（意思是荷兰皇家航空公司，"云端的荷兰"），还有广告语"选择阿伯莱坞旅行，世界就是您的。"

就在那时，他看到身边经过了不知从哪里来的三只滚笼。它们应该来自很远的地方，肯定是从北部高速公路沿机场大道往下，横穿市区。那是马戏团的三只运输笼，装了栅栏，里面却没有野兽，在黎明中前进。里面装着的，是神情愚钝的饲养员，满脸倦意。他们在空旷的街道行进，坐在地上，双腿伸到外面，脸贴在栏杆之间。

埃利亚斯不再唱歌。后来走在路上，他都在想笼子里的饲养员，他们在车轮上穿行于夜色之中：最让他印象深刻的是，他们的漂泊看起来似乎漫无目的。

（刑警队长埃利亚斯·桑塔纳夜行时哼唱的轻歌剧乐章与段落：
——《紫罗兰》

——《最后的韵律》
——比才的《卡门》
——《我的太阳》
——《康尼维尔的钟声》)

完

附 录

P.003 "刑警队长桑塔纳于 1974 年 1 月或 2 月在安哥拉去世，时任安哥拉钻石公司副检查员。他的情况，我们这边所知甚少，有人说，他已被当地人同化，大家都是这么传的，说'老坟头'变成了当地人，还生了一堆混血孩子。事实是，他的去世出人意料，一直都没人搞清楚是怎么回事。他好像是被人在一个仓库里发现的，尸体已经腐烂，仓库里有他保存的土著人相片和其他类似的东西。看到那黑人住房，警方当然立刻就冲进了现场。但除了中毒症状之外，什么也没发现。因此可以认为，'老坟头'埃利亚斯是服用了某种巫医的草药。"（作者的信息来自刑警队长西尔维诺·罗克，1979 年 5 月。）

P.045 马尔代斯·苏亚雷斯，被奥泰罗·萨拉依瓦·德·卡尔瓦略在《四月之晨》中称为"臭名昭著的马尔代斯"。时任防暴警察指挥官一职，因在里斯本街头昭然实施的恐怖管理和无条件服从国家安全警备局而闻名。奥泰罗提到他在"四·二五革命"当日曾低声下气地主动请缨，协调首都的交通秩序。

P.074 "戴单片眼镜的少校。"后来，他成为安东尼奥·德·斯皮诺拉将军。

P.151 此处，和其他描述的情况一样，我需要感谢建筑师丰特诺瓦，他亲自澄清了犯罪档案中的若干事实。比如，关于从他母亲家送来的衣服和钱，他知道自己采用这个办法，不仅是出于已被记录过的原因，还是为了防范警方对韦雷达大屋的突袭。舍弃少校的计划是后来才想到的，"丹塔斯的行为不断恶化，到了继续和他在一起会引火烧身的地步时"，丰特诺瓦·萨尔门托便偷偷开始制定一个计划，准备在美娜某天去镇上采购生活物品时实施。该计划基于两个根本条件：第一，大家必须一同逃跑，以免美娜和下士落在少校手里；第二，所谓"黑名单"上的人有可能会遭到报复性告发，应该避免或杜绝这一情况发生。根据上述决定因素，美娜不必去富尔诺思镇购物，而是可以躲避到米格尔·巴拉奥纳神父的家中，神父是建筑师儿时的好友，建筑师和下士将在同一天与她会合。在那儿，他们会与黑名单上的人（共五位）建立联系，警告他们有可能会被少校告发。这些人对运动毫不知情，所以原则上来说不容易受到指控。"原则上"，丰特诺瓦·萨尔门托如此强调。但因为他们中某人或某些人可能与其他组织有关联，这就是问题所在。通过凭空告发，警方有可能攻入非常具体的范围之内，其重要性远超丰特诺瓦的认知。"这便为放弃该计划提供了足够的理由。"他总结道。

P.170 他们猜测被害人与国家安全警备局有所联系，这显然毫无根据。相反，警方早就把少校列为怀疑对象，这一点能在"四·二五革命"后的相关档案中得到证实。跟许多在葡属印度服役的军人一样，丹塔斯·卡斯特罗在那里认识了时任负责镇压独立运动的特警大队队长的卡西米罗·蒙泰罗。不久以后，拥有印度血统的蒙泰罗因在出生地执行任务时所犯下的五十桩罪行而被起诉（见《德尔加多将军案》，作者：曼努埃尔·加西亚、鲁尔德斯·毛里西奥）。减刑后，他在海外萨拉查派势力的影响下，进入国家安全警备局领导层，人称"猎豹"。

天主教报《查韦斯之声》(1958 年 7 月 24 日)曾公开向其致敬,认为他是"葡萄牙当代巨人及历史上最崇高的葡萄牙民族代表之一"。

P.190 除了档案里的记录以外,还原将军之夜的灵感还来自建筑师丰特诺瓦·萨尔门托本人的描述。少校时常提到的高层军官的腐败问题,在小说中通过引用的例子来说明,摘自以下原文:

a)胆怯——费尔南多·奎罗加著,《被压迫的葡萄牙》,世纪出版社,里斯本,1974 年;《四月之晨》,伯尔特兰出版社,里斯本,1977 年。

b)腐败——奎罗加著,著作同上;《上尉的回忆》,萨尔门托·皮门特尔著,费尔曼雷戈出版社,圣保罗,1962 年。

c)举报——《国家安全警备局的秘密文件》,努诺·瓦斯科著,伯尔特兰出版社,里斯本,1976 年;《第三帝国的斯托勒报告》(刊于《机密文件》,保罗杜邦出版社,巴黎)。

加尔瓦诺·德·梅洛将军,后来在 1980 年成为共和国总统候选人。"一段时日前,这里出现了该领导人于 1962 年写给萨拉查的一封信,报告某个反法西斯政权的阴谋,他本人也参与其中,为的是更好地把内情通报给领导阁下。"——瓦雷拉·戈麦斯上校,《里斯本日报》采访,1982 年 9 月 1 日。

《致将军书》(洛佩斯·达·席尔瓦、贝雷扎·费拉兹、朱里奥·博特里奥·莫尼兹、科斯塔·马塞多著),载于《葡萄牙的使命》,阿尔瓦罗林斯出版社,里约热内卢,1963 年。

P.215 副督察若泽·奥雷里奥·博因·法尔考为国家安全警备局的资深调查员之一;塞尔维奥·达·科斯塔·摩尔塔瓜因其严酷手段在该局内平步青云。

P.222 "我相信，胆怯是孤独的一种戏剧表现形式。它也是一种极限形式，因为对应了个人与外界平衡的破裂。可最糟糕的是，这种破裂最终会造就一种防御逻辑，至少我意识到了这一点，恐惧的逻辑将逐渐培养出某些与价值观脱离的关系，到了某种程度，就会感觉恐惧变成了谋杀。"——建筑师丰特诺瓦与作者的谈话，1980 年夏。

后记

1. 1961 年的秋天，在巴西驻里斯本大使馆内接受政治庇护的
L.V. 将一份二十二页的叙事文送到我手中。作者在几个月前因一起伙
同他人故意杀人案被判法定最高刑罚。文章清晰、正面地阐述了一场
深刻地左右了国内舆论的悲剧，简要、客观，让人印象深刻的是支配
写作孤独的良心发现，以及将其叙述出来的勇敢声音。

其后，在阅读两份刑事档案（司法警察局和国家安全警备局）的
过程中，这份叙事文的严谨性得到了证实，但与作者在服刑后的直接
接触，使我愈发深信其客观性。于是，我意识到在那个敏感且极富创
造力和想象力的男人身上，对严谨和精确的执着几乎变成了一种刻意
的去人格化，这还被作为分析其人生这一章节的原则强加在了他自己
身上。

那么，今时今日，他又是如何知道，在其个人的悲剧中，更大一
部分的根源是集体错误呢；他又是如何知道，恐怖统治的社会如何利
用个人犯罪来为其代表的社会罪行进行辩护，而所有这些罪行中都有
社会的原因呢？他对此感悟至深，却保持了沉默。他从未通过暗示来
博取宽容，更不用说别人的同情。他人的理解？对于已获得的理解，
他深藏于内心，却不愿张扬。对他而言，过去和现在的问题都是错误
本身的严重性。这才是萦绕其心头的阴影，因为它是绝对的孤独，毕
竟，这才是最最极端的孤独。

2. 二十多年之后的今日，他面对当年所发生的事件所感受到的切实孤独，在我看来，回应了他公之于众的亲身经历的孤独感。对这段恐怖的过往，他以正面的个人分析来回应，不做任何修饰。所以，他从恐惧中恢复过来，因为他知道，就像有一天他曾说的那样，"恐惧是孤独的一种戏剧表现形式。"

3. 胆怯，一种戏剧表现形式，一种孤独的极限。是他说的吗？事实上，是他本人的话还是书中被称为建筑师的丰特诺瓦所说？或者是另有其人，谁知道呢？甚至难道不会是我自己，自以为从凭空而来的记忆中听到他说了这些或那些话，只为使之显得更准确、更真实吗？

在某些人的生命中（我想补充，是所有人的生命中），会出现一些状况，把个人投射到整体范畴的意义上去。某个偶然可以把个人变成大众素材——对某些人而言是历史素材，对另一些人来说则是写作素材，但对它的处理总是有据可依的。我们查阅这份材料，因为它让我们每个人都开始审视自己的内心——我便是如此来思考这本书的，一本小说。在书中，建筑师丰特诺瓦是一个文学人物，少校也是，还有美娜和下士巴罗卡。他们都是文学人物，也就是说，是基于真实人物创造出来的。

所以在事实和虚构之间，每一步都既有距离，又有联系，一切都是自主的平行，都是矛盾的汇合，都是真相，都是疑问，皆非纯粹的巧合。

若泽·卡多佐·皮勒斯
1982 年 9 月